아픔
그리고
삶

아픔 그리고 삶

발행일	2018년 10월 5일

지은이	고 영 수		
펴낸이	손 형 국		
펴낸곳	(주)북랩		
편집인	선일영	편집	오경진, 권혁신, 최예은, 최승헌, 김경무
디자인	이현수, 김민하, 한수희, 김윤주, 허지혜	제작	박기성, 황동현, 구성우, 정성배
마케팅	김회란, 박진관, 조하라		
출판등록	2004. 12. 1(제2012-000051호)		
주소	서울시 금천구 가산디지털 1로 168, 우림라이온스밸리 B동 B113, 114호		
홈페이지	www.book.co.kr		
전화번호	(02)2026-5777	팩스	(02)2026-5747

ISBN   979-11-6299-327-9 03810 (종이책)   979-11-6299-328-6 05810 (전자책)

이 도서의 국립중앙도서관 출판예정도서목록(CIP)은 서지정보유통지원시스템 홈페이지(http://seoji.nl.go.kr)와 국가자료공동목록시스템(http://www.nl.go.kr/kolisnet)에서 이용하실 수 있습니다. (CIP제어번호 : CIP2018030748)

아픔
그리고
삶

아픔에 대한 인문적 성찰

Pain and life

고영수 지음

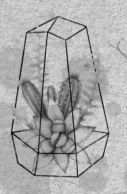

북랩 book Lab

prologue

·
·
·
·
·

　살면서 중요한 것을 말하라면 나는 주저하지 않고 건강, 가족, 여행, 사랑, 탐구를 말할 것 같다. 이렇게 말할 수 있다는 것은 내 삶에서 중요하다는 의미가 된다.

　어떤 계기로 삶에 대해 질문하고 생각해 보는 것은 보다 나은 삶을 위한 초석이 된다.

　이 글은 나의 아픈 경험을 바탕으로 인문학적, 때로는 사회학적 지식을 더하고 문학책들을 참고하여 적었다. 내가 생각하는 관점이 하나의 현상을 바라보는 관점일 수도 있고 그 이상일 수도 있다. 아픔의 경험을 바탕으로 한 글이어서 주관적인 느낌도 있을 수 있다. 따라서 반드시 논리적이지는 않으며, 감성과 함께 개인의 생각을 나타낸 면도 있다. 삶의 한계까지 다녀온 두 번의 경험을 바탕으로 한 이야기, 책과 영화, 신변잡기에 관한 이야기들을 담았다. 가끔은 내용에 따라 사고능력과 사회적, 문화적, 종교적 포용력이 요구되기도 할 것이다. 그러나 고상한 말을 인용해 교훈을 주려는 의도로 과학을 포장하는 계몽적인 이야기는 지양하였다.

1부는 질병으로 인한 아픔과 경험에 대한 생각, 해석, 고통에 대한 사유를 인문학적, 사회학적으로 언급한 글이다. 아픔과 심각한 고통을 경험하는 것 자체가 쉽지 않은 일이고 그것을 표현하면서 다른 사람의 공감을 얻는다는 것 또한 다른 작업이 될 수도 있다.

타인의 고통과 만나는 것. 그 고통에 귀 기울이며 공감할 수 있다는 것. 그래서 우리 모두는 아픔과 고통을 겪을 수밖에 없는 존재라는 것을 느끼게 될 때, 우리 모두의 이야기가 될 수 있다.

아프고 힘들었던 경험이 다른 사람과 전혀 상관없어 보일지라도 서로 이야기를 통해 공감이 되면 담론이 되고, 담론이 되면 사회적인 이슈로 공감되어 끝내 서로 연결되고 있음을 말하고 싶었다.

그래서 아프다는 것의 해석들은 삶의 맥락을 드러내게 하는 것들이다.

삶의 맥락이 드러나고 삶이 그리워질 때는 많이 아프게 될 때이다. 그때 삶에 대해 관심을 가지게 되고 주어진 현실에 더 충실하게 된다.

병원에서 진료를 받게 되면 질병의 범주에 묶이게 되고 치료과정에서 물적 존재로 취급되는 상황이 아쉬웠다.

의학적인 측면이 생명유지에 중요한 것임에는 틀림없지만, 아픈 사람을 하나의 측면이 아니라 총체적으로 바라볼 필요가 있다는 생각이다. 총체적으로 바라보게 하는 기초는 바로 통찰을 바탕으로 한다.

다른 사람들과 아픔을 이야기하고 공유할 수 있을 때 자신의 목소리가 점차 사회적 책임으로 바뀌어져 간다.

아픔의 깊이를 경험한 사람은 주변과 사람을 바라보는 것이 신중하고 유연하다.

고집스럽게 하나의 생각에만 매달리지 않으며 사람과 사물을 이해하는 것이 긍정적이며 겸손하다.

삶에는 끝이 있고 지금 존재하는 것은 머지않아 없어지고 망각된다는 것을 알기 때문이다.

사람이 약하고, 병든 몸의 존재를 실감할 때 고독과 불행의 의미를 알게 된다.

여기서 죽음을 이야기 하는 것은 '어떻게 잘 죽을까?'를 고민하자는 의지의 표현이다.

2부는 질병을 경험하면서 느꼈던 삶의 맥락들을 단편적으로 적은 것이다.

아프면서도 무엇보다 간절했던 삶에서 가족과 여행, 그리고 사랑, 공부에 대해 생각해 보았다. 많이 아플 때 생각나고 지금하지 않으면 후회할 것 같은 일들을 떠올린 것이다. 가족들에게 평소 고맙다는 말을 못하고 신경질을 많이 내던 일, 여러 가지 이유로 가고 싶은 여행을 더 많이 못 갔던 일, 기억에 남는 사랑을 못했던 일, 정말 하고 싶은 일에 집중하지 못하고 방황하던 일들을 기억하고 그 주제의 내용들을 인문학적으로 생각해 보았다.

나에게 가족은 무엇이고 왜 중요한가? 이런 질문들은 일상에서 무심코 넘겼던 가족들에 대해 생각해 볼 수 있는 계기가 된다.

나의 어릴 적 가족관계와 가족들을 회상하면서, 그리고 현재의 내 가족의 모습을 그려 보면서 나를 깨닫게 된다.

가족은 친밀감과 인간의 기본적인 욕구를 안정시켜주는 역할을 한다는 점에서 중요하다. 특히 아픈 사람에 대한 친밀한 돌봄은 가족들에 의해 이루어지는 경우가 대부분이었는데, 이는 정서적 안정과 교류에 도움이 되는 것은 분명해 보인다.

요즘 시대를 가족의 위기라 말하고 새로운 형태의 가족도 많이 회자되지만 나는 여전히 가족이 중요하다고 믿는다.

인간은 누구나 외로운 존재다. 특히 아프면 외로운 감정을 더 가까이 느끼게 된다.

정호승 시인의 "울지 마라 외로우니까 사람이다."라는 말은 산다는 것 자체가 외로움을 견디는 일이고 인간은 태생적으로 외로운 존재라는 것이다.

그래서 인간은 사랑을 추구하고 사랑의 끈에서 벗어나지 못하는 존재다.

이런 외로움을 견디게 하고 공감을 얻는 따뜻한 감정은 좋아하는 사람과 함께 하는 사랑이 아닐까 한다. 누군가를 사랑하기 위해서는 때로는 울림이 있는 공감과 용기 있는 포기와 절제가 필요하며, 이 두 가지가 있을 때 성숙한 사랑에 도달할 수 있다.

아픔_그리고_삶

그런데 이런 포기와 절제는 공부하고 성찰해야 이루어지는 성숙한 사랑이다.

일상에서 낯섦을 느끼고 성찰할 수 있는 기회는 그리 많지 않다.

아프거나, 여행을 떠난다거나, 공부를 할 때 정도이다. 낯설어야 질문하게 되고 질문을 해야 담론으로 형성될 수 있다. 그런 의미에서 여행과 공부는 질문의 조건을 만들고 좋은 삶을 위한 토대를 만들 수 있다. 공부는 시간과 공간의 제약 없이 삶을 낯설게 보는 계기를 더해주고 당연한 것에 질문을 던지게 한다.

힘들고 아플 때 나의 자존감을 지켜주고 안위를 얻을 수 있는 곳은 도서관이나 서점이었고 책이었다. 직장생활에서 힘들어 할 때, 그리고 오해와 억울함으로 나의 자존감을 지켜야할 때마다 나는 독서를 통해 안위를 얻곤 하였다.

그동안 나는 내가 이렇게 아픈 줄도 모르고 내 일상을 열심히 살아 왔다.

그런데 내 몸의 배터리가 소진되면서 나는 일상의 많은 부분을 포기하고 이틀에 한 번씩 충전(?)을 해야 하는 번거로운 삶을 살아가고 있다. 여전히 아픔을 안고 일시적인 치료에 기대며 이식이라는 희망으로 살지만 희망고문에 불과할지 모른다는 생각도 든다. 아프게 되면서 절실히 느낀 것이 있다.

"상황이 여의치 않아 어쩔 수 없을 때는 현실에 만족하며 감사하며 살라는 것도 경험을 통해 깨닫게 된 것이다."

이제 나름 생활에 의미를 부여하고 활기를 불어 넣을 수 있는 것들을 찾으려 노력한다. 그러다보니 온전한 컨디션을 유지하는 시간이 남보다 더 소중하게 느껴진다.

이 글은 이렇게 온전한 시간을 찾으려는 심리적 상황에서 많이 적혔다.

아픈 사람이나 장애인을 대하는 태도를 보면 그 사회 수준을 알 수 있다고 한다.

소비자로서의 정체성이 타인과 부딪치게 될 때 노동자로서의 정체성을 돌이켜보도록 노력하는 것, 장애인이 값싼 동정의 대상이 아니라 최소한의 배려와 공감으로 인정받는 분위기가 보다 성숙한 사회를 위한 첫 걸음이 된다. 아픔과 고통 속에서 존재의 의미, 인생의 품격을 찾으려 고민하는 환우들과 보통사람들에게 조금이라도 도움이 되었으면 좋겠다.

끝으로 내가 힘들고 아플 때 관심 가져주고 함께 이야기를 나누었던 친구, 신한은행 최형보 지점장과 농협은행 류계하 지점장, 농협은행 문태석 부장, 농협은행 한규철, 김진찬 단장에게 감사의 마음을 전한다. 그리고 지금은 계시지 않지만 마음으로 항상 응원하시던 부모님과 직장의 동료들에게도 감사를 드린다.

아플 때 함께 이야기를 나눌 수 있는 친구들과 동료들이 있어 긍정적인 힘을 얻을 수 있었다.

아울러 나의 아픔 때문에 자주 병원 다니느라 신경질을 많이 냈음에도 끈기 있게 인내해주고 관심을 가져 준 아내와 가족들에게 감사의 마음을 전하고 싶다.

Contents

Prologue

CHAPTER 1
아픔과 죽음의 기로에서

part 01 **아픔과 질병에는 공감이 필요하다**

1. 아픔과 질병을 어떻게 바라볼까? 19

2. 심각한 질병이 생긴다면? 30

part 02 **아픈 사람의 이야기 - 장담할 수 없는 건강**

1. 이렇게 아픈 줄도 모르고 38

2. 수술실 44

3. 중환자실 50

4. 또 다른 아픔이 오다 60

part 03 **아픔에 대한 새로운 시각**

1. 아픔이 지나면 아름다울 수 있다 65

2. 이것이 아픔이던가? 그렇다면 다시 한 번! 72

3. 아픔을 이제 사랑하려 하네 81

part
04

소외를 느끼는 사람들

1. 아픔에는 이야기와 공감이… 88
2. 질병과 사회적 낙인 95
3. 의사는 어떻게 우월한 지위를 가질까?
   - 환자와의 관계 105

part
05

의료에 관한 생각들

part
06

삶의 가운데 있는 죽음 - 어디로 와서 어디로 가는가?

1. 죽음을 어떻게 볼 것인가 ? 122
2. 덜 두려운 죽음이 되려면 131
3. 익숙한 환경에서 떠나기 137
4. 어떻게 죽을까?
   - 내 삶의 마지막은 내가 결정한다. 145
5. 인간의 영원한 욕망 152
6. 묘비명 적어보기 158

* 도움을 받은 문헌

CHAPTER 2
아픔의 심연에 있는 삶의 이야기

part **가족 : 긍정의 힘**
01
    1. 나에게 가족은? : 함께하는 것이다. 165

    2. 외로움의 또 다른 이름, 가장 171

    3. 아버지 회상 176

    4. 영원한 이별, 당신이 그립습니다. 181

part **여행 : 가고 싶은 곳으로 여행을**
02
    1. 왜 떠나려 할까? 186

    2. 홀로 여행 198

part **사랑 : 기억에 남는 사랑을 했으면**
03
    1. 모든 사랑의 기억은 아름답다. 208

    2. 사랑에는 용기가 필요해 218

    3. 그리움의 기차역 225

    4. 사랑은 우연일까 필연일까? : 메디슨 카운티의 다리 229

part
04 **배움(공부) : 하고 싶은 것**

1. 인문학에 대한 생각 240
2. 사회과학 독서에 대해 246
3. 생산적 복지와 무상복지 : 장애인 복지 252
4. 익숙한 것에서 떠나기 : 개인적 재테크는… 257
5. 신의 아그네스 : 신앙이란 무엇인가? 264
6. 위험사회 : 성찰적 근대화와 노동의 불안정 273
   1) 근대화 위험의 이론적 성찰 273
   2) 성찰적 사회의 노동 불안정 278

* 도움을 받은 문헌

CHAPTER 1

아픔과 죽음의 기로에서

그대가 슬프고 괴로울지라도
이렇게 생각하라
지금 내가 당하는 괴로운 일은
앞으로 있을 것이고
또 다른 사람도 당하는 일이다 라고

또 이렇게 생각하라
이런 것은 오늘 처음있는 괴로움이 아니고
과거에도 있었던 일인데 다만 지금은
다 잊고 무심해졌을 뿐이다 라고

그대가 괴롭고 슬플지라도
단지 하나의 시련일 뿐이라고 생각하라
쇠는 뜨거운 불에 달구어야 강해진다.
그대도 지금 당하는 시련으로
더욱 굳센 마음이 될 것이다.

아우렐리우스, 슬프고 괴로운 일을 만나거든

part 01

아픔과 질병에는
공감이 필요하다

살구나무 그늘로 얼굴을 가리고, 병원 뒤뜰에 누워
젊은 여자가 흰옷 아래로 하얀 다리를 드러내놓고 일광욕을 한다.
한 나절이 기울도록 가슴을 앓는다는 이 여자를 찾아오는 이,
나비 한 마리도 없다.
슬프지도 않은 살구나무 가지에는 바람조차 없다.

나도 모를 아픔을 오래 참다 처음으로 이곳에 찾아왔다.
그러나 나의 늙은 의사는 젊은이의 병을 모른다.
나한테는 병이 없다고 한다.
이 지나친 시련, 이 지나친 피로, 나는 성내서는 안 된다.

여자는 자리에서 일어나 옷깃을 여미고
화단에서 금잔디 한 포기를 따 가슴에 꽂고 병실 안으로 사라진다.
나는 그 여자의 건강이 아니 내 건강도 속히 회복되기를 바라며
그가 누웠던 자리에 누워본다.

〈윤동주, 병원〉

1. 아픔과 질병을 어떻게 바라볼까 ?

"질병을 다양성의 측면에서 바라보는 통찰이 있을 때 공감하게
되고, 공감할 수 있을 때 질병을 겪는 사람의 문제가 사회문제로
연결됨을 이해하게 된다."

어린 시절에는 몸이 약해서 외할머니가 많이 속상해하셨다. 태
어날 때부터 약했던지 "애가 병이 되다 사람 된다."는 얘기를 많이
하셨는데, 나중에 "약골"이라는 의미였음을 알게 되었다. 어릴 적
의 나는 이렇게 집안에서 약골로 불렸다.

살면서 잔병치레 할 때는 몰랐지만 큰 병을 경험하고 나서야 아
픔의 의미에 대해 질문하고 삶을 돌아보면서 아픔은 누구에게나
오는 보편적 사건이고 하나의 시각만으로는 아픈 사람을 이해하
는데 한계가 있다는 것을 알게 되었다.

예전에는 아픈 사람을 보면 나와는 상관없이 동정심으로 끝나
는 경우가 많았다.

질병의 원인이나 치료를 무속이나 신과 같은 초월적 존재에 의
존하는 경향이 있어서 질병은 죄의 대가라는 응보의 논리, 천형의
논리, 원래 부모로부터 약하게 태어났다는 유전의 논리 등으로

받아들였다. 아픈 사람을 보면 귀신들렸거나 저주 받았다고 무당이나 종교적 힘에 의존하던 행사들도 어릴 적 동네에서 자주 볼 수 있는 모습이었고, 그들은 이런 행사를 통해 심리적 안정을 얻기도 했다.

이런 성향은 오늘날 과학적으로 표현하면 심리적 측면으로 발전되었다고 할 수 있다. 심리적 측면은 개인적 적응과 정신능력의 감소를 질병으로 보고 질병의 원인을 개인의 성격과 특성으로 본다.

예로 A형의 성격이 관상동맥 질환에 걸릴 위험이 높다고 가정하면, A형의 성격 중 완벽주의, 일에 대한 지나친 몰두, 과다한 경쟁의식, 공격성, 지나친 성취욕과 경향이 있기 때문이라고 생각한다. 질병을 개인의 심리적 특성에 기인하는 것으로 보는 시각이다.

예전에 무기력하고 심한 빈혈 때문에 병원에 갔더니 체혈 검사와 간단한 영상을 확인하고는 특별한 임상적 증상이 없다며 심리적 우울일 수 있으니 여행이나 다녀오라고 권했다.

똑같은 조건에도 어떤 사람은 상대적으로 건강한데 힘들어 하는 것은 개인적 정신적응 능력의 감소나 부족 때문이라는 것이다. 마음 편히 쉬면 나을 수 있다는 설명이다. 모든 질병에는 원인이 있을 텐데 그 원인을 쉽게 찾을 수 없을 때 개인적 심리적 요인으로 넘기는 것은, 한편으로는 육체와 정신이 질병과 깊게 관련되어 있다는 의미가 아닐까?

생각해 보았다. 정말 의사의 말대로 심리적인 요인이 문제일까?

혹시 내가 모르는 다른 구조적인 것은 없을까?

따지고 보면 심리적 우울감도 사회적 환경의 영향에 따른 것이

아픔_그리고_삶

다. 직장관계, 대인관계, 병원과의 친밀도 등의 영향에 따라 기분이 좌우되는 경향이 있어서 심리적인 측면 역시 사회적인 측면이 강하다.

심리적 측면에서는 질병 발생차이를 개인의 정신능력 감소와 심리적 무질서의 결과로 보지만 그런 기질이 되는 영향은 사회 환경에 따른 것이다.

예전에 질병을 주술적 종교적으로 치료하려 했다면 오늘날은 과학적 심리적 치료를 강조하는데, 방법만 달라졌을 뿐 그 본질은 같다고 할 수 있다.

오늘날은 질병을 과학적으로 분석하고 치료도 과학적으로 측정하고 예측한다.

아프게 되면 병원부터 찾게 되고 의사들을 만나게 된다.

의사는 임상적으로 몸을 검사하고 힘들 때 신체적 정상을 찾아주고 또 신뢰할 만한 의술로 질병을 예측하고 진단한다.

의학의 자연과학적 기초는 생물학적 차원이다. 모든 질병에는 원인이 있으며 그 원인을 찾아내서 치료한다는 기본 관념을 가지고 있다.

이런 생물학적 관점은 신체의 유전자, 호르몬의 생물학적 작용으로 질병을 경험하며 피부가 거칠어지고 신체적 장애와 불편한 증상에 초점을 맞춘다. 질병으로 장기에 고장이 생기면 당뇨가 생기고, 소화 기능이 떨어지고, 허리가 아프고, 관절이 경직되는 경험도 한다. 또한 신진대사가 떨어져서 쉬 피곤해지고 회복도 늦어진다. 이는 분명 생물학적이고 개인적인 일이다. 의사는 이렇게 임상적 측면에서 심장이 뛰고 호흡이 이어지는 생물학적 생명 유지에 관심을 가진다. 그렇다 보니 의학은 자연과학적 시각으로 아픈 부분을 진단하고 치료할 수는 있지만, 아픈 사람이 가지고 있는 절망과 두려움 등의 복합적인 감정과 가치 등의 개념은 간과할 수밖에 없다는 한계가 있다.

보통 의사들이 질병의 원인과 치료를 이야기할 때 놓치기 쉬운 것 중 하나가 사회적 맥락을 고려하지 않는다는 것이다. 아픈 사람의 절망감 같은 심리적, 사회적 상황은 우선적 고려 대상이 아니다.

그러나 질병이 자연의 일부이기는 해도 생물학, 의료적 관점에서만 아픈 사람을 설명하는 것은 적절해 보이지 않는다. 그렇다고 의학의 힘을 무조건 거부하자는 것은 아니다. 분명 의학적 효용은 크지만 아픔과 질병을 볼 때 그것만이 전부는 아니라는 것이다. 질환의 원인이나 결과가 환자 자신이 아니라 주변 환경이나 사회적이라는 것을 대부분의 사람들이 인정하지 않고 있다. 아픈 것을 환자 개인의 건강관리 소홀로 여기는데, 실제 환자에게 큰 영향을 준 것은 주변의 사회집단과 만나는 사람들이다.

인간은 자연의 인간화, 생물적 차원이 전유되고 인간욕구에 부응하는 사회적 과정을 넓게 포함하고 있다. 인간은 자연적인 존재이지만 동시에 문화적이고 사회적인 측면 모두를 가지고 있는 존재다. 그런데도 사람들은 질병을 생물학적·의학적 영역 안에 가두어 놓고 외부의 영향은 도외시 하는 경향이 있다.

그러면서 사람들은 질병에 관련된 모든 것을 의학의 영역에 편하게 넘겨 버린다.

정말 아픈 사람을 의학의 생물학적 판단으로만 이해하고 바라보아야 할까?

아프다는 것은 어딘가 몸의 균형이 깨져있는 상태이고, 이를 질병이라 부른다.

이런 질병의 개념과 유사한 의미로 많이 사용하는 질환의 개념도 함께 이해할 필요가 있다.[1] 질병과 질환은 사실 가치판단이 포함된 개념으로[2] 명확한 개념 구분보다는 맥락에 따라 혼용하여 사용하는 것이 유용할 때가 많다.

인간이 자연과 사회의 양 측면에서 사회와 문화의 맥락 속에 살다가 질병을 맞이하고 죽어가는 과정은 자연스런 일이다.

그래서 질병의 경험은 사회적이고 누구에게나 일어날 수 있는

---

1 질병과 질환을 둘러싼 개념 논의는 여전히 진행 중이다. 그러나 이 두 개념들 사이는 명확히 구분되는 것이 아니라 그 관계가 불확실하다. 그것은 부분적으로 자연과 문화의 상충적 관계 때문에 생긴 것으로 보고 있다.
   우선 개념을 간단히 정리 하면 다음과 같이 나타 낼 수 있다.
   질환(disease)은 생물학적인 신체적 장애를 의미하며 측정할 때 사용하는 각종 질병 수치, 몸 무게, 혈압, 검사 등 계량적 수치들을 말하며 몸을 객관화 할 수 있고 치료 할 수 있는 대상으로 본다.
   반면 질병(illness)은 사회적인 기능장애, 즉 역할상실 등을 포함하는 것으로 질환을 경험하는 불안과 절망 등을 포함하는 주관적 성격이 강하다.
   질환은 생물학적 기준으로 정의 되는 반면 질병은 사회적 건강규범으로부터 바람직하지 않은 일탈을 언급하기 때문에 사회적인 것이라고 할 수 있다.
   따라서 질환은 단순한 자연적 사실로서만 아닌, 문화적인 영향을 받는다.(브라이언 터너, 372).

2 인간은 자연적 영역과 문화적 영역 양쪽에 속하기 때문에 인간이 가지는 질환이나 질병은 궁극적으로 가치판단을 포함할 수밖에 없다. 기본적으로 질환은 자연에, 질병은 문화나 사회에 속해 있지만 인간의 양쪽 속성 때문에 어떤 경우든 개념적 순수성은 불가능하다.

일반적인 경험이라는 것을 이해하게 될 때 통찰이 생긴다.

아픈 사람에 대한 통찰이 있을 때 공감하게 되고 공감할 수 있을 때 질병을 겪는 사람의 문제가 사회문제로 연결됨을 이해하게 된다.

그런데 통찰은 사람들과 "통하는 살핌"이란 뜻으로 인문적 시각을 바탕으로 한다.

질병은 관심이 있어야 질문하게 되고, 질문해야 아픈 사람을 바라보는 관점이 생긴다. 이런 관점에서 질병을 바라보면 "사회적"인 성격이 나온다.

즉 질병은 사회적이며 사회 변화나 시대적 상황에 따라 질병의 사회적 성격이 다르게 나타난다는 것이다.

조선말기의 격동기는 외세의 침략과 사회적 혼란으로 삶이 어려웠던 시기였다. 실학사상과 동학혁명 등 사회적 격변 속에서 사람들은 질병에 그대로 노출될 수밖에 없었다. 연속하여 청일전쟁과 일제강점기, 그리고 6.25 전쟁을 거치면서 삶은 더욱 궁핍해졌고, 폭격과 학살, 질병, 굶주림 등으로 고통을 받았다. 전쟁이 끝난 후에도 이들의 어려움은 계속되었다. 이런 상황에서는 질병에 그대로 노출될 수밖에 없었다.

경제적 개발을 추진하는 과정에서도 국민들은 절대빈곤과 질병에 허덕였다.

70년대까지 한국인의 남자 평균수명이 60세가 안되었던 것만 봐도 그동안 질병위험에 얼마나 노출 되었는지 알 수 있다.

시대와 사회의 기호나 이미지에 따라 건강과 질병의 분류가 달라지고 질병과 죽음을 대하는 치료 방법과 입장도 다르게 움직인다.

예전에는 건강한 노인이 존경을 받고 자녀들을 낳아 키우고 건강하게 오래 사는 것이 축복이자 행운이었다.

그러나 요즘은 사고만 아니면 질병으로 인한 죽음도 어느 정도 예측할 수 있게 되었다. 그래서 질병과 죽음을 가능한 느리게, 또 멀리 하려고 하면서 오래 사는 것을 당연한 것으로 생각한다. 질병에 대한 인식차이는 이렇게 시대와 사회에 따라 다른데 그 바탕에는 질병을 재배치하는 권력이 작용한다. 과학기술의 발달로 질병을 재배치하는 의료의 상대적 권력화는 질병치료를 매개로 하는 과정에서 나타난다.

질병이 사회적이라는 주장에는 두 가지 입장이 있다.

첫째는 니체와 푸코의 입장으로 질병은 의학지식의 복잡한 과정이 만들어내는 것이며 여러 담론들에 의해, 의학지식의 결정과정에 의해 질병이 사회적인 것이 되었다는 입장이다. 이들은 세상에서 실체를 파악하기 쉽지 않기 때문에 우리가 아는 지식은 실재가 아니라 단지 개념에 불과한 지식이라 말한다. 또한 지식은 언어의 산물이며 인간들이 의미를 부여하려는 의지의 행위라고 본다. 따라서 질병은 과학적 지식체계의 결정에 의해 분류된 담론의 결과로 본다.

이 시각은 질병이나 몸은 지식·권력의 효과로 나타나는 것이라는 입장이다.

둘째는 포이에르바하와 마르크스의 시각으로 질병 자체가 사회적이라는 주장이다.

이들은 인간의 보편적 본질은 생물학적 측면이 아니라 인간이 가진 능력과 잠재력에 있다고 보면서 사회구조는 변화하지만 인간 존재는 본질적으로 다르지 않다고 본다. 또한 인간은 노동을 통해 현실에 접근하며 인간의 경험은 사회적이며 역사적이라고 본다. 그래서 인간의 질병은 사회의 외적 통제와 사회적 소외로부터 발생하기 때문에 사회적이라는 것이다. 그래서 사회의 지배와 통제가 있는 한 질병은 그 자체로 사회적이라는 입장이다.

이들의 주장은 사람도 질병도 역사적 사회적 산물로 바라본다.

인간이 자연의 일부인 동시에 문화 속에서 성장한다는 사실을 인정한다면, 질병의 문제는 문화적 환경의 산물일 수밖에 없다. 질환 자체는 생물학적이고 개인적이지만, 의료행위의 방법인 수술, 투약, 식사조절, 운동 등 온갖 종류의 치료방법은 사회적이며 질환이 가족문제로 연결되면 곧 사회문제로 연결된다. 이렇게 질병은 사회적인 성격을 가지고 있다.

그런데 질병을 바라보는 인문적 시각은 사회적인 것 하나만으로는 충분하지 않다.

생물학적, 사회적, 심리적인 것을 모두 포함한 총체적 접근이 필요하다. 하나의 측면만으로는 아픈 사람에 대한 이해가 쉽지 않기 때문이다.

그래서 인문학적 시각은 생물학적, 사회적, 심리적 접근의 융합적인 통찰이다.

이런 통찰적 시각은 아픈 사람을 조금 다르게 사는 것으로 인식한다.

질병으로 인한 불편이나 걸음걸이는 나의 말하는 방식과 마찬가지로 내 정체성의 일부일 수 있다. 그래서 질병으로 인한 아픔도 생물학적이고 개인적인 것 같지만 인간이 분류하고 만들어 낸 사회적인 면도 있기에, 사람마다 정체성이 다르듯이 다르게 사는 삶이라는 인식이 중요하다. 타인의 아픔과 정체성을 인정하고 받아들일 수 있을 때 공감을 느끼고 받아들일 수 있기 때문이다.

그런데 오늘날은 어쩐지 타인에 대한 공감이 더 멀어지고 있다.

매스컴과 사회의 수많은 이미지와 선입관에 무심코 지배당하고 있기 때문이다.

매스컴 속에서, 다른 사람들의 불행에 동정은 느끼지만 오래가지 못하고 또 다른 소식에 묻혀 버리고 만다.

방송에 나온 아픈 사람을 보면서 공감하기보다는 나와 다른 하나의 이미지로 이해하면서 무감각해지는 경우가 더 많다. 무수히 반복되는 재난영상이나 소리들이 이미지로 그려지고 흥미로 전락하는 것이다. 고대 로마의 원형경기장에서 흥미로운 검투경기를 보면서 열광과 재미를 느끼던 로마인과 무엇이 다른가 싶다.

타인의 아픔에 대한 공감을 매스컴의 이미지로 이해하지 않고 나에게도 올 수 있는 직접적인 감정으로 이해한다면, 타인의 아픔에 대한 감정을 경기나 뉴스 한 장면으로만 이미지화 하지는 않을 것이다.

아담 스미스는 〈도덕감정론〉 첫 장에서 이렇게 말한다.

"인간이 아무리 이기적인 존재라 할지라도 기본바탕에는 선한 본성도 있다.
그래서 사람들은 다른 사람의 운명과 처지에도 관심을 가진다.
자신에게 아무런 이득이 없을지라도 다른 사람의 행복을 진심으로 바라기도 한다."

〈아담 스미스, 도덕감정론〉

인간이 이기적이기는 하지만 타인에 대한 공감은 본능적으로 가지고 있다고 말한다. 사람은 본성에 따라 나를 중심으로 생각하지만, 자신에게 이득이 되지 않는 경우에도 다른 사람들에게 마음을 쓴다는 것이다.

누군가 큰 병으로 죽음을 앞둔 상황이라 해도 나의 일상적인 아픔이 더 중요하고 내 발밑의 아픔이 더 절실한 법이다.

이런 이기적인 인간이 어떻게 타인과 공감을 할 수 있을까? 그것은 타인이 원하는 것을 그냥 주는 것이 아니라 타인이 무엇인가를 줄 것이라는 기대와 전제가 있기 때문이라는 것인데, 아담 스미스는 인간의 이런 전제적 감정이 교류와 무역의 번영을 가능케 한다고 말한다.

마찬가지로 타인의 아픔을 공감한다는 것은 나에게도 그런 순간이 온다는 것을 전제로 하는 셈이어서 주변 사람들과의 소통을 통해 삶의 아름다움을 깨닫게 되는 것이다. 자신의 고통 경험을 다른 사람들과 이야기하는데, 타인들과 공감하고 사회적으로 연결될 수 있으면 더 큰 사회적 시각으로 인식할 수 있다.

아마 독자 분들도 타인의 질병이나 아픔에 대해 공감을 실천하기는 쉽지 않을 것이다. 그러나 아담 스미스가 말하듯이 그 아픔이 나에게도 올 수 있다는 것을 알고 다른 사람들과 공감하려고 노력할 때 사회는 더 한층 성숙해질 수 있을 것이다.

아픈 사람을 다양성의 측면에서 바라보는 통찰이 있을 때 공감하게 되고, 공감할 수 있을 때 질병의 경험이 사회적으로 연결됨을 이해할 수 있다. 다양성의 측면은 통찰이며, 이런 통찰을 바탕으로 한 공감은 스스로 객관화하여 비판적으로 볼 수 있는 폭을 넓혀 준다. 즉 아픈 사람을 다양성의 측면에서 총체적으로 바라보고 통찰을 바탕으로 한 공감으로 다름을 인정하는 혜량을 갖는 일이다.

2. 심각한 질병이 생긴다면?

심각한 질병은 당황스럽지만 건강한 나에게도 올 수 있고 나이 들어 약해지거나 병에 걸려 올 수도 있으며 서서히 진행될 수도 있다.

심장발작이나 암, 그리고 간경화, 심부전, 뇌졸중 같은 심각한 질병이 나에게 온다면 당황하고 불안해 할 것이다.

솔직히 응급실에 처음 입원할 때는 많이 불안했다. 그 증상에 따른 아픔도 있었지만, 그 아픔보다는 불확실성 때문이었던 것 같다.

심각한 질환을 경험하게 되면 사소한 질병으로 인한 불편함은 그나마 다행이라고 생각하면서 점점 옅어지는 슬픔과 함께 현실을 받아들이게 된다.

심각한 질병이 오면 제대로 기능하지 못하는 신체적 불편과 함께 아픔이 온다.

생각해 보라. 내 몸의 일부가 고장이 나서 장기이식을 해야 한다거나 내 의지대로 걸음걸이나 행동을 할 수 없을 때의 그 느낌과 감정을 말이다.

불편한 증상은 눈이 보이지 않거나, 귀가 들리지 않거나, 다리를 제대로 움직일 수 없다거나, 빈혈 때문에 걷는데 지장이 있다거나 하는 등 많이 있다.

이런 질병으로 인한 불편과 통증은 치료해야 할 신체적 비정상으로 여긴다. 그래서 사회에서는 아픈 사람을 비정상적으로 여긴다.

그러나 아픈 것은 그냥 아픈 것이다. 정상과 비정상은 없으며 본질적으로 질병에 반응해서 나타나는 현상이다. 아픔은 신체적인 증상이며 정상과 비정상은 사람이 분류한 사회적인 현상이다.

자신이 병에 걸려 불편이 오고 통증이 오면, 분명한 것은 자기 안에 스스로 고립되는 소외감이 생긴다는 것이다. 질병에 반응해 아픔이 오고, 그 아픔 속에서 고립과 외로움이 커지게 되는 것이다. 신체적으로 아프면 심리적으로도 멀어지게 된다.

아프게 되면 직장에서 일을 면제하거나 배려하면서 "건강에만 신경 쓰세요."라는 말을 일상적으로 한다. 얼핏 듣기에는 인간적인 배려처럼 느끼지만 다른 한편으로는 건강 외에는 다른 일은 할 필요가 없다는 뜻으로, 일에 대한 권리가 없다는 의미를 내포하고 있다. 이렇게 어떤 일에 권리도 없이 배제되는 느낌은 실제 아픈 사람에게는 더 소외감을 느끼게 한다. 자기가 하던 일에서 밀려난 느낌, 내 역할의 가치가 적어졌다는 사실 때문에 우울하다. 그 우울함은 아파서 존재가치가 적어지거나 격하된다는 느낌을 받으면서 사람과의 관계가 점점 멀어지게 되고, 자신의 정체성을 인정받지 못한다는 느낌 때문에 자존감이 훼손된다.

아프면 자신의 정체성에 혼란을 느끼게 된다. 그래서 아픈 사람은 혼란스런 정체성을 다른 사람을 통해 느끼고자 하는 욕구가 있다. 그런데 누군가의 관심 없이 혼자 여러 병원을 다니면서 각종 검사를 받으며 홀로 불안을 느껴야 할 때 그 기분은 어떨까? 각종 검사나 시술에 대한 낯선 느낌과 의학지식의 비대칭 속에서 도움을 주는 사람도, 편의를 봐주는 사람도 없이 홀로 감당하고 느껴야 하는 심리적 외로움이 오래되면 우울증이 된다.

아프게 되면 익숙했던 일상도 낯설어진다. 아프면 건강한 사람들이 부럽고, 누군가 공감해주고 배려해주는 사람이 있으면 아픔을 잠시 내려놓을 것만 같다.

아픔에서 마주하게 되는 것은 결국 나 자신이다. 질병 속에 혼자 서 있으면 자신의 일상에서 조각나 떨어지는 느낌을 받고, 그 때문에 세상을 점점 더 낯설게 본다. 그래서 아픈 사람은 타인과 이야기하고 공감을 나눌 수 있으면 훨씬 좋다.

현실적으로 질병으로 내가 불편하면 병의 원인에 대해 원망할 때가 많다.

다른 사람들은 큰 고통없이 잘 지내는 것 같은데 나만 운 나쁘게 제비뽑기에 당첨된 느낌이다.

죄의 대가인가, 유전인가, 스트레스 때문인가?

이런 질문으로 한숨을 쉴 때가 분명히 있었다.

그러면서 병에 대해 분노하게 된다.

김석균 씨가 작사, 작곡한 교회 노래가사에 이런 내용이 있다.

"왜 나만 겪는 고난이냐고 불평하지 마세요.
고난의 뒤편에 있는 주님이 주신 축복 미리 보면서 감사
하세요.
왜 이런 슬픔이 찾아왔는지 원망하지 마세요.

…후략…

이 노래는 원인에 대해 불평하지 말고 있는 순간을 받아들이라고 말한다. 그 이상은 초월적 존재에게 맡기고 내가 주인이 되어 고통과 불편함을 이겨나가는 것이 평안을 얻는 방법이란 말이다. "주님"이라는 단어를 "현실"로 바꾸어 해석해보면 그럴듯한 의미가 된다. 이미 걸린 질병이라면 현재의 상황을 비관하지 말고 긍정적으로 최선을 다해야 한다는 의미가 포함되어 있다. 우리가 나름 긍정적인 의미를 부여하면서 질병과 싸우지 않고 건강한 관계를 잘 유지하면서 함께 사는 일은 중요하다.

어디 질병뿐이겠는가? 우리의 삶도 마찬가지다.

사람들과의 관계에서도 경쟁에 치여 서로 갈등하면서 이기려고 하는 것보다는, 사람들과의 관계를 유지하면서 느리더라도 사람들과 긍정적인 의미를 부여하면서 즐겁게 사는 것이 행복한 일이다.

심각한 질병이 오면 생명의 위험도 올 수 있다. 질병으로 중환자실에 입원하거나 큰 수술을 받게 되면 얼마나 생명이 쉽게 빠져나갈 수 있는지 알게 된다.

어렵게 잠들어도 희미한 의식 속에서 식은땀에 젖어 긴장해 있는 모습에서 죽음이 너무나 가까이 있다는 것을 경험하게 될지도 모른다.

언젠가는 다가올 위험이지만, 이런 위험을 경험하고 나면 새로운 방식의 삶을 생각하게 되고 삶의 가치를 새로운 시각으로 보게 된다.

새로운 방식의 삶이란 불편함에 익숙해지는 것이며, 그 익숙해지는 삶을 통해 자신이 할 수 있는 가능성을 찾는 일이다. 그동안 살아왔던 가치에 의문을 던지면서 많은 부분을 내려놓게 되면서 자신을 긍정하게 하는 계기가 된다.

이미 심각한 질병으로 투병 중이라면 어떻게 할까?

우선 투병계획과 함께 질병치료에 최선을 다하고 적극적으로 참여하면서 치료할 것이다. 치료과정에서 힘든 상황일수록 적극적으로 질문해야 내 신체라는 무대에서 관객으로 밀려나지 않는다.

그리고 투병생활을 함께 공감하고 나눌 수 있는 동반자를 위해 노력할 것이다.

여행도 함께 하면 의미가 더 깊어지듯이, 길고 힘든 투병도 함께 하면 덜 외롭다.

병원에 입원했던 환자도 좋고, 가족도 좋고, 상황을 이해할 수 있는 친구도 좋다. 아픈 사람은 대화할 상대가 필요하다. 편하게 나의 이야기를 말할 수 있고 투병의 동반자 역할을 할 준비가 되어 있는 사람이면 누구라도 좋다.

어쨌든 의사와의 만남을 적극적으로 활용하여 내 몸에 대한 임상적 정보를 얻고 치료에 최선을 다할 것 같다.

두 번째로, 질환을 필연적인 동반자로 인정하고 능동적 의미를 부여하면서 자신감과 용기를 갖도록 노력할 것이다. 살면서 질병을 동반자로 인정하고 어느 정도까지는 질병을 건강의 수단으로 삼을 줄 아는 마음을 가지는 것이다.

나는 일반병실로 옮겨서는 책을 많이 읽었다. 일요일은 병원에서 종교 활동도 했다.

컨디션이 좋으면 책을 읽고, 그렇지 않으면 라디오나 음악을 듣는 일상이었다.

질병은 그대로 인정하면서 일정 수준만 넘지 않게 잘 조절하면서 생활했다.

『플라잉』의 저자 닉 부이치치는 팔다리가 없는 장애인이다.

그는 건강하지 못했고 불편했지만 자신의 경험을 책으로 내고 다양한 청중을 대상으로 강의를 함으로써 다른 사람들에게 감명과 용기를 주었다.

그는 서핑을 하고 드럼을 연주하고 스케이드 보드를 탄다. 자신의 불편한 상황을 경험과 재능으로 보여줌으로써 많은 사람들에게 용기와 감명을 주었다. 신체적인 자신의 불편함을 인정하고 자신이 좋아하는 일을 하면서 다른 사람에게 감명을 주고 삶의 활력도 얻을 수 있었다.

마지막으로 적극적인 치료 노력에도 육체의 고통에서 벗어날 수 없다면, 그리고 끝이 보이는 질환이라면 나머지 삶을 수용하고 정리하는 자세를 가질 것 같다.

무엇을 남기고 떠날 것인지, 치료를 통해 무엇을 얻을 수 있는지를 알게 되는 계기가 될 것이다.

질병이 있으면 고통이 있고 외롭긴 해도 나름 의미 있는 면도 있다.

예전에는 몰랐던 가족의 소중한 손길과, 지금 가까이 있는 것들을 사랑하고 희망하는 일이 중요하다는 것을 알게 된다. 지금 여기에서 나를 느끼고 좋아하면서 자신을 확인하는 일이 소중하다는 것을 말이다.

또 질병이 있으면 사람의 마음을 파고 갈아주어 보다 강한 삶의 향수를 느끼게 하면서 지금 현재의 삶이 중요하다는 것을 느끼게 한다.

질병으로 인한 투병과정에 정답은 없다.

투병도 나의 삶의 일부이기 때문에, 희망의 가능성을 믿으며 힘들어도 매 순간 즐겁게 살면서 혹 슬픔의 골짜기에 이르더라도 현실을 받아들일 수 있도록 노력하는 것이다.

아픔_그리고_삶

part 02

아픈 사람의 이야기 -
장 담 할 수 없 는 건 강

차가운 방안
창살문은 영하의 체온으로 흐느끼고
온기도 잠이든 시간
나 호올로 깨어나
우리가 날개 잃은 의미를 생각한다.

세상만사 모든 일이
그대 뜻이라면
우리는 제 몫의 시련으로
이제 더 할 수 없는 감사를 받았고
이미 꺼져가는 불씨를
그대 사랑으로 사르어야 할 시간

어둠을 덮고 누워
뎅그렁 뎅그렁
고향마을 예배당 평온한 종소리
아무도 모르는 새 두 손 모아
그대 얼굴 본적 없어도

순수한 영혼으로 그대를 영접하나니
어제는 그대에게 마음을 모으고
오늘은 그대에게 겸허한 자세로 손을 모읍니다.

〈고영수, 삶 그리고 의미〉

1. 이렇게 아픈 줄도 모르고

"어린 시절 몸이 아프면
머리맡에 앉아 물수건을 이마에 대 주시고
삼양라면을 끓여 주셨다.
어머니는 말씀하시기를
네가 아픈 건 더 크기 위해서란다.
"다 낫고 나면 너는 더 커져 있을 거야."라고 말씀하셨다.
그로부터 많은 세월이 흘렀는데
이 나이에 아직 많이 아픈 것을 보면
얼마나 더 아파야 인생의 참 의미를 알 수 있나…."

〈무명씨, 아프다는 것〉

몸이 으스스 한 것이 추웠다.

다른 날처럼 출퇴근을 반복하는 일상이었다.

출근하기 위해 엘리베이터를 기다리다 자신도 모르게 정신을 잃고 쓰러졌다.

119에 의해 응급실로 실려 가서 반나절 후에나 의식을 찾고 깨어났다.

의사는 보호자를 찾더니 내 몸의 상태에 대해 설명한다.

"간이 딱딱하게 굳어서 더 이상 기능하기 어려울 것 같아요. 간은 이미 굳은 상태라서 다시 되돌려놓는 것은 불가능하고요. 지금 환자의 상태는, 이대로 놔두면 오래가지 않아 위험이 닥칠 것

아픔_그리고_삶

이고 치료 방법으로는 이식 밖에 없어요."

늘 나 같은 많은 환자를 봐서일까. 그의 얼굴은 그냥 담담하다. 급할 것 없이 의사는 자신의 이야기를 하는 것뿐인데 나는 왜 답답함을 느낄까?

당장은 심장쇼크를 막기 위해 매일 두 번씩 관장을 하고 설사를 위해 약을 먹어야 한단다. 복수조절을 위해 먹던 이뇨제를 줄이고 칼륨수치를 줄이기 위해 '락툴로즈'라는 가루약을 먹는데 맛도 시큼하고 양도 많아 먹기 불편했다.

원인은 간 기능 저하로 인한 간성혼수 때문이었다. 간경화 말기로, 간 기능이 고장 난 것이다. 배에 물이 차는 복수와 눈에 황달 증상까지 있었지만 간성혼수로 의식을 잃은 것은 처음이었다. 물론 간 기능이 나빠지면서 전반적인 몸 상태는 엉망이었지만 그 순간만 넘기면 그런대로 견딜 만 했다.

이런 상황이 반복되면서 간경화의 불편함을 점점 자연스럽게 받아들이고 있었다.

서서히 간 기능 부전으로 생기는 부작용을 온 몸으로 익숙하게 함으로써 점점 죽음에 이른다는 사실도 모른 채 지내고 있었다.

마치 개구리가 따뜻한 물에서 익숙하게 지내다가 뜨거워지는 줄도 모르고 불편함을 마냥 견디다가 죽어가는 것과 같았다.

나는 응급실에서 일반병실로 옮기면서 점차 안정을 찾아가고 있었다.

매일 주사와 약, 그리고 인슐린 주사를 맞았다.

검사는 초음파 검사와 CT 검사를 했는데, 영상에서 보는 것만큼 유쾌하지 않았다. 팔에 꽂힌 정맥주사에 조영제를 넣고 엑스레이 기계를 통과하는 동안 머리 위로 팔을 올리고 20분 정도를 움직이지 않아야 했다. 조영제로 가슴이 뜨거워지는 불편함과 폐소공포증도 함께 느껴야 했다.

병실에 있을 때 무엇보다 힘든 건, 속이 메스꺼워 식사를 못할 정도로 입맛이 떨어진다는 것이다. 배에 물이 차 있으니 더 못 먹는다. 물이 차오르면 임신한 사람처럼 배가 불러오게 되어 숨이 차고 몸이 무거워 더 힘들어진다.

나는 이렇게 복수조절이 안 되어 점점 부풀어 오르고 힘들어하고 있었다.

결국 임시 치료로 복수 빼는데 생각만큼 잘 나오지 않는다. 2000cc 정도를 빼는데 서로 힘들고 불편하다. 복수가 잘 안 나오는 모양이다.

이제 그만 하자고 했다. 나도 힘들었지만 땀을 흘리며 애쓰던 수련의가 더 안쓰러웠다. 끝나고 알부민 주사를 맞고 돌아왔는데 무척 피곤하다. 지쳤다는 표현이 더 맞는 말일 것 같다.

퇴원하기로 한 날, 간호사실에 복수를 더 빼고 서류 좀 챙겨달라고 부탁을 했는데 한참 기다려도 소식이 없었다. 다시 독촉해서 복수를 빼고 나니 저녁 8시쯤 되었다. 그런데 서류는 아직 준비 되어있지 않다고 다음에 오라고 한다.

이 의사는 뭐가 바쁘길래 다음에 또 오라고 하는지 의문이 갔지만 그런 의문을 내려놓고 퇴원하였다.

　퇴원 후에도 힘들게 출퇴근을 반복하는 일상이었다.

　어떤 날은 매일 걷는 익숙한 길인데도 힘들어 택시를 타고 집으로 돌아오기도 했다.

　어느 날은 한밤중이 되자 배의 통증이 밀려오기 시작했다. 처음에 시작한 약한 통증이 시간이 갈수록 심해졌다. 평소 배가 조금씩 아프고 찌뿌둥했는데 이번에는 유난히 아파왔다. 배를 찌르는 듯한 통증이 주기적으로 반복되었다.

　결국 늦은 밤 병원 응급실로 향했다. 응급실에서 기본검사와 혈액검사를 하고 새벽 4시쯤 결과가 나왔는데 "복막염"이었다.

　복막염은 간 기능 부전에서 오는 증상으로, 바이러스 등에 의해 복막에 염증이 생기는 것을 말하는데 복부팽만, 구역증상, 식욕부진, 복부통증 등의 증상을 나타낸다.

　혼잡한 응급실 상황 때문에 의자에 앉아 있다가 다음날 오후 병실에 입원하였다.

　응급실에서 침대를 기다리는 데만 꼬박 하루 걸렸는데, 예약해서 진료를 하지 않는 이상 무조건 응급실을 이용해야만 하는 병원의 시스템 때문이었다.

　병실에서는 하루 두 번 간호사 샘이 잊지 않고 항생제 주사를 놓아준다.

　매일 항생제에 피검사, 그리고 하루 종일 잡생각과 잠에 빠져 보낸다. 오로지 신체에 대한 회복만을 생각하게 한다.

간암으로 고생하는 옆 침대 아저씨는 밤새 잠을 못 이루고 고통에 시달리고 있다. 밤새 고통과 싸우고 아침을 맞이하는 아저씨가 대단해 보였다.

같은 처지이기에 그 분의 심정을 부분적으로나마 알 것 같았다. 그러나 누가 그 아픈 마음을 제대로 공감할까? 혼자 짊어지고 가야 할 짐인 것을….

아픈 마음을 공감하고 나누는 시스템을 만들면 따뜻한 인간미를 조금이나마 나눌 수 있겠다는 생각도 해보았다.

퇴원할 즈음엔 항생제 덕분인지 한결 나아진 듯했다. 이제 수술날짜까지 잡았으니, 그날까지는 병원에 오지 않았으면 하는 심정인데 모르겠다.

간경화는 자신도 모르게 서서히 오는 질병이다. 증상이 적어서 상당부분 진행될 때까지 별다른 불편함을 느끼지 못하고 있다가 어느 날 갑자기 증상이 나타나고, 일단 증상이 오면 온 몸을 휘젓고 다니면서 결국 의식을 잃게 하는 병이다. 그 고통은 주로 밤과 새벽에 오는 것이어서 잠을 설치게 되는 경우가 많다. 잠을 자다가도 벌떡 일어나서 근육경련 때문에 다리를 주무르는 일이 빈번했다. 표면상 눈에 띄는 것은 복수로 인해 배가 나오고 얼굴색이 까맣게 변한다는 것이다.

나는 그 증상이 표면에 나타날 때까지 직장에 충실하기만 했다. 지금 생각하면 좀 더 일찍 내 질병을 알고 조치를 했어야 했는데.

그때는 너무 현실에만 급급했다.

　결국 간경화 증상이 심해지면서 응급실에 자주 입·퇴원 하게 되었는데, 점점 그 고통에 익숙해지고 응급 상황에 익숙해진다는 것이 신기할 따름이다.

2. 수술실

"살아 있다는 것의 소중함. 이보다 더 큰 가치를 알고 있나요?"

여러 번 드나들던 응급실과 중환자실에서의 느낌은 매번 혼란스러웠고, 힘들었으며, 좌절과 슬픔을 경험했다.

큰 수술을 경험하고 나면 얼마나 빨리 생명이 몸에서 빠져 나가는지 느끼게 된다. 온 몸에 힘이 없고 끈기가 약해진다고 할까? 또 전반적으로 몸이 차가워진다. 퇴원 후에도 철저한 관리와 식사가 중요해진다.

불편한 일상을 뒤로 하고 수술을 위해 간단한 배낭을 싸서 병원으로 향했다.

입·퇴원을 반복하다 보니 이제 간단한 배낭을 꾸리는데 익숙해졌다.

배에 물이 차서 힘든 나에게 버스 이용이 적당한 것 같아 버스로 이동해 병원으로 와 입원수속을 밟았다.

수술 전날 밤, 수련의와 간호사가 와서 질문과 주의사항을 설명한다.

물어보니 어떤 의사가 수술 하는지는 알려주지 않고 각종 검사와 예정시간만 알려준다. 수술할 의사 얼굴 한 번도 못보고 수술하게 되면 환자는 더 불안을 느끼는데, 의사는 자신들의 시스템만 믿으라는 투로 전달사항만 전하고 내일 수술을 위해 소독을 해야 한다며 몸을 씻게 한다.

수술하는 날!

아침 일찍 동생들이 병실에 앉아 있었다.

아내가 먼저 수술실에 들어가는 것을 보고 그제야 나에게 왔노라고 했다.

잠시 후 간호사들이 수술실에 들어갈 준비를 하라고, 수술실 옷과 주사액을 새로 갈아 끼운다. 가슴이 뛰면서 두려움이 가득했지만 기도에 기도를 보태며 수술 서명지에 사인을 하고는 수술실로 향하는 침대에 누웠다.

눈물이 핑 돌았다. 그래도 동생들 앞에서, 그리고 살펴주던 병동 내과 간호사들 앞에서 눈물을 보이기 싫었다. 하지만 수술실로 향하는 침대에 누워 나는 하염없이 눈물을 흘리고 있었다. 수술 잘 받고 나오라던 간호사들과 동생들 앞에서….

질병으로 힘들어 했지만 여전히 감정이 넘치는 인간의 모습이었다.

천장을 보며 이동하는데 다른 사람에 의해 침대로 옮겨지는 것이 영 불편하다.

중앙수술실 앞에서 침대가 멈춘다. 수술복을 입은 간호사가 수술용 모자를 씌우고는 이름을 확인하더니 몇 마디 질문과정을 거친다. 이런 확인을 마치고 30분쯤 대기하다가 6번 수술실로 들어

갔다.

수십 개의 전등에 불이 들어오고, 조용한 분위기와 서늘하게 느껴질 만큼의 실내온도까지. 수술준비는 이미 완벽하게 준비되어 있었다.

조금 누워 있자니 의사가 다가와 다시 한 번 이름을 확인한다. 그리고는 잠시 후, 코에 줄을 넣어야 한단다.

혹시나 싶어서 부탁을 했다.

"마취하고 나중에 하면 안 될까요?"

그런데 지금 해야 안전하단다.

코에 굵은 고무튜브가 들어가고 고통 끝에 목에 튜브가 닿고 식도를 지나 위에 다다르는 느낌이다. 계속되는 구토감. 그리고 코와 목의 고통.

잠시 후 마취과 교수가 들어오고 몇 마디 질문에 답을 하자 산소마스크가 씌워지며 이름 모를 한 방의 주사에 가물거리는 의식의 끈을 내려놓았다.

깊은 내면에서 아득한 기도가 떠오른다.

내 생애 언제 또 12시간의 긴 잠을 잘 날이 있을까?

띠띠~. 기계음 소리. 눈 좀 떠 보라는 간호사 샘의 목소리에 눈을 뜬다.

회복실? 아니면 수술실의 한켠? 의사와 간호사들의 왁자지껄한 소리와 그 분주함이 눈에 들어온다.

몇 시지? 새벽인가?

　　　　　　　　　　　　　아픔_그리고_삶

몸은 꺾여있는데 움직일 힘이 없다.

다리와 가슴이 천근만근이다.

아프다. 라면박스를 배에 얹어놓은 느낌이다.

수술부위의 고통보다도 움직일 수 없는 고통이 더 극심하다.

말도 안 나오고 손가락 하나 움직일 힘이 없다.

배 위에 감각이 없고 신체의 일부가 실종된 느낌이다.

순간 두려움과 함께 존재론적 위기를 느낀다.

아픈 몸의 자신을 느끼게 될 때 불행의 의미를 더 절실히 깨닫게 된다. 신체적 구속에 갇혀 상상과 감정발휘가 전부인 생활이 얼마나 부자연스럽고 어색한지….

얼마나 시간이 흘렀을까?

누군가 내 옆에 가까이 다가선다.

남동생이다.

반가움에, 어떻게 왔느냐고, 방학은 했느냐고, 말을 해도 말소리가 나오지 않는다.

말하기 힘들다.

인어공주가 벙어리가 되어 왕자님을 향해 아무리 외쳐도 왕자님이 알지 못하자, 인어공주가 결국 물거품으로 사라지게 되는 안타까움을 알 것 같았다.

침대에서 나의 불편함을 간호사에게 알리는데 꽤 많은 시간이 걸렸다.

말은 할 수 없고, 손가락 하나 움직일 힘은 없고….

결국 힘을 다해 침대를 두드리는 방법을 택했다.

"내 몸 좀 일으켜 다오. 이 큰 베개 좀 치워주고 고개를 바르게 해 달라고…"

이렇게 내 마음대로 움직일 수 없는 모든 것이 불편했다.

나는 폐활량이 적어 계속 산소마스크를 쓰고 있었다.

의사는 시간 나는 대로 폐활량 연습하라고 한다. 그런데 힘들다…

입으로 기기를 힘껏 불어 보지만 공은 몇 개 올라가지 않고 다시 내려온다.

"천천히 입으로 내쉬는 연습을 꾸준히 하세요."

간호사가 또 한 번 강조하지만, 다시 심호흡을 하고 내쉬는 일이 너무 힘들어 금방 포기하고 만다.

무엇보다 몸에 걸려있는 많은 줄 때문에 다른 생각을 할 마음의 여유가 없었다.

오로지 다음 움직임에 신경을 집중한다. 링거를 주렁주렁 매달고 옆구리에 연결된 소변 줄과 배액관까지 네 개의 폭탄을 달고 있었다.

담즙을 빼내는 배액관은 수류탄처럼 동글게 생겼다 해서 환자들이 폭탄이라고 부른다. 혈압은 주기적으로 체크하는데 자동으로 감는 혈압계는 팔이 아프도록 조이고 성의없는 것 같아 짜증난다.

중환자실에서 의사들이 간호사들에게 당부하는 것이 폐렴 주의였다.

면역이 약해 주의하지 않으면 폐렴에 걸릴 확률이 커서 먹는 것부터 모든 것을 조심해야 했다.

이렇게 많은 과정을 통해 삶에 대한 고마움과 살아내야 할 이유를 하나 더 알게 되었다. 아픈 몸으로 미련하게 출근을 했고, 그 과정에서 오해와 스트레스가 겹쳐 간성혼수에까지 이르러 사경을 헤맸다.

이렇게 나는 내 병과 녹록치 않은 현실을 타협하며 살아 왔다.

수술과정을 통해 약한 내 모습을 받아들이고 지금의 모습조차도 감사하다는 생각을 하게 되었다. 병과 힘든 싸움을 하는 환자들이 정말 대단하다는 생각을 하게 되었다.

지금까지 살아온 것들이 꿈만 같았고, 내가 살아낸 것들에 대한 아픔의 끈을 놓고 싶다는 심정도 있었지만, 이제는 그 아픔조차 받아들여야 할 내 삶의 일부가 됐다는 것을 수술 과정을 통해 알게 된 것이다.

3. 중환자실

중환자실에서의 느낌은 아픔보다는 또 다른 두려움이다.
자유의지 상실과 거부하기 힘든 심리적 압박… 그리고 불확실성 등.

추위가 좀 물러가는가 싶더니 아침추위가 다시 몸과 마음을
얼린다.

성당 언덕에서 내다보이는 시내가 한눈에 들어온다. 이 동네
는 오래전부터 관광지로 유명했던 곳으로, 지금은 열기가 많이
사라졌지만 한때는 번창했던 곳이었다.

햇빛이 비치고 따뜻해지면 언덕에 올라 집들과 건물들을 내
려다보면서 평온을 얻곤 하였다. 시내 골목의 옛날 집들이 어린
시절을 떠올리게 하면서 추억을 느끼게 한다.

오늘은 아침부터 춥고 어지럽고 진땀이 난다. 몸살 증세가 너
무 오래 가나 싶었다.

병원에 가서 주사라도 맞아야겠다는 생각이 들었다.

병원 진료를 마치고 나니 진료의뢰서를 적어주면서 큰 병원에
가라고 한다.

저녁에 서울 병원으로 달려와서 응급실에 접수를 마치고 복도

통로에 앉아 있었다. 많은 사람들로 붐비고 있었다.

기다리는 동안 심한 오한으로 떨고 있으려니, 검사하는 동안 간호사가 진통제를 놓아준다. 주사를 맞으니 한결 나아진 듯하다. 주사 한방에 이렇게 상태가 달라질 수 있다는 것이 신기하다. 피검사를 하고 소변검사를 하는데 소변이 나오지 않는다. 요도에 소변 줄을 삽입해야 한다고 해서 꺼렸지만, 어떤 신체적 아픔에 대응할 마음의 여력도 힘도 없었다. 모든 것을 내려놓고 비몽사몽간을 헤매고 있었다.

주사바늘을 팔뚝에 꽂는데 조금 있으려니 검붉은 피가 시험관 유리를 가득 채우고 있다. 정신은 여전히 비몽사몽이다.

얼마쯤 지났을까? 왁자지껄한 의료진의 소리가 들린다.

"빨리 중환자실로!"

무언가 시끄러운 기계음 소리로 가득하다.

여기가 어디지?

커다란 아픔과 고통. 아무 생각이 없다.

멍하다. 도대체 며칠이지. 몇 시나 되었을까?

알 길이 없다. 누가 옆에 있는 것 같다. 기척을 느끼는 순간 다시 캄캄해진다.

여긴 어딜까? 혹시 천당? 내가 죽었을까? 궁금하다.

얼굴을 만져 보았다. 분명 살아있는 것 같은데 아직 힘들고 정신이 몽롱하여 확신이 없다. 조금 있으려니 환자가 깨어났다는 간호사들의 소리가 들린다.

눈을 뜬다. 아, 중환자실이구나.

집중 간호하는 간호사가 내 옆자리에 앉아 계속 지켜본다.

지금 몇 시지? 밤인가? 낮인가?

시간이 궁금해도 중환자실에서 시간은 환자에게 별 의미가 없다.

오로지 신체회복을 위한 수술과 검사, 의사의 회진, 투약에 필요한 시간만 의미 있게 다룬다. 그래서 환자에게 시간은 지루하게 느껴진다.

침대 난간 위에 링거가 주렁주렁 매달려 있다. 옆구리에 연결된 소변 줄과 목에 연결된 산소 호흡기까지. 입에는 재갈을 물려 놓았다. 팔뚝에는 링거뿐 아니라 혈압기까지 달아놓았는데, 일정시간이 되면 소리가 나면서 오른쪽 팔을 아프도록 조인다.

"혈압이 조금 높네요."

많이 높은 것은 아니라 괜찮다고 말한다.

간호사가 조금만 더 움직이면 혈압 재면서도 환자에게 따뜻함을 가져다 줄 수 있을 텐데 하는 아쉬움이 있다.

간호사는 24시간 교대로 관찰한다. 나는 코로 숨을 쉬는 것이 여의치 않아 입으로 내쉰다. 산소마스크를 썼는데도 숨 쉬는 것이 힘들다.

몇 번 심호흡하다가 문득 이러다 죽는가 싶었다.

눈은 떴는데 말은 못하고 손으로 간호사에게 불편함을 알렸다.

감각은 있지만 정신이 몽롱하여 현실에 대한 구체적인 생각이 떠오르지 않았다.

희미한 의식 중에도 내가 살아 있는지 확인해 보고 싶었다. 그러나 내가 살아있는 것은 사실이었다.

온 몸이 무겁고 화끈거리고 아프다.

수시로 코 줄에 약을 투여할 뿐만 아니라, 먹어야 할 약 종류도 많아 수시로 올라오는 구역질을 참아야 했다. 산소호흡기 때문에 더 갑갑하다.

고개조차 돌리기 어렵다. 코에는 코 줄. 목과 팔은 동맥을 뚫고 있는 주사바늘과 이름 모를 주사액들이 주렁주렁 매달려 있다. 소변 줄과 배에 달려있는 물주머니(일명 폭탄) 세 개와, 담즙을 빼내는 줄까지 겹쳐 마치 덫에 걸린 짐승처럼 움직일 수 없다. 고개를 돌리면 산소호흡기와 목의 동맥 줄이 제동을 건다. 다리를 움직이면 소변 줄 때문에 불편하고 팔을 움직이면 손목의 동맥이 통증을 준다.

내가 할 수 있는 것은 오로지 눈을 감았다 떴다 하는 눈꺼풀 운동뿐. 그것만이 편안하다.

오직 동물적인 생존 본능만이 번뜩일 뿐...

지인들이 왔다 갔다.

"어떠세요?"라고 묻지만 뭐라 얘기할 수 없어 웃음으로 대답했다.

〈병상일기 중에서〉

입에는 호흡기와 재갈이 물려 있기 때문에 말을 못하고 입은 바짝 말라있다. 지켜보고 있던 간호사가 물 적신 거즈를 내 입술에 적셔준다. 무심결에 거즈를 뺀다.

중환자실 간호사는 환자의 불편함을 최소한으로 하면서 몸의 여기저기를 닦아주고 끊임없이 관찰하며 기록한다.

줄을 통해 빠져나가는 혈액을 보고 있자니 혈액투석 중이란다. 모든 장기기능이 저하되어 있어 위험상태라고 말해준다.

걱정이 되어 간호사에게 물어보니 일시적이라 괜찮다고 한다. 괜히 환자를 안심시키려는 것인가 싶어 재차 물었지만 똑같은 답변만 돌아 왔다.

나는 불편함을 종이에다 글자로 써서 간단한 의사소통을 했다. 주로 내 불편함을 알리는 표시였지만 말할 수 없을 때 최고의 의사소통이었다.

몸을 제대로 움직이지 못하는데 의식만 뚜렷하면 두려움으로 다가온다.

자신에 대한 불확실성과 불안함, 그리고 아픔에 대한 두려움….

푸코는 이성을 가진 자신을 동일자(同一者)로, 내 안에 다른 내가 있는 것을 타자(他者)로 표현한다. 그래서 생각과 가치의 정신은 동일자로, 움직일 수 없는 나의 신체는 타자이다.

나의 생각과 가치는 동일자인데 마음대로 움직일 수 없는 신체의 타자성이 불편함과 두려움을 초래한다.

내가 타자인 환자로 전락해 있다면 삶의 많은 부분을 포기해야 한다.

아픈 사람이 자신의 위치를 이해하지 못하고 건강하던 때의 가치와 의식만으로 욕심을 낸다면 지금 무엇이 문제인지 이해하지 못하는 사람이다. 일단은 질환치료가 우선이고 지금 타자로 전락한 현실을 알아야 한다.

중환자실에서는 시간의 흐름을 알기 힘들고 미지의 세계에 내던져진 불확실성과 두려움 때문에 더 갑갑하다.

도대체 밤인가 낮인가를 알 수 없다. 아픔이 오는 것으로 밤을 추정할 뿐이다.

가끔 간호사에게 시간을 물어보긴 하지만 힘들 때는 몸에서 느끼는 대로 시간을 추정할 뿐이다. 시간이 궁금한 이유는 갑갑하고 지루하기 때문이기도 하지만, 저녁 시간만 되면 아픔이 몰려오기 때문이다.

> "이곳 중환자실은 항상 조명을 비추고 있어 바깥의 날씨를 전혀 알지 못한다.
> 아직 기저귀 차고 소변 줄에 의지해 소변을 보지만 여전히 소변을 맘껏 눌 수 없어 불편하다.
> 아무 생각 없이 고통에 몸을 내주고 있다.
> 나는 꼼짝 없이 한쪽으로 누워 나를 간호하는 간호사를 물끄러미 바라보고 있다.
> 무대 위의 배우를 바라보듯이 관찰자의 눈으로 간호사를 바라본다.
> 딱히 누워서 할 일도 없다.
> 어제 처음 식사가 나왔으나 많은 약 때문인지 속이 불편하여 먹지 못하였다.

오늘 점심은 간호사 샘이 다가와 수저를 쥐어준다.
겨우 두 숟가락 먹었는데 배가 너무 불러 못 먹겠다.
헉, 하고 자조적인 웃음이 나온다.
먹자. 그래야 산다 싶었다. 그냥 꾸역꾸역 넣었다. 무슨
맛인지 모른다.
입안이 떫은 감을 씹은 듯 이상하다.
겨우 반 그릇으로 만드는데 성공했다."

〈병상일기 중에서〉

아픔이 밀려오는 저녁이 되면 아침이 오기만을 기다린다. 낮이 되면 대체로 아픔이 덜하고 통증은 시간에 따라 변하기는 하지만 그 연속적인 아픔은 덜하다.

어쩌다 잠이 들어도 불쾌한 꿈에 애쓰다가 땀에 젖어 깨어나기를 반복한다.

눈을 뜨니 9시다. 아침인지 간호사에게 물으니 저녁이란다.

제기랄. 이상하게도 아픔은 밤에 더 뚜렷해진다.

나름 편한 자세를 취하면서 뒤척이지만 별 소용이 없다.

오늘은 진통제를 얼마나 써야 할까?

이렇게 잠을 설치게 하는 아픔은 어디서 오는지 모르겠다.

마음만은 아침이 되면 생기를 얻을 것 같은데 현실은 영 다르다.

눈을 떠 보니 아내가 침상 옆에 와 있다.

벌써 이틀이 지났다고 한다. 춘천에서 동생들 모두 왔다 갔다는

데 어렴풋한 기억만 있을 뿐이다. 아내의 표정을 보면서 뭔가 잘못되어가고 있는가 싶었다.

위험하단다. 내 몸에서 일어나고 있는 일에 대해 궁금했지만 말을 할 수 없고 움직일 여력도 없어 침묵했다.

내 몸에는 산소 호흡기에 혈액투석에 각종 링거 주사액이 여러 곳에 주렁주렁 매달려 있어 움직이는데 제약이 많았다. 의식은 뚜렷해지는데 움직일 수 없는 상태가 바로 자유의지를 상실한 구속상태였다.

내 의지대로 움직일 수 없다는 그 느낌은 의사와 간호사의 찬조에 따라 약간 진폭은 있지만 그 분위기의 트라우마는 오래 지속된다.

입안의 재갈과 산소마스크만이라도 벗겨 달라고 애원해도 혈액 수치를 보고 검토해 보겠다고 한다. 병원에서 담당의사의 허락 없이 이루어지는 것이 아무것도 없었다.

또 다른 하루. 의사들이 왔다간다.

이제 위험한 고비는 넘겼다면서 입에 물려있는 재갈 한쪽을 풀어 놓겠다 한다.

말은 못해도 한쪽이라도 풀어 놓겠다니 살 것 같았다. 산소호흡기도 가벼운 것으로 바뀌었다. 몸은 아직 자유롭지 못했지만 점차 나아지고 있다는 희망적인 말을 들으니 갑갑하던 시간들이 갑자기 자유로워진 것처럼 착각하기 시작했다.

자기 의지대로 움직일 수 없다는 건 어떤 느낌일까?

중환자실에서 일어나는 모든 일이 질병치유를 위함이라는 걸 이해하면서도 환자의 의지를 통제하고 강제하는 것을 느끼게 되는 일은 유쾌한 일이 아니다.

프랑스 철학자 미셸푸코는 〈감시와 처벌〉에서 사람의 내면에서 나오는 자유충동을 막으려는 사회를 비판했다.

감시당하고 있다는 피해의식 속에 있게 되면 감시당하는 사람의 의식 안에 또 다른 감시자가 생겨 감정이나 충동을 스스로 억제하게 되는데, 이런 시스템의 반복은 생명력마저 약하게 만든다고 말한다.

중환자실에 있는 환자는 제대로 움직이기도 어렵지만 혹 움직이려면 의료진의 허가를 받아야 한다. 그리고 입원기간이 길수록 그런 통제 습관에 스스로 익숙해지게 된다.

가끔은 병상에서 움직이지 못하고 상상으로 추억 속을 휘젓고 다닐 때가 있다.

고향의 동산도 가보고 추억의 마닐라 케손도 가보곤 한다. 추억과 상상에 의식을 내 주고 있다가 문득 내 현실의 조건을 깨닫는다.

내 현실은 마음대로 움직일 수 없는 신체적 조건에 갇혀 있는 상태인 것이다.

이렇게 보이지 않는 듯 보이는 감시시스템 중 하나가 병원 중환자실이다.

치료를 목적으로 환자는 일상의 부분들을 통제 당하며 스스로 치료목적으로 이루어지는 통제를 일상화한다. 결국 이런 일상이 반복되면 생명력을 더 약하게 만드는 원인이 된다.

중환자실을 뚜렷이 기억하기 힘든 이유는 대부분 의식이 거의 없거나 신체적으로 많이 아픈 때여서 본능적인 것 이외에는 생각할 여유가 별로 없기 때문이다. 중환자실 입원은 여러 번 했지만, 뚜렷이 기억하는 경우는 한 번 정도이고 나머지는 어렴풋한 기억에만 있다. 중환자실의 환자들은 소박한 삶의 의지가 절실하다.

소박한 삶이란 보통 일반인처럼 마음대로 걷고 웃고 다니는 것인데, 그게 중환자들에게는 쉬운 일이 아니다.

4. 또 다른 아픔이 오다

겨울 명절을 앞둔 어느 날이었다.

사무실에 있는데 추위와 오한으로 견디기 어려웠다.

숙소로 퇴근해서 누웠으나 자는 듯하다 깨면 잠을 이룰 수 없었다. 잠을 자다 깨보면 한 시간 정도 밖에 지나지 않았고, 밤이 되어 혼자 있으니 그 고통은 더 심해졌다. 밤새 출처도 모르는 고통에 시달리다 아침에 출근해서 미역국만 조금 먹었는데 여전히 오한은 사라지지 않았다.

가까운 병원 가서 채혈하고 누웠는데 오한은 계속 되었다.

사무실로 돌아와서도 오한은 계속 되었지만 따뜻한데 있으면 한결 나아지는 듯했다. 퇴근시간이 되어 서울병원 응급실로 향했다.

저녁 9시에 도착하여 응급수속을 밟았다.

응급실에서 채혈하고 대기하면서 응급주사를 맞고서야 몸을 떨게 만들던 오한이 눈 녹듯 사라진다. 정신이 몽롱하고 의식이 흐려져 잠이 쏟아진다.

2박 3일을 중환자실에서 머물며 삶의 경계까지 경험하면서 예전의 중환자실을 떠올렸다. 그때 느낌의 중환자실 분위기는 여전하다.

치료과정에서 나란 존재는 저만큼 밀려나 있고 의사들의 판단과 조치에 몸을 맡기면서 자신을 무기력하게 지켜볼 수밖에 없는 상황이었다.

고생 끝에 중환자실에서 일반 병실로 옮겨서도 나는 여전히 불편했다.

여전히 식사는 못하고 링거에 의존해 영양제로 대신하고 있다.

눈꺼풀이 무겁고 정신은 몽롱한데, 다른 임상적 수치들은 정상이었지만 신장수치는 높단다. 이동침대에 누워 투석실로 이동하는데 사무실에서 전화가 왔다.

이곳 사정은 전혀 모르고 별 관심도 없는 듯하다. 2시간 투석을 했는데 가슴부분의 정맥에 심어놓은 도관을 통해 하는 것이어서 고통은 적었지만 힘도 없고 정신도 없었다.

나중에 알았지만 병원에서는 패혈증이라 불렀다.

바이러스균이 혈액을 타고 흐르면서 신체의 기관을 망가뜨리는 위험한 질환이다.

예전에 간 이식 수술하고 입원했을 때보다 고통은 덜 했지만 중환자실에서는 더 큰 불확실성에 떨어야 했다. 예전 느끼던 아픈 감정과 그 분위기를 고스란히 다시 소환하는 듯 했다. 회진하는 의사를 기다리며 검사결과에 따라 의사 처방을 기다리는 것도 똑같고, 신체회복을 중시하는 환경에서 규칙적인 규율에 갇혀 지내면서 느끼는 감정도 같다.

중환자실에서는 세상을 잿빛으로 바라보기 쉽다. 잿빛의 일상이 싫어 빨리 탈출하고 싶은 마음이 간절해진다.

어느 날 밤. 눈을 떠 창가를 내다본다.

고요한 병실창가 건너편 강변도로를 달리는 자동차들의 불빛이 이어진다. 멀리서 이어지는 자동차의 따뜻한 불빛들이 병실의 적막감을 완화해준다.

잠 안 오는 밤. 문명의 이기 속에서 사람의 따뜻한 흔적을 느끼게 되는 것을 통해 인간은 문명 속에 살아가고 느끼는 사회적 동물임을 깨닫게 해준다.

퇴원 후 다른 장기 수치는 정상으로 돌아왔는데 신장 수치인 크레아틴 수치는 좀처럼 내려가지 않았다.

의사의 권유대로 신장이식 대기자 명단에 이름을 올렸으나 기회는 쉽게 오지 않는다고 말해준다. 신장이 조금씩 안 좋기는 했지만 패혈증 이후 더 많이 나빠져서 만성신장 증상으로 나타났다.

다른 치료법이 있는 것도 아니어서 현실에 최선을 다하고 더 악화되지 않기만을 바라야 했다. 생활습관과 식생활 개선도 이미 망가진 사람에게는 크게 도움이 되지 않았다. 우선 식욕이 떨어져 식사를 제대로 할 수 없었고, 체력도 떨어지고 피로감도 빨리 와서 구토증상, 호흡곤란, 혈압상승 등 여러 증상을 함께 겪어야 했다.

신부전(콩팥병)은 혈액과 노폐물을 걸러주는 신장의 여과기능이 떨어져 제기능을 못하게 되는 상태. 치료법은 혈액 투석을 통해 인위적으로 혈액에서 노폐물을 제거하거나 신장이식을 하는 것뿐이다. 하지만 우리나라는 신장이식 대기자가 많아 오랜 시간이 걸린다.

내 몸에 질병이 오고 가는 것은 내 생활과의 싸움이었다.

지금까지 살아왔던 생활방식을 일정부문 포기하고 살아야 함을 의미하기 때문이다.

다른 질병들은 어느 정도 회복되고 증상이 사라졌지만, 아직 신장병만큼은 내 곁에 머물러 함께 생활하고 있다. 이렇게 질환에 머물러 있는 자신의 처지가 가끔 무책임한 사람처럼 느껴져 죄책감과 자존감으로 우울하기도 하다.

아픈 경험을 통해 나는 만성질환의 경우 질병을 통제하기보다는 질병과 함께 살아야 한다는 삶의 지혜와, 다르게 살 수 있다는 새로운 인식이 필요하다는 것을 알았다.

신장병과 함께 살면 몸이 무겁고 식욕도 없고 불편한 점은 많지만 이 질병을 통해 좋은 인연을 만들며 현재를 즐겁게 살려고 노력한다.

행동에 제약은 있지만 크게 고통을 느끼지 않고 움직일 수 있다는 것이 얼마나 큰 행운인가?

좋은 기억만을 떠올리면서, 예전과 같은 신체적 조건은 아니더라도 마음 맞는 친구들과 즐겁게 살려고 노력한다.

part 03

아 픔 에   대 한
새 로 운   시 각

"행복이란 무엇을 의미 하는가?
모든 불행을 살아내는 것.

빛은 무엇을 의미하는가?
온갖 어둠을 응시하는 것."

〈니코스카잔차스키〉

아픔_그리고_삶

1. 아픔이 지나면 아름다울 수 있다.

슬픔이 밀려와
그대 삶을 흔들고
귀한 것들을 쓸어가 버리면
네 가슴에 대고 말하거라.
"이 또한 지나가리."

행운이 너에게 미소 짓고 기뻐할 때
근심 없는 나날이 스쳐갈 때
세속에 매이지 않게
이 진실을 고요히 가슴에 새기라.
"이 또한 지나가리."

〈랜터 윌슨 스미스, 이 또한 지나가리〉

퇴원해서 집으로 올 때는 기분이 좋았다.

두 달 만에 나오는 바깥세상인데, 모든 풍경이 새롭게 보인다.

삼성역을 지나는데 익숙하게 지나쳤던 빌딩들이 낯익으면서도 아름답게 느껴졌다.

도시의 생기와 삶의 에너지를 느낄 수 있어 좋았다.

아파트에 도착하여 집에 들어서는데 왠지 생경하고 낯설게 느껴진다.

두 달간 떠났다 돌아왔을 뿐인데도 낯설게 느껴진다.

오랜 외출이나 오랜 여행 후의 낯섦과는 또 다른 느낌인 것을 보면, 아픔을 통해 자신에 대해 깊은 인식 변화가 있었던 모양이다.

퇴원 후 한동안은 병원의 지루한 생활을 벗어나는 것이 좋았다. 사실 집에만 있어야 하기에 야외 활동은 못하지만, 그래도 익숙함과 편안함이 마음을 가볍게 해준다.

운동한다고 조심스럽게 집안을 천천히 걸어보는데 아직 빈혈과 울렁거림이 온다.

여전히 식사는 약간의 죽으로 대신하고 있다. 집에서 서성이는데, 병실에서는 잘 걷는다 싶었는데도 막상 집에 와보니 생각대로 잘 되지 않는다. 여전히 아물지 않은 상처 속에 머물러 있음을 느낀다.

나의 아픔은 시작부터 치료, 그리고 퇴원 후 전반에 걸쳐 있었지만 특히 수술 후 관리과정에서 많은 통증을 경험했다. 통증은 질병이 악화되어 오기도 하고 치료가 끝난 뒤 건강을 관리하는 과정에서 오기도 한다.

아픔은 질병에 반응해서 나타나는 현상이지만, 그 아픔은 주관적이어서 표현하기 어려울 때가 많다.

"그냥 가렵다고 표현하기에는 날카로운 깊은 가려움", "타는 듯한 갈증", "쥐어짜는 듯한 다리 근육통", "끊는 듯한 복부통증" 등의 표현은 할 수 있지만 더 복합적인 통증일 때는 있는 그대로 표현하기 어렵다.

날카로운 가려움이 휘젓고 다니는 아픔이 올 때면, 다른 사람과 이야기 할 수 있으면 나아질 것 같다는 생각도 든다. 그러나 통증과 아픔은 누가 대신해 줄 수 없는, 스스로 경험해야 하는 주관적인 현실이다.

퇴원 후 집안을 걷다가 소파에 앉아 있는데 갑자기 입에서 피가 쏟아진다.

심하게 어지럽고 계속 구토를 하면서 속에 있는 것들을 다 토해냈다.

결국 화장실 앞에 누워 구토가 끝날 때까지 기다려야 했다.

잠시 앉아 쉬어 보지만 구토와 이름 모를 두통과 빈혈은 여전하다.

문맥 혈이 터진 것이다. 검은 대변을 쏟아내는데 피가 섞여 나온다.

정신이 없고 빈혈 때문에 앉아있는 소파에서 일어서지 못한다. 화장실이 바로 코앞인데 조금 걷다가 쓰러진다.

어? 내가 왜 이러지? 무슨 일이 일어난 거지?

정신은 멀쩡한데 몸이 말을 듣지 않으면서 구토가 나고 어지럽다.

병원에 다시 입원하여 피를 수혈 받으면서 수술실로 향했다.

위장 속 터진 혈관을 접합해야 한단다. 위험할 수 있어서 수면이 아닌 내시경 접합수술을 해야 한다고 말해준다. 수술 과정이 왜 그리 힘들고 길게 느껴지는지 식은땀으로 범벅된 몸으로 잔뜩

움츠리고 있다.

계속 쏟아지는 피를 받아 내면서 한편으로는 의료용 스테플러로 터진 혈관을 봉합하는 소리가 들린다. 무의식중에 덜 아프도록 몸을 움직여 보지만 의사들은 무덤덤하다. 한번 더 피를 토해 내고 신음을 쏟아낸다.

환자복에 피와 땀이 스며들고 신음소리를 내어 보지만 더 이상 힘이 없다.

"이제 거의 다 끝났다."는 의사 말이 계속 반복되지만 끝날 줄 모르는 고통의 시간은 속에 있던 힘까지 다 뽑아내는 느낌이었다.

수술이 끝나고 병실로 돌아오면서 "이젠 좋아질 거야."라는 주문을 일부러 계속 반복했다. 다시 재발될까 두려웠기 때문이다. 위 안에서는 아직 서늘한 떨림과 부글거림을 느낀다. 또 문맥이 터질까 걱정이다. 다시 수술해야 한다는 섬뜩함과 두려움이 머릿속을 가득 채운다.

처량한 짐승처럼 침대에 실려 병실로 돌아온 후 이런 생각을 했다.

더 이상 힘들지 않게 조금만 속이 편했으면, 아니 고통을 생각하면 지금 이 상태라도 만족할 수 있을 것 같았다.

병실로 돌아온 그날 밤은 통증으로 자다 깨다를 반복했다. 잠을 충분히 자지 못하고 자주 깨서 낮에 피로가 밀려온다.

밤에 유난히 통증이 오는 때가 많아 더 두려운 느낌이다. 통증 때문에 진통제를 써 보지만 두 시간 정도 지나면 다시 통증이 온다.

이렇게 아파서 아무런 생각조차 할 수 없을 땐 혼란스럽고 기운이 다 빠진다.

좋았던 기억과 고향마을의 평온한 종소리를 억지로 떠올리며 아픔을 참아 보지만, 나도 모르게 두 손을 모으고 있다.

한밤중에 일어나 혼자 앉아 있으면 외로움이 커지고 그 고독감에서 죽음의 존재를 생각하게 한다. 통증과 외로움, 그리고 한밤중과 죽음이라는 단어는 서로 연관되어 있는 듯하고 내가 통증과 마주한 것은 연약한 자신의 몸이었다.

통증은 천천히 오기도 하지만 오히려 갑자기 찾아올 때가 많다. 하룻밤 사이에 변하고 한 시간 전의 자연스러움에서 불현듯 통증과 아픔이 닥쳐오기도 한다. 아픔이 지속되면 정신적으로 힘들고 말하는 것도 힘들어져서 인간관계에서도 점점 고립되고 소외된다. 이런 아픔이 불현 듯 오기도 하지만 일정 시기가 지나면 강도가 약해지거나 슬그머니 사라지기도 한다.

내 경우, 힘들 때마다 완화되는 느낌을 받을 수 있도록 해준 것은 어린 시절의 즐거웠던 추억과 고향마을의 평온한 교회 종소리를 떠올리는 일이었다. 그 추억들을 생각할 때 아픔이 완화되는 느낌이 들었다.

뎅그렁 뎅그렁 마음의 종소리를 듣는 동안 아픔이 추억으로 묻히면서 몸이 균형을 찾아가는 느낌을 받았다.

"어둠을 덮고 누워

뎅그렁 뎅그렁

고향마을 예배당 평온한 종소리

아무도 모르는 새 두 손 모아

그대 얼굴 본 적 없어도

순수한 영혼으로 그대를 영접 하나니

어제는 그대에게 마음을 모으고

오늘은 그대에게 겸허한 자세로 손을 모읍니다."

아픔과 통증 속에서 균형을 찾을 수 있는 평온함은 다른 사람들과 함께 할 수 있는 기회가 된다. 건강한 사람들은 일상에서 쉽게 균형을 찾지만 아픈 사람은 자기만의 경험을 통해 각자 다르게 균형을 찾아간다.

아픔은 삶과 함께 있는 것이고 삶속에서 아픔을 느끼고 살아가는 게 인간이다.

삶이 없으면 아픔도 없다. 살아있기 때문에 아픔을 느끼고 눈물을 흘린다.

시간이 흐르면 삶이 변화하듯이, 살아서 느끼는 한 때의 아픔과 고통도 시간이 흐르면 다 지나간다. 우리의 삶은 고정되어 있는 것이 아니라 늘 변화를 거듭하며 현재를 만들어 가기 때문이다.

사람은 살면서 여러 단계를 거치는데 유년기, 청소년기에서 노년기에 이르기까지 각각 다르게 변화하는 삶을 산다. 마찬가지로

아픔_그리고_삶

아픔과 고통도 한 시기에 머물다 때가 되면 다른 평온함으로 변한다. 반복을 거듭하면서 폭풍우처럼 힘들 것 같던 순간의 아픔도 일정 시간이 지나면 완화되고 사라지면서 아름다운 삶을 꿈꾸게 된다.

문제는 아픔과 고통에 어떤 의미를 부여할 수 있고, 이를 극복하기 위한 각자의 의지와 노력에 어느 정도 투자할 수 있느냐이다.

2. 이것이 아픔이던가, 그렇다면 다시 한 번!

시들고 있는가. 피곤한가.
그렇다면 몸을 움직이자.
마음껏 동물처럼 몸을 놀리자

피부로 접하고, 바람과 물을 몸으로 느끼고,
근육이 달아오를 때까지 움직이고,
부르짖고, 햇볕을 쐬고, 밤의 냉기를 맛보고,
풀과 꽃의 향기를 맡고, 먹고, 마시고,
기분 좋게 눈꺼풀을 닫자.

지금까지 아무렇게나 내버려두고 있던
내면의 야성을 들판에 놓아주자.

〈니체, 우상의 황혼〉

아플 때 집에만 있는 것보다 어딘가 떠났다 오면 기분전환이 된다.

이제 겨우 움직일 만 하니 어딘가 떠나고 싶은 마음이 굴뚝같다.

아파서 움직이지 못하던 때에 건강하게 걸을 수 있고 말할 수 있는 것이 얼마나 행복한 일인지, 그리고 자기가 하고 싶은 일을 할 수 있다는 것은 얼마나 큰 축복인지를 느끼게 된 것이다.

한동안 안하던 운전은 제대로 할 수 있을까? 의문이 든다. 몸이

아픔_그리고_삶

아프니 모든 게 조심스럽다. 아들을 데리고 오랜만에 운전석에 앉는다. 어쩐지 운전석이 더 넓어진 듯한 느낌이다.

갑갑한 집을 벗어나 성산대교를 지나 통일로로 들어섰다. 자주 가던 곳이었지만 오늘따라 차들이 많이 밀린다. 통일로를 따라 달린다. 특별한 목적지 없이 천천히 통일전망대까지 왔다. 전망대로 들어서는 길가는 낙엽이 고즈넉히 내려앉은, 걷고 싶은 또 다른 풍경이었다. 아픔도 아름다운 자연 속에서는 순간 잊혀지고 평온해진다.

오랫동안 질병으로 고생하거나 신체적 장애가 생긴 사람은 스스로 그 질환 속에 머무르려는 소극적인 경향이 있다.

자신의 입장에서 세상을 바라보는데 익숙하기 때문이다.

병원에 입원하거나 아파서 눕게 되면 습관적으로 새로운 것을 찾으려 하지 않고 기존의 방식만을 고집하기 쉽다. 오랫동안 아픔에 익숙하다 보면 생활자체가 온통 병과 관련된 일상으로 바뀌기 쉽다. 시간에 맞추어 먹어야 하는 약과 식사, 의사를 만나고 다음 일정을 예약하는 일, 각종 검사를 쫓아다니는 일, 그리고 남는 시간에 휴식하는 일 등 모든 것이 질병과 관련된 생활들로 채워지게 된다.

이렇게 질병과 관련된 생활들로 바뀌다 보니 다른 일상을 꿈꾸는 것은 쉽지 않다.

몸이 아프니 마음이 편치 않아 다른 행동들을 스스로 제한하는 것이다.

예전에 독서모임을 하면서 열정적으로 책을 읽고 토론을 하던 때가 있었다.

아픈 가운데 실천한 모임이었지만 꽤나 오랫동안 진행했고, 매주 사회과학 서적을 읽고 모여서 토론하는 방식이었다. 조건은 좋지 않았지만 열정 하나로 여섯 명의 멤버들이 일 년을 적극 참여했다. 건강악화로 중단된 이후 다시 해야겠다는 의욕은 있지만 제대로 실천하는 것이 쉽지 않았다.

그런데 어려운 상황에서도 강한 삶의 의욕으로 아픔과 장애의 극복을 실천한 사람들이 있다.

38세의 나이로 숨진 뇌성마비 장애인 서정민은 유명 시인은 아니지만, 그의 유고시집 『망가진 기타』는 그의 생각을 잘 나타낸다.

> 난 망가진 기타,
> 빛나는 노래의 오래 울리는 배음이 되고 싶었네
> 머릿속의 완벽한 선율을 따라 속주로 이륙하고 싶었네
> 운명의 코드를 바꾸고 싶었네
> 남은 현들을 힘껏 조여 보는 거야
> 먼지를 잠 깨워 춤추게 하고 통쾌한 달을 쏘아 올려서
> 밤 하늘 가득 별들의 박수소리를 들어 보는 거야
>
> ···후략···
>
> 〈망가진 기타 중 〉

아픔_그리고_삶

자신의 삶을 망가진 기타에 비유하는 그는 인생에서 오래 간직할 수 있는 삶의 배경이 되고 싶었다는 마음을 시를 통해 나타내고 있다.

그는 여섯 살 되던 해 뇌성마비 판정을 받고 투병생활을 시작했다. 의지가 강했던 서정민은 신체적 불편과 절망을 이기고 문학의 길을 위해 꾸준히 노력했다.

태어날 때부터 가지고 있던 불편함과 장애를 문학을 통해 극복하고자 했던 서정민은 틈틈이 시를 써 왔으나, 그의 작품은 세상을 떠난 후 동료들에 의해 유고시집으로 출간되었다. 그는 아픔과 장애에 굴복하지 않고 삶의 의욕을 문학적으로 승화시켰다.

그의 시에는 운명에 맞서 고군분투했던 고독과 아픔을 나타내면서도 삶의 의지를 키우던 시인의 열정이 나타난다.

어려운 상황에서도 문학에 의미를 부여하고 삶을 노래할 수 있었던 것은 그에게 문학은 살아가는 순수한 목적이자 이유였기 때문이다.

살다보면 많은 시련이 오고 간다.

기쁨과 즐거움이 있으면 슬픔과 고통도 있다. 그런데 기쁨보다는 고통이 사람을 더 비범하게 끌어 올리고 무한한 능력을 발휘하게 한다.

고통이 우리를 더 성숙하게 한다 해도, 질병으로 인한 고통을 평생 안고 산다면 어떤 기분일까?

장 도미니크 보비(Jean - Dominique Bauby)는 세계적인 패션잡지의 편집장이었다.

일상을 바쁘게 살던 그는 어느 날 갑자기 뇌출혈로 쓰러져 몸을 움직일 수 없게 되었다. 많은 치료과정이 있었지만 나중에는 침도 넘기기 힘들고 말도 할 수 없게 되었다. 하지만 사람의 목소리는 알아듣고 의식도 확실하다. 점점 굳어가는 신체 안에 갇혀버린 그는 몸이 잠수복을 입은 것처럼 무겁기만 하다. 그래서 그는 책에서 자신의 몸을 잠수복으로 표현한다.

그의 저서 〈잠수복과 나비〉는 15개월 동안 20만 번 이상 눈을 깜박거리는 신호를 통해 집필한 책이다. 그가 자신이 말하고 싶은 알파벳 앞에 눈을 깜박거리면 그의 파트너가 이를 기록하고 단어를 조합해 문장으로 만들었다.

이 책은 무너져 버린 자신의 삶 속에서 어떻게 자신의 빛을 찾아 가는지를 담담하게 들려준다. 어느 날 보비는 자신의 모습이 유리창에 비치는 것을 보았다.

유리창에 비친 자신의 모습은 입이 비뚤어지고 머리카락은 제멋대로에 한쪽 눈은 꿰매져 있는 흉한 모습이었다.

보비는 자신의 모습에 대한 감정을 이렇게 표현한다.

> 내 안에 경련과도 같은 큰 웃음이 쏟아지기 시작했다. 산 넘어 산인 이 상황에 대해 모든 게 농담이라고 말하고 싶었다. 나는 웃고 또 웃었다. 눈물이 흘러넘칠 때까지….
>
> 〈사이토 다카시, 곁에 두고 읽는 니체 중〉

점점 희미해져 가는 기억의 시간을 온 몸으로 느끼며 작은 나비의 날개 짓을 수 없이 반복해야 했을 그가 얼마나 힘들었을지 이해가 간다.

평생 장애와 고통을 안고 살지만 그 속에서 삶의 의지를 실천하려 노력했던 그는 얼마나 힘들었을까?

자신의 불행을 운명으로 받아들이는 것은 그의 몸에서 나오는 해방의 힘 때문이 아니었을까? 그는 자신은 아주 나쁜 카드를 뽑았을 뿐이라며 자신에게 닥친 시련을 받아들인다.

사랑하는 이에 대한 그리움, 외로움, 고독함을 눈 깜박임으로 풀어내고자 한 것이다.

보비는 잠수복의 무게를 벗어던지고 나비처럼 자유롭게 날개짓하는 상상을 한다.

여행을 좋아했던 그가 그동안 저장해 놓았던 많은 풍경과 감동, 감각을 꺼내 상상의 미래를 그려보고 과거로 날아가 자신이 행복했던 순간을 그려 보기도 한다.

보비에게 왜 사느냐고 묻는다면 "내 삶이기 때문에. 비록 제비를 잘못 뽑았을 지라도 현실을 받아들이며 최선을 다하는 삶."이라고 말할 것만 같다.

또 한 사람. 멕시코 출신의 화가, 프리다 칼로.

그의 그림에는 고통스러운 그림이 많다. 온 몸을 찌르고 있는 무수한 못, 가시나무의 가시 등 그림 속의 프리다는 눈물을 흘린다. 프리다는 상처받은 자신의 모습을 그림 속에 남겼다.

사실 프리다 칼로는 교통사고 후유증으로 통증과 평생 싸우며 살았던 화가였다.

활발한 소녀였던 프리다는 버스에 타려던 순간에 교통사고를 당했다. 그때 그녀의 나이 18세 때였다. 전차와 버스가 충돌하였고 버스 난간이 그녀의 몸을 관통했다. 사고 당시 그녀는 발목은 으스러지고 쇄골, 늑골, 골반도 부러졌다. 기적적으로 생명을 건졌지만 그녀는 평생 수술을 되풀이하며 후유증에 고통 받는 몸이 되어 버렸다.

그러나 프리다 칼로는 이 사고를 계기로 붓을 들기 시작한다. 프리다는 매일 누워있는 것이 심심해서 무엇인가 시작해 보려고 결심한 것이 그림 그리는 일이었다고 말한다. 그녀의 결심은 확고했고 사회활동도 많이 했다.

사고 후에도 사람들 앞에서는 밝고 활발하게 행동했다. 그녀가 역경에 맞서는 몸부림이었다.

〈프리다, 부서진 척추〉

  프리다의 자화상 〈부서진 척추〉를 보면, 눈물을 흘리고 있지만 계속 울고 있는 것이 아니라 못이 박혀있고 내장이 갈라져 있는데도 의연하게 앞을 바라보고 있다.

  이 그림을 그린 것은 1944년이었는데 그때 프리다는 재수술을 받은 지 얼마 안 되었고 그녀의 나이 37세였다. 이 무렵 30대였던 프리다는 척추상태가 악화되었고, 〈부러진 척추〉는 그런 최악의 상태에서 그린 자화상이었다. 프리다의 몸은 점점 나빠졌다. 프리다는 47세의 나이로 세상을 떠났지만 아픔 가운데 그가 보인 예술에 대한 열정과 승화는 멕시코에 많은 국보급 작품을 남겼다.

신체적으로 불리한 과정에서도 삶에 대한 의지와 자기 일에 대한 정열로 자신의 삶을 그려낸 세 사람. 정말 몸은 아프고 힘들었지만 자신의 현실에 의미를 부여하려 노력한 나름 건강한 삶이었다.

모든 게 의미 없다고 생각되는 순간 다시 한 번 용기를 내어 삶의 의미를 부여하려는 모습이다. 이런 일이 나에게 생긴다면 현실을 받아들이며 의욕적으로 최선을 다할 수 있을까? 나는 겨우 두 달 간의 불편함도 힘들다고 생각하며 불평했는데….

3. 아픔을 이제 사랑하려 하네

이른 아침 눈을 뜬다. 창밖의 세상이 온통 하얗다.

눈이 힘차게 내린다. 일어나서 조금씩 집안을 서성인다. 여전히 아픔이 몸을 타고 흐른다. 방송에서 날씨는 계속 추울 것이라고 한다.

아프다고 집안에만 있다 보면 하루종일 전화도 거의 없고 일상이 지루하다.

밖에 나가고 싶다가도 추위 때문에 이내 포기하고 만다. 아파트 담벼락에 잎새 하나 남지 않은 나무 자락에 흰 눈이 쌓이고, 앙상한 가지에 앉은 새들이 노래하고 있다. 창밖에 보이는 나뭇가지 위의 새들은 생기 넘치는데, 집안에만 웅크려 있어야 하는 나는 이렇게 열정이 사라져 가는 것에 대해 슬픔을 느낀다. 혹시 이대로 인생이 끝나는 것은 아닌지 두렵기도 하다.

질병으로 생명의 위험까지 가게 된 경험도 있었고 일부는 여전히 질병 속에 있다.

현재 나의 불편은 신장 투석으로 인한 불편이다. 우울증도 오고 피로, 빈혈, 가려움, 식욕저하 등 일상적인 불편이 나타나고 누적되면 일상이 힘들어 진다.

질병 치료가 오래되면 일상에서 점점 지쳐가면서 삶의 많은 부분을 놓치게 된다. 평소 잘 받던 전화도 잘 안 받게 되고 통화시간도 점점 짧아진다. 신체적으로 무기력해지고 말하는 것이 힘들기 때문이다.

자신도 모르게 열정이 소진되는 힘든 하루를 보낸다. 사정을 잘 모르는 사람들은 전화를 잘 받지 않는다고, 문자에 답하지 않는다며 기분 나빠하는 사람들도 있었다. 나중에 사실대로 말하고 오해를 풀었던 경험도 있다. 열정이 소진되고 피로를 느끼면 기분이 오염되고 나아가 인간관계에도 영향을 미치게 된다.

일시적 증상만 가라앉힌 삶을 언제까지 반복하며 살 것인가? 이런 현실에서 벗어나 안정을 찾고 의지할 수 있는 것은 없을까?

의학적 기술과 종교는 생명을 얻을 수 있고 안정을 찾게 하는 가치 중의 하나지만, 그것이 전부는 아니다. 오히려 나의 생각이나 가치 속에서 기쁨을 얻고 타인과 공감하는 것이 중요하다는 생각이 든다.

이런 자기 기준을 만드는 것이 쉽지는 않지만 일단 정립하게 되면 내 삶의 일부가 되고 나름 만족한 삶을 살 수 있다.

아픔의 과정에서 느꼈던 것은, 세상은 반드시 필연적이지 않고 우연히 움직이는 경우도 많으며 그 속에서 개인의 삶은 부서지기 쉬운 조각과 같은 것이라는 것이다. 그래서 삶은 행운이라고 생각하면 마음이 편하다.

병원에 같이 입원했다가 먼저 세상을 떠난 사람들은 운이 없는 사람들이다.

같은 질병이어도 과정이 다르게 진행되어 나는 운이 좋았다.

힘들긴 했지만 수술을 할 수 있었고, 또 약물치료에 큰 부작용도 없었다.

넓게 보면 이 모든 것들은 우연한 일들이었다. 물론 필연적인 영향도 있다.

성인병은 주로 유전자의 영향이 크지만 그 유전자를 작동시키는 것은 개인들의 생활습관과 환경영향이 크다.

이렇게 질병은 유전이 되었든 환경이 되었든 원인이 있고, 그 원인을 통제하지 못해 생기는 필연적인 요소가 있다. 이렇게 아픔에는 우연적인 요소도 필연적 요소도 섞여 있으며 삶에는 두 가지 요소가 복합적으로 작용하는 것이다.

예전에는 모든 활동을 내 의지의 결과라고 생각했다.

그동안 "하면 된다."라는 사회적 표어에 도취되어 나의 성취의욕을 최고 가치로 여겼다. 그러나 아프면서 평범한 일상이 의지의 표현일 뿐 아니라 선물임을 알게 되었다. 그리고 일상을 선물로 생각하면 일상에 의미 있는 가치를 부여할 수 있게 된다.

평범한 하루의 선물은 밥 먹고, 걸어 다니고, 말을 하고, 좋아하는 사람들과 함께 식사할 수 있다는 것이다.

선물은 우연한 삶의 연속에서 의지와 상관없이 주어진다는 의미를 가진다.

질병으로 크고 작은 아픔은 누구나 경험한다.

내 경우 콩팥이 망가지면서 "왜 내가 이렇게 되었지?"라며 불평과 불만 속에서 우울한 심정으로 가족들에게 짜증을 많이 냈다. 이런 증상들이 안정적으로 자리잡기까지 거의 일 년이 걸렸다. 그 이전에는 투석을 하면서도 심리적으로 사회적으로 많이 혼란스러웠다.

불안정한 혼란은 잔병도 자주 경험하게 했고, 무엇보다 힘든 내 상황을 가족과 친한 친구들 외에는 공유하지 않았다. 신체적으로 혼란스럽고 잔병이 많으니 짜증나는 일이 많아지고, 직장에는 침묵하면서 힘들게 출퇴근을 반복하였다.

만성신장병으로 투석을 하는 사람들은 치료받는 시기와 번갈아 가면서 자기 일상을 살아간다. 이틀에 한번 투석을 하고 나면 자기일상이 되는데 일주일에 삼일 정도만 컨디션이 온전한 상태여서 일상의 많은 부분을 포기하고 살아야 한다.

그나마 의학적 도움으로 신체적 회복과 일시적인 신체적 호전으로 일상을 찾지만 '나름 불안정한 상태'에서 오는 일상의 무기력으로 불안해한다. '나름 불안정한 상태'는 다른 질병으로 전이될 가능성이 높고 정상상태를 조금씩 소진해가는 것을 말한다.

이런 상황에서는 다른 사람을 만나는 것이 두려워지고 소극적으로 행동하게 된다.

그러나 생각해 보면 우리가 사는 일상은 각자 열심히 살아가기 바빠 남의 일에 신경 쓸 여력이 없다. 예전에 나도 다른 사람의 변화나 아픔을 공감할 만큼 한가하지 않았다는 사실을 알게 되면서, 타인들이 내게 주의를 기울이지 않는다는 사실을 알아도 그리 섭섭하지 않고 사람들을 만나는 두려움도 사라지게 되었다.

그렇게 웅크리고 있을 일이 아닌데 몸이 아프니 마음이 약해져 스스로 우울해 하고 소극적으로 생각하는 것이다.

솔직히 이런 고통을 어떻게 극복해야 하는지 잘 모르겠다.
정답이 없고 각자의 몫도 있기 때문이다. 지루한 아픔이 지속되더라도 지금 이 상태에서 즐겁게 살도록 노력해야 하지 않을까 싶다.

아픔을 경험하면서 건강의 중요성을 더 느끼게 되었고 생활습관을 반성하는 계기가 되었다. 이제라도 나는 건강을 위해 우선 먹는 것을 조심하려 애쓴다. 비록 입맛이 없어도 건강을 위해 균형 있는 식사습관을 가지도록 노력한다.

적당한 스트레스에 잠을 충분히 자고 친구들과 자주 만나 마음을 여는 노력을 게을리 하지 않으려 한다. 아프면 식사를 잘 못하게 되고, 식사를 잘 못하면 몸의 균형이 깨져서 수면의 질이 떨어져 질병이 악화되는 악순환을 겪는다.

다음으로 건강을 위해 매년 정밀검사는 꼭 하고자 한다. 돈은 들지만 건강에 비교하면 아무것도 아니다. 귀찮고 힘들더라도 시간과 돈을 들여 정기검사를 하면 어느 정도 자신의 건강을 챙길 수 있다.

건강을 소홀히 하다가 질병이 찾아온 뒤 병원에서 링거를 주렁 주렁 단 채 병실에 갇혀 생활하는 모습을 생각해 보라. 별로 좋은 상상은 아니다.

좋은 습관을 유지하고 노력해서 생물학적 수명과 건강하게 사는 수명 간의 차이를 최대한 줄인 채 살다가 죽음을 맞이하는 것이 생의 목표이기도 하다.

part 04

소외를 느끼는 사람들

어떤 공동체에서 병들고 아픈 사람들이 암묵적으로 분리되는 것.

친한 사람들과의 관계가 점차 차가워지는 것.

삶의 의미와 편안함을 주었던 사람들로부터 멀어지는 것.

이것이 힘든 일이다.

이것이 바로 아픔을 자신의 일로 받아들여지기 어려워진다는 것과 관련이 있다.

〈노르베르트 엘리아스, 죽어가는 자의 고독에서〉

1. 아픔에는 이야기와 공감이….

지금 이 세상 어디선가 울고 있는 사람은
이 세상에서 까닭 없이 울고 있는 그 사람은
나를 위해 울고 있다.

지금 어디선가 웃고 있는 사람은
한 밤중에 까닭 없이 웃고 있는 그 사람은
나를 두고 웃고 있다.

지금 이 세상 어디선가 가고 있는 사람은
까닭 없이 가고 있는 그 사람은
나를 향해 오고 있다.

지금 이 세상 어디선가 죽어가고 있는 사람은
까닭 없이 이 세상에서 죽어가고 있는 그 사람은
나를 응시하고 있다.

〈라이너 마리아 릴케, 엄숙한 시간〉

　예전에는 다른 사람과 함께 이야기하고 어울리는 것을 좋아했다. 그런데 아프게 되면서 서서히 타인으로부터 멀어지기 시작하더니 요즘엔 급기야 고독을 조금씩 즐기기 시작했다.

　원래 사람은 사회적 동물로 남들과 이해관계를 맺으면서 살아간다. 그런데 어떤 날, 남들의 무관심을 발견할 때는 내가 사회적 동물이면서도 하나의 개체로 혼자 존재해야 하는 외로운 존재임

　　　　　　　　　　　　　　　아픔_그리고_삶

을 느끼게 된다. 그런 군중 속의 고독을, 아프면 여러 번 느끼게 된다.

아무리 아파도 나를 대신해서 아파줄 사람은 아무도 없다. 누구나 혼자 와서 혼자 살다가 결국 혼자 아파하고 죽는 게 자연의 이치다. 그렇다고 해도 자연의 이치에만 머물다 가기에는 너무 외로운 존재 아닌가?

어쩌면 아픔 때문에 느끼는 고독은 고립만이 아니라 나의 유일성을 발견할 수 있는 자유를 주는 것인지도 모른다.

고독이 나름의 장점이 있고 자연적 순리라 해도 너무 자연적으로만 살면 무미건조한 삶이되기 쉽다. 문화적 노력에 따라 타인들과 이야기하면서 공감하는 삶을 살면 더 나은 삶을 만들 수 있는 게 인간이다.

병원에 사람들은 많았지만 실제 이야기를 나누고 공감을 나눌 수 있는 사람은 많지 않았다. 사람이 많아도 나를 알지 못하고 공감하지 않는 사람들 속에서 이야기하는 것은 잘못 신세타령으로 변할 수 있다는 것을 알고 있기 때문이다. 많은 사람들과의 지나침 속에서 그들은 나를 평범한 타인으로만 기억할 뿐, 그들에게 유의미한 존재는 되지 않는다.

병원의 많은 사람들 속에서 외로움을 느끼는 '군중 속의 고독'이 바로 내 모습이었다. 아픈 사람은 자신의 이야기를 나눌 수 있고 공감할 수 있을 때 자신의 아픔과 외로움을 줄일 수 있다.

이렇게 외로움과 소외감을 느끼지 않게 도움을 주는 것이 바로 '돌봄'이다.

돌봄의 보호자는 환자의 불편한 거동을 도와주기도 하지만 심리적으로 안정시켜주는 역할도 한다. 보호자와 이야기하고 관심을 교환하는 것만으로도 환자는 기존 사회적 관계에 관심을 갖고 존재감을 가지게 된다.

아픈 사람의 세세한 감정들을 보듬어 주고 개별성과 주관성에 관심을 가지면서 인격적 주체로서 공감하는 것이 돌봄이다.

병실 생활을 할 때는 바깥세상이 그립고 외로울 때가 많았다. 창 밖에 오가는 많은 사람들의 생명의 힘이 부러웠고 파란 하늘 아래 마음대로 걷고 웃을 수 있는 무한한 자유가 그리웠다. 무엇보다도 아침에 일어나 몸이 무겁지만 허둥대며 회사에 출근해 고객을 상대하는 그런 일상이 그리웠다. 일을 하면서 누군가를 좋아하고 미워하는 일들조차 아름다운 일임을 깨닫게 된 것이다.

저녁에는 창 밖 먼 도로를 달려가는 자동차의 불빛이 반짝인다. 그 빛마저 홀로 있을 때는 정답게 느껴진다. 병상 침대 옆 간병인용 침대에 있는 아내는 잠이 들었는지 조용하다. 병실에서 밤에 혼자 깨어 있으니 삶의 아름다움이 더 절실하다.

〈병동의 쓸쓸한 복도〉

아침이 되자 여러 명의 의사들이 회진을 돌면서 나의 수술상처
만 보고 별 다른 말없이 가버린다. 조금 있으려니 간호사가 쪽지
에 숫자를 적어주면서 핵의학 검사실에 다녀오라고 한다. 담즙 누
출 여부를 확인하기 위한 검사였는데 좁은 침대에 누워서 1시간
동안 움직이지 말아야 하는 지루한 촬영이다.

역시 촬영하면서 아무런 말이 없다. 의료진의 지시대로 움직이
기만 할 뿐이었다.

의료진은 과학의 이름으로 객관적인 수치를 중시하고 정상과
비정상을 구분한다.

의사는 범주로 구분하면서 치료와 관리를 일상적으로 하지만 환자는 그 과정에서 비인격적 객체로 전락한다. 비인격적 객체로의 전락은 치료대상으로 객관화되면서 인간적 무관심이 표출되고 자존감이 훼손된다.

병원에서 제공하는 기초적인 서비스 때문에 환자에게 관심을 가지고 있다는 착각을 줄 수 있지만, 이는 관리의 카테고리에 넣으려는 효율적인 노력에 불과하다. 진정한 돌봄과 간호는 개인의 세세한 감정들과 그 부분들의 합이어서 분명 차이가 있다. 개인들이 느끼는 아픔을 현 시스템에서는 의료진과 같이 나누기도 힘들고 나눌 시간이 있는 의료진도 없다.

이렇게 부족한 부분에 대해 환자 개인의 특성을 이해하고 공감할 줄 아는 돌봄의 주체는 대부분 가족이나 친족이다. 회복과정에서 보호자 역할을 했던 사람은 아내였다.

아픈 경험은 개인에 따라 다르게 나타나며 보호자의 돌봄 역할도 환자의 증상에 따라 다를 수밖에 없다. 나의 아내는 같은 병실에 있는 보호자들과 질환에 대한 정보를 교환을 하였고, 아내의 눈높이 정보는 내 아픔과 증상에 대한 완화를 기대하는데 도움이 되었다.

아픈 사람이 필요로 하는 도움은 사람마다 다르다. 어떤 사람은 옆에 있어주기를 바라는 사람도 있고 혼자 있고 싶어 하는 사람도 있다. 즉각 도움을 바라는 사람이 있고 시간을 두고 결정하고 싶어 하는 사람도 있다.

나는 병원에 있을 때 많이 아팠던 일정 기간을 제외하고는 거의 혼자 지냈다.

보호자 역할을 하는 사람에 대한 고마운 감정이 드는 것과 동시에 부담스러운 면도 있었기 때문이다. 몸이 힘들면 말하는 것도 힘들고 불편한데 상대방에게 신경 써야 하는 것이 부담스러웠다. 그래서 그때 느낀 것이, 아픈 사람이 필요한 것을 스스로 표시할 수 있도록 도와주는 것이 중요하다는 것이다.

아픈 사람은 병을 앓는 동안 계속 생각이 바뀌고 그 필요가 바뀌기 때문에 필요 사항을 파악하는데 시간이 걸린다. 생각과 필요가 바뀌는 그 상태에서는 구체적으로 필요한 것을 잘 떠올리지 못한다. 생각할 여유도 없지만 필요로 하는 것조차 상황에 따라 계속 변하기 때문이다.

정말 내가 필요로 하는 도움은 무엇일까 생각해 보았다.

병원에서도 기본적으로 기저귀 갈고 옷 갈아입고 간단한 세면 같은 것들이 이루어진다. 병원에서의 돌봄은 서비스 공급자의 경향이 강하고 반복하는 일상으로 접근한다.

말 그대로 서비스 공급이지 진정한 돌봄은 아니다.

내가 원하는 도움은 병원의 기본적인 서비스보다는, 오히려 시간을 두고 느끼는 정서적인 문제를 해결해주는 것이었다.

돌봄은 의료진의 보편적인 치료를 보완해서 아픈 사람을 기다려주는 감정적 공감이 중요한 것이다.

돌보는 가족들은 아픈 사람의 특성을 기억하고 관심을 가지고 정성으로 돌보기 때문에 삶의 의미가 귀하다고 느낀다. 아픔을 이해받는다는 것을 느낄 수 있을 때 용기를 얻고 삶의 의미를 느끼게 된다. 아프면 움츠려 들기 쉬운데, 돌봄을 통한 이야기와 공감을 나누면 우울해지는 횟수가 적어진다.

아프면 어차피 내 몸으로 다 경험하고 지나가야 한다.

그런데 아픔의 증상과 느낌은 일정하지 않고 겹치거나 순서가 바뀌면서 뒤죽박죽 오기도 한다. 그래서 개별적인 특성을 이해하고 관심을 가져주는 돌봄의 역할이 중요하다. 아픈 사람과 보호자가 같이 감정의 기복을 조화 있게 공유하면서 이야기로 눈높이를 맞추어 나가는 것이다.

아픔이나 질병은 그 사람만이 겪는 사건이다. 아픈 사람의 고유함을 인정하고 차이를 인정하면서 입장을 공유하는 것이 진정한 돌봄이 아닐까 한다.

2. 질병과 사회적 낙인

> "나는 질병을 앓고 있는 공포에 질린 사람들을 설득해 이렇게 말해주고 싶었다.
> 질병은 질병일 뿐이라고. 질병은 저주도 아니며 신의 심판도 아니고, 곤혹스러워 할 필요가 없다고. 별다른 의미를 부여하지 말라고."
>
> 〈수전 손택, 은유로서의 질병 중〉

사소한 질환이라도 다른 사람에게 알려지는 것을 좋아하는 사람은 없다.

아프다는 사실을 알려서 경쟁사회에서 이득이 될 것이 없다는 것을 알기 때문이다.

사회에서는 몸이 좀 불편한 사람쯤으로 여겨질 일도 직장은 배제를 통해 효율성을 찾고, 질병이 있으면 업무능력이 떨어지거나 불편할 것이라고 생각한다.

직장에서의 낙인은 계속 상황이 변하는데도 퇴사할 때까지 따라 다닌다. 우리의 삶은 늘 변화를 거듭하고 있고 고정된 것은 하나도 없는데, 회사는 한순간의 기억으로 판단하는 경향이 강하다. 사람은 어린 시절부터 노년기에 이르기까지 똑같은 삶을 반복하지는 않는다. 무수히 많은 것을 느끼며 현재도 계속 변화해 가고 있다.

마찬가지로 질병도 시간의 흐름에 따라, 노력에 따라 변하는데도 한번 아픈 사람은 영원히 아픈 사람으로 간주된다. 건강을 회복해도 자기가 속해 있는 조직이나 친한 사람들은 여전히 그를 환자로 바라본다.

건강하다고 생각하지만 사람들의 인식 때문에 사회적으로 환자의 상황이 되어버리기도 한다. 이러한 낙인은 사회적 편견 때문에 생긴다. 이런 편견은 질병 자체의 문제보다도 오히려 질병에 대해 제대로 알지 못해서 생긴다.

예전에 문둥병 환자로 알려진 한센병 환자는 잘못 알려진 오해 때문에 숨어 지내야 했다. 사실 한센병 환자든 에이즈 환자든 암 환자든 자신이 원해서 병에 걸린 게 아니라 살면서 생긴 삶의 일부이다. 때문에 신체적 기능이 마비되고 좋지 않은 모습이라 해도 인식에 따라 달라질 수 있다.

이렇게 하나의 시각으로 질병을 바라보고 대우하는 것을 낙인이라 부른다. 이런 사회적 편견과 낙인은 인간적 가치가 떨어진다는 선입견 때문에 생긴다.

유몽인의 〈어우야담〉에 선입견과 관련한 우스운 이야기가 있다.

옛날 중국사신이 우리나라에 오게 되었는데, 조선은 동방예의지국이니 특별한 사람들이 많을 것이라고 생각했다. 평양에 이르러 키가 크고 수염이 길게 늘어진 장부를 만났는데 말을 건네고 싶었으나 말이 통하지 않았다.

생각 끝에 손을 들어 큰 동그라미를 그려 보이고 손가락으로 그것을 가리켰더니 장부가 답하여 손을 들어 네모를 그려 보였다. 이어서 손가락 셋을 모아 보이니 손가락 다섯을 굽혀 보였으며,

또 옷을 들어 보였더니 즉시 손가락으로 자기 입을 가리켜 보이는 것이었다. 사신이 서울에 도착하여 조선의 사대부들에게 동방에 의지국다움을 극구 칭찬하므로 그 이유를 듣고자 하였더니 장부를 만나 문답한 사연을 이렇게 말했다.

"하늘이 둥글다는 뜻으로 손을 들어 동그라미를 그렸더니 장부는 땅이 네모나다는 뜻으로 네모를 그렸고, 천(天), 지(地), 인(人)을 뜻하여 세 손가락을 꼽았더니 오륜(五倫)을 일러 다섯 손가락을 꼽았고, 또 내가 옷을 들어 보인 것은 천하를 다스린다는 뜻을 말하고자 함인데 장부가 입을 가리킨 것은 말세에는 입(口舌)으로써 천하가 다스려 진다는 것을 보인 것이니 어찌 이인(異人)이 아니겠소?"

이를 이상히 여긴 접객관이 수소문하여 그 장부를 불러와 응답한 뜻을 물었다.

그랬더니 "중국사신이 떡이 먹고 싶어서 동그라미를 그렸으므로 인절미가 먹고 싶은 나는 네모를 그렸고, 하루에 세끼 먹는다고 세 손가락을 꼽았으므로 다섯 끼를 먹는 나는 다섯 손가락을 꼽았고, 그의 관심사는 옷이라지만 나는 먹는 것이 중요하므로 입을 가리킨 것입니다." 하였다.

이렇게 관심사에 따라 달라질 수 있는 사물의 본질이 개인의 선입관에 따라 얼마나 큰 장애요인이 되는지를 말해 주고 있는 이야기다.

오늘날 선입관이나 낙인이 생기는 이유는 달라졌지만 본질을 숨기려는 속성은 비슷하게 남아 있다.

낙인은 원래 죄진 사람들을 징벌하고 구분하기 위해 사용하던 것으로 눈에 보이게 신체를 훼손하던 방법이었다. 낙인을 위해 어떤 기준을 만들고 비정상으로 만드는 것은 자신이 정상이고 지배층의 정당성을 확인하는 과정이었다.

유럽에서는 16세기와 17세기에 마녀사냥이 있었는데 마녀사냥의 가장 큰 이유는 정통 가톨릭 교회를 절대화해 기득권과 권력을 유지하기 위해서였다.

마녀로 불린 여성들은 로마 가톨릭 교회로부터 이단으로 낙인찍힌 여성들이었다.

주로 이교도를 박해하는 수단이었던 종교재판은 이후 기득권과 정당성을 확보하기 위한 지배수단으로 변질되었고 나중에는 죄 없는 여성들까지 무자비하게 죽이게 된다.

중세의 마녀사냥과 같은 편견과 망상이 권위의 옷을 입고서 빚어내는 참극을 그린 영화가 바로 「크루서블」이다. 잘못된 신념은 인간의 머리에서 나와 인간 위에 군림하면서 자기정당성을 위해 인간을 마녀로 낙인찍고 짓밟는다.

17세기말 신대륙 매사추세츠 북부 해안마을 세일럼은 3백 명 정도의 규모를 지닌 공동체 마을이었다. 어느 안개가 자욱한 날, 10여 명의 마을 소녀들이 숲속에서 나체로 춤을 춘다. 이들의 행위는 종교질서에 저항하는 몸짓이었다.

이를 들킨 소녀들은 자기행동을 <악마의 사주>라고 이야기하면서 마을 전체가 뒤집힌다. 성직자들을 중심으로 악마색출이 시작되고 마녀재판이 시작된다.

'집단 히스테리'이다. 그러나 이 모든 혼돈의 원천은 에비게일이라는 소녀의 내면에 도사린 욕망 때문이었다. 그녀는 유부남 존 프록터의 하녀로 일하다 육체관계에 빠져 쫓겨나자 그의 부인 엘리자베스를 죽이려는 충동에 사로잡힌다.

에비게일이 일으킨 마녀소동의 화살은 프록터 부부에게 향한다.

프록터가 저항하지만 영악한 소녀 에비게일은 기독교의 권위를 지키려는 종교지도자들과 합세해 선량한 프록터 부부를 죽음으로 내몬다.

마치 나다니엘 호손의 「주홍글씨」에서 딤즈 데일에게 정신적 고통을 자극하여 죽음으로 내몰던 칠링 위스와 비슷하다. 타인의 마음을 들여다보고 영혼을 병들게 한 칠링 위스의 죄는 마치 악마와 같은 모습이다. 마찬가지로 영악한 소녀 에비게일을 통해 인간이 얼마나 영악해 질 수 있는지 적나라하게 보여준다.

이 영화는 위선적 기독교 굴레에 염증을 느낀 소녀가 그 종교적 맹신을 이용해 마녀라는 낙인으로 복수를 펼치고, 선을 내세운 맹신이 선량한 인간들을 죽이는 아이러니가 있다. 인간의 불행과 고통에 대한 의문에서 출발한 악마사상이 결국 인간내면에 은밀히 움직이는 잔혹함을 드러낸다.

바람 부는 해변에서 진행되는 프록터 부부의 마지막 대화와 극적인 반전은 인간의 자존, 인격의 엄숙함을 느끼게 한다. 기독교가 세운 교수대에서 사람들이 주기도문을 외며 숨져가는 장면은 이 영화의 아이러니다. 이 영화는 결코 3백 년 전 바닷가 마을 이야기로만 읽히지 않는다.

현재에도 낙인의 형태는 다르지만 계속 진행되고 있다.

직장에서도 투서하는 방식 등으로 규정이라는 맹신을 이용해 고발하고 이를 내세운 조직의 맹신이 보통사람들을 기죽게 만드는 아이러니가 있는데, 이는 본질적으로 낙인과 다르지 않다.

조직의 안위를 위해 사건의 사실여부보다 그들이 모두 조직의 규율 정당성과 권위를 내세우는 것도 예전과 비슷하다.

의사들이 질병에 대한 기준을 만들고 환자를 신체적 비정상으로 간주하는 것도 그들의 정당성과 권한을 위해 필요하기 때문이다. 특히 정상과 비정상의 경계에 있어 의사의 해석이 중요해질 때는 예전의 성직자들처럼 그 권위가 더 빛나게 된다.

고생했던 간경화는 의학적 도움으로 평범한 생활을 할 수 있게 되어 낙인이 찍히는 상황은 되지 않았다. 패혈증 또한 힘들고 당황스러웠지만 회복하고 나서는 크게 낙인이 찍히는 상태는 아니었다. 그런데 신장병으로 인한 혈액투석은 보기와 달리 체력 소모가 심한 질병이라 신체적, 심리적으로 많이 위축되는 질환이다. 투석으로 일정한 시간이 지나게 되면 다른 사람들이 알게 되고 사회나 직장에서 낙인을 찍히는 상황이 된다.

간경화나 패혈증은 일정기간만 활동하지 않고 조용히 있으면 표면에 보이지 않아 다른 사람과 다르지 않게 행동할 수 있었다. 하지만 신장질환은 이식을 하지 않는 한 증상만 가라앉힌 채 계속 치료해야 하는 동반자 같은 질환이다.

혈액투석을 위한 동정맥루는 눈에 보이는 낙인이었다.

동맥과 정맥혈관을 연결하여 혈관을 굵게 만드는 것인데 표면이 튀어나와 옷으로 가리지 않으면 눈에 띄어 미관상 좋지 않다. 거기다가 오래 투석을 하게 되면 혈관이 자주 막히게 되어 팔은 온통 굵은 혈관자국 투성이가 되어 흔적이 남는다.

옷을 입을 때마다 긴 소매나 양복을 입는다. 처음에는 가슴에 도관을 심었는데, 이를 감추려고 헐렁한 옷에 넥타이를 하고 사무실에 출근했다가 왜 넥타이를 단정하게 하지 않느냐는 질문을 받기도 했다. 도관 위치에 따라 조금은 달라지지만 어디까지나 도관을 숨기고 싶은 의도였음에도 다른 사람들은 의아했던 모양이다.

혈액투석은 외관상 눈에 크게 띄지는 않지만 내부적으로 힘든 부분이 많아 행동의 제약이 많다. 혈액투석을 처음 시작할 때는 괜히 기분이 나빴다.

투석실의 칙칙한 분위기, 그리고 투석 받는 사람들의 어두운 표정에서 그들의 노고와 힘든 상황을 바라보는 것이 싫었다.

도관을 통한 혈액투석을 시작할 때는 피비린내가 진동했고, 누워 있는 신장환자의 팔뚝과 기계라인을 연결해서 흐르는 피가 역겨웠다. 구역질이 났다.

이틀에 한 번씩 만나는 의료진과의 반복된 만남도, 음식조절과 수분조절, 그리고 약 처방 등 지켜야 할 수칙이 많은 것도 싫었다. 그러나 투석은 끝나면 힘들긴 해도 표면적으로는 정상인처럼 걷거나 웃고 말하는데 크게 지장이 없었다.

투석과정을 통해 생명연장을 위한 반복을 하게 되면서 가끔은 세상이 잿빛으로 보이고 자신과 타인에게 그 기분이 오염된다.

그래서 아픈 사람의 심리적, 사회적인 문제를 인식하는 사회적 반응은 중요하다.

이렇게 투석이 필요한 신장환자의 경우 투석시간, 장소에 대한 일반인들의 배려가 필요하며 직장인의 경우 탄력근무제 등을 통해 근무시간을 조정해 주는 것도 크나 큰 도움이 된다. 이렇게 될 때 아픈 사람들도 사회에 대한 연결고리를 놓지 않고 자존감을 얻을 수 있다.

보통 우리가 말하는 '환자'라는 말속에는 '사회적 낙인'의 의미가 포함되어 있다. 아프면 병원에서 치료받도록 하면서 병원에 입원하는 것을 정당화하고 회복하도록 도와준다고 하지만, 한편으로는 조직의 정상적인 기능유지를 위한 값싼 동정이나 일상생활에서의 배제로 느껴질 수 있다.

실제 일상에서 낙인으로 배제되었던 사실은 영국 구빈원에서 일어났다.

1601년 엘리자베스 여왕이 만든 구빈법에 기원을 둔 구빈원은 1834년에 법이 개정되기 전까지 존속하였던 기관이다. 구빈원[3]은

---

3 구빈원은 처음에는 가난하고 병든 사람들을 사회에서 돌보아야 한다는 기독교 정신에 바탕을 두고 만들어졌다. 그런데 영국의 헨리 8세가 새로운 종교를 만들면서 기존 카톨릭 수도원을 몰수했고 수도원의 도움을 받던 병들고 갈데없는 사람들이 거리를 떠돌게 되었다. 거기다가 사회적 엔클로저 운동으로 쫓겨난 농민들이 도시빈민으로 합세하면서 영국의 사회문제가 되었다. 그래서 빈민들을 격리하고 사회적 안정을 찾기 위해 국가가 살피려 했던 곳이 구빈원이었다. 그러나 그 구빈원은 의사도 없고 시설도 열악해서 많은 사람들이 죽어 나가는 상황이었다. 일부는 시설을 열악하게 해서 사람들을 스스로 나가게 해야 한다고 주장하기도 했다.
당시 구빈원의 생활상은 찰스 디킨스의 〈올리버 트위스트〉라는 작품에서 빈민들이 얼마나 비참한 삶을 살고 있는지 묘사하고 있다.
"묽은 죽 한 그릇이 식사의 전부이고 아주 가끔씩 빵 한 조각 주는 것을 대단한 것으로 생각하

가난하고 병든 사람들을 수용하던 곳으로 당시 가난하고 병든 사람들이 혼란과 사회 문제를 야기하자 사회와 구별시킴으로써 정치적인 소요 없이 가난한 사람들과 아픈 사람들을 해결하려던 제도였다.

오늘날도 의사의 진단에 따라 낙인하고 구분하여 병원으로 보내는 것이 일상화 되어있다. 장기적인 질병이 있어도 일상이 가능한 사람을 환자로 낙인찍어 구분할 것이 아니라 관계를 회복할 수 있도록 도와주는 시스템이 절실하다.

아직 현실의 제도는 낙인상황에 크게 벗어나지 못하는 상황에 머물러 있지만 앞으로 개선시키려는 사회적 인식은 필요하다.

사회의 낙인에 대응하기 위해서는 아픈 사람들의 연대가 필요하다.

혼자서는 참고 견디기가 어렵지만, 집단 차원이 되면 사정이 달라진다.

현재 큰 병원에는 암 환자 모임회, 간이식 환자 협회, 혈액투석 환자의 모임 등이 있다. 질병이 있는 사람들은 인간적 가치가 떨어진다고 생각하지만, 그냥 다를 뿐이라는 사실을 인식할 필요가 있다. 아픈 사람이 사회적 소수자나 사회적 타자로서 사회정책의 대상이 아니고 사회의 주체로서 자신의 아픈 경험을 객관화하고

고, 환경이 불경한 것은 말할 것도 없고 비용을 줄인다고 부실한 식사를 주고, 아이들이 죽어 나가지만 식사비와 비용이 줄어들어 다행이라는 식으로 여긴다. 굶주리고 병들어 죽는 사람들이 나올 정도로 환경이 열악하고 개인들에게는 스스로 일어설 기회조차 주지 않았다."
〈찰스 디킨즈, 올리버 트위스트〉

권리와 이익을 확보하기 위한 사회연대는 많은 변화를 가져다 줄 것으로 믿는다.

아픈 사람들은 자신의 투병생활에 대해 떳떳하게 말할 수 있어야 하고, 건강한 사람과 실제적으로 동등한 대우를 받을 수 있어야 한다.

실제 '사회적 낙인'이 존재하는 한 아픈 사람들의 연대는 계속되어야 하며, 아픔을 사회적으로 말할 수 있는 외침이 있어야 한다. 신장병으로 투석 중이고 간이 좋지 않아 치료 중이라고 해도, 지금은 회복 중에 있다고 타인에게 떳떳이 말할 수 있으면 사회적 낙인을 깨뜨리는 작은 계기가 될 수 있지 않을까?

아픔_그리고_삶

3. 의사는 어떻게 우월한 지위를 가질까?
- 환자와의 관계

언제나처럼 팔에 바늘을 꽂는다.

"어, 혈액이 나오지 않네요?"

청진기로 팔을 진찰하더니 혈관에 피가 흐르지 않는다고 간호사가 말한다. 투석한 지 3일이 지났는데 혈관이 막혀 투석을 못한다고 진료의뢰서를 적어주며 큰 병원에 가라고 한다.

왜! 왜 응급상황은 꼭 공휴일 아니면 밤에 생기는지 모르겠다.

혼란스런 마음을 정리하면서 큰 병원 응급실로 갔다. 예전보다 수속이 조금 빨라지긴 했어도 그 절차는 비슷했다.

채혈을 하고 검사결과를 보더니 전해질 수치가 높다고 "몸에 도관을 심어야겠네요." 라고 의사가 말을 건넨다.

형식은 권유지만 강요에 가깝다. 환자의 다른 치료 상황은 아랑곳하지 않고 일방적으로 진료계획의 시스템에 따라 의사들이 움직인다. 내 입장에서는 결국 받아들일 수밖에 없는 상황. 병원 응급실 환경과 의사와의 정보 비대칭 등으로 이루어진 권력은 내 몸에서 일어나는 일임에도 체계적으로 수동적인 관중으로 밀려나게 만든다.

내가 관장을 해도 되지 않느냐는 의문을 제기했으나 교수의 명령을 전달한 수련의는 생각해보라는 이야기만 던지고 나가버린다. 그 상황은 의사의 이야기에 순응하지 않으면 더 이상 치료할 것이 없다는 암시였다.

"아니면 퇴원하든가."

이런 분위기다.

환자는 자기질환에 대한 불확실성 때문에 자신이 알고 있는 짧은 의학 지식에 좌절한다. 이렇게 내 몸은 형식적 의지를 빌미로 의사들의 판단에 의해 치료를 받는 대상으로 전락한다. 미시권력의 측면에서 보면 강압하지는 않지만 받아들일 수밖에 없는 '지식-권력' 담론이다.

토지사용 합리화를 위한 '엔클로저 운동'으로 자기 영토에서 도시빈민으로 쫓겨나야만 했던 농민들의 기분이 상상이 갔다.

'엔클로저 운동'은 자본가들이 새로운 모직물 산업을 위해 경작하던 토지에서 농민들을 나가게 하고 자기 영역임을 확인하기 위해 울타리를 치고 농민들을 관객으로 전락시켰던 사건이다. 시키는 대로 하면 내가 나중에 다 알아서 먹고 살게 해준다는 의미였다.

내 몸이라는 영토에서 의사가 내 몸을 합리화하기 위한 적극적 운동이 치료 아니던가? 내가 다 알아서 치료해준다고 하고 치료하는 동안 아픈 사람은 다 내려놓고 관객으로 물러나 앉아 있으라는 의미와 비슷하다.

의사는 표면상 권위와는 동떨어진 자애로운 존재로 보이지만, 엄연히 보이지 않는 권력이 스며있다. 공식적으로 권력이 행해지는 것은 아니지만 의사의 의학지식이나 병원 시설 및 시스템의 요소를 통해 환자들에게 영향을 주고 있다. 이렇게 영향을 주는 권력이 푸코의 '미시권력'⁴ 개념이다.

미시권력은 삶 곳곳에 자리 잡고 있는 각 개인들이 사회화 과정에서 스스로 체화되는 방식이기 때문에 명확히 드러나지는 않지만, 이익을 누리는 권력의 주체는 분명 존재한다⁵

질병을 중심으로 한 무대 위의 의사는 '동일자'이며 우위에 있는 사람들이다.

'동일자'는 중심부의 인간, 즉 의사나 권력자 등을 의미하고, '타자'는 주변부 계층, 다시 말해 아픈 사람을 말한다. 질병의 무대 위에서 의사가 치료 하는 과정은 아픈 사람의 신체를 식민지화 하고 타자화 하는 과정이다. 질병이란 무대는 그들에게 가장 익숙한 공간이지만, 아픈 사람에게는 어쩌다 오는 낯선 공간이기 때문에 따를 수밖에 없는 상황이다.

질병을 잘 아는 의사는 환자들을 자신들의 분류표 안에 배치하면서 정상과 비정상으로 분류한다. 즉, 의학의 관점에서 환자들을 재배치하는 권력은 '건강회복'이라는 이름으로 불리어지는 식민화이다. 즉 건강회복을 대가로 한 '권력-지식 담론'으로 지배하고 식민화 한다. 이렇게 해서 아픈 사람은 의사를 지위와 권력의 대상으로 보게 된다.

---

4 미시권력은 크고 작다는 의미가 아니라 권력이 미시적으로 여기저기 어디에나 산재해 있다는 의미이며 권력은 관계를 의미하는 것이어서 사람들이 있는 곳 어디에나 존재한다는 의미이다.

5 푸코가 말하는 권력은 주권자나 국가처럼 특별한 주체가 행사하는 권능이 아니라는 점이다. 권력은 주권자나 국가가 아니라 앎(지식), 기술, 건축적 배치등과 같은 다양한 요소들의 네트워크로 주체를 특정한 방향으로 유도하는 힘이라고 말한다.

의사는 회복하여 병원에서 퇴원하게 되는 과정에서도 권력의 양상을 보인다.

의사들은 표준과 정상을 설정하고 이를 환자들에게 교육시킴으로써 환자들이 자발적으로 건강회복을 위해 순응하도록 하는 힘이 있기 때문이다.

의사가 환자와의 관계에서 우월한 입장에 있는 이유 중 하나는 질병의 세계에서 능동적으로 활약할 수 있는 전문인으로서의 역할 때문이다.

아프고 다급한 입장에 있는 환자와 병원에서 의학지식으로 무장한 의사와의 관계는 일반인과 전문인과 같은 관계에 있다. 전문가와 일반인은 지식수준이나 권력 면에서 차이를 보이고 있으며 관계 또한 대등하지 않다. 마치 변호사와 의뢰인과의 관계와 비슷하다. 소송을 앞에 두고 있거나 피고로 법정에 서야 하는 사람은 재판에서 승소하는 것이 목적이어서 수단과 방법을 변호사에게 위임한다.

이렇게 변호사가 위임을 받아 재판에 참여하는 서비스가 공급자의 판단에 의해 결정되는 것이 전문가와의 거래 특징이다.

마찬가지로 의사와 환자 관계도 몸을 회복하는 것이 우선이어서 그 수단과 방법을 의사에게 위임하고, 그 서비스를 의사의 판단에 의존하게 된다. 전형적인 일반인과 전문인의 관계라 의사의 우월적 지위가 나타날 수밖에 없다.

이러한 환자와 의사의 불평등한 관계는 병원 시스템이 주는 사회적 거리와 상대적인 전문적 지식 네트워크에 의해 생기기도 한다.

사회적 거리와 전문적 지식을 기반으로 한 의사는 환자를 동일화시키려는 데서 권력이 생기는데, 질병회복을 명분으로 병원에서 자신의 진료영역을 구축하고 환자들을 분류하고 끌어들인다. 때문에 환자는 질병회복이 되어도 건강한 사람으로 바로 분류되는 것이 아니라 병원을 꾸준히 다니면서 검진을 통한 관리를 해야 한다. 즉 "동일자 안의 타자"로 남아있는 것이다.

환자는 건강을 위해 병원과 의사 주위를 맴돌면서 주기적으로 관리를 받아야 하는 종속적 상태에 있다. 이런 상황에서 의사는 호혜적 위치를 누릴 수밖에 없는 위치에 있다.

입원해 있는 동안 수많은 의사들을 짧게 만났고, 간호사들은 교대시간으로 바뀌었기 때문에 관례적인 대화 이상의 무언가를 바라는 건 어려웠다.

환자와 의료진의 관계는 인간적으로 깊어지기 쉽지 않다.

사적인 이야기를 할 수는 있지만 그건 어디까지나 진료를 위한 치료의 관점에서 이해할 뿐 인간적인 가까움이나 친밀감은 아니다.

서로 친밀한 사람들은 개인의 일에 관심을 공유하며 서로 다른 면을 알아가지만 의사와 환자 관계는 목적 중심이며 일방적이다. 서로 알아가는 관계가 아니라 한편이 상대방을 분류하고 타자화하는 관계에 가깝다.

진료과정에서 아픈 사람은 자신의 증상에 대해 진지하게 설명하지만 의사는 오로지 질병 치료를 위한 참고일 뿐 신체적, 핵심적 증상 외에는 길게 이야기하는 것을 좋아하지 않는다. 의사는 계몽적으로 환자를 대하고 은근히 강요된 침묵을 환자에게 내면화시킨다. 이런 의학지식, 병원시설 및 시스템 등이 복합적으로 이루어진 환경과 진료과정에서 아픈 사람은 스스로 체화하고 받아들인다.

의료진에게는 치료순간이 평범한 일상일 수 있지만 환자에게는 중대한 순간일 수도 있기 때문에 관계의 불균형이 생길 수밖에 없다. 다수의 사람들은 치료를 위해 자신을 스스로 의사에게 맡기고 객체로 전락시킨다.

아픈 사람은 내 몸에서 어떤 일이 일어났는지 알고 싶어 한다.

아픈 사람은 삶이 조각나고 뒤죽박죽 혼란스런 느낌으로 애쓰는데 의사는 오로지 치료대상인 신체만 보면서 환자의 자유의지를 통제하고 관리하려 한다. 신체 회복의 명분으로 의사들은 환자의 몸을 환자의 삶과 분리해서 접근하려는 것이다.

여기서 환자와 의사의 입장 차이가 있다.

의사들은 아픔이 삶에서 갖는 의미보다는 아픔을 질환의 증상으로 여기며 검사를 통해 나타난 객관적이고 과학적인 치료법에 관심을 둔다.

그러나 진료과정에서 아픈 사람은 고통과 삶의 경계까지 갈 수 있는 중요한 경험을 몸으로 직접 겪어야 하는 누구도 대신할 수 없는 아픔이며 오로지 아픈 사람의 몫으로 남겨 두어야 한다.

110

아파서 병원에 입원했는데 의사들의 권력이 싫다고 의사를 피하면 내가 위험하다. 내가 다급하고 위험하니 의사에게 의지하고 믿고 맡기는 수밖에 없다.

이런 점에서 의학은 환자에게 새로운 신앙으로 부상한다.

종교적 신앙과 다른 점이 있다면 의학은 각종 임상적 수치를 사용하는 기술과 객관적인 사실로 이루어진 자연과학이라는 점이다.

종교에서 질병을 치유할 때 귀신을 몸에서 몰아내듯이, 현대의학도 질환을 몸에서 과학적으로 몰아내야 하는 것으로 설정한다. 사제 앞에 성도들이 순한 양이 되어 순종하듯이 아픈 사람은 증상을 호소하고 의사의 처분을 기다리는 순한 양이 된다. 의사가 사제라면 환자는 신도이자 병에 걸린 죄인인 것이다.

비용을 내고 내 몸을 치료하는 중요한 순간, 나는 순한 양이 되어 의사의 처분을 기다리며 관객으로 앉아 있어야 하는 광경은 종교와 비슷하다. 성직자에게 자신의 이야기를 고해성사하는 것이나 의사에게 자신의 질병에 대해 이야기하는 것도 상대편에게 기대한다는 점에서 비슷하다.

종교의 사제들과 마찬가지로 의사들은 그들을 상징하는 하얀 가운을 입고 그들만의 용어로 말하고 환자들이 이해하기 애매한 단어를 사용해 사회적 거리를 유지하기도 한다.

종교와 마찬가지로 질병 예측이 불확실할수록 의사들의 역할 권력은 커지고 오래 유지된다.

병실에 있을 때, 의사의 회진은 아침 일찍 올 수도 있고 저녁에 올 수도 있다. 그리고 의사가 올 때까지 처방과 관련된 치료들은 미루어진다.

마침내 수련의들과 함께 의사가 등장하면 그들의 표정과 말에 매달리고 그의 처방에 귀를 기울인다. 환자는 치료의 대상이지만, 의사는 모든 것을 알고 있는 전지전능한 존재로 올라서는 순간이다.

검사결과에 따라 기분이 오락가락하고 의사 처방에 따라 다음 치료를 선택하게 된다. 이렇게 하다 보면 자기 몸에 대한 선택을 스스로 조절할 능력을 잃게 되고 병원의 규율에 충실하다 보면 의사들의 권력에 무의식적으로 종속된다.

의사는 질병을 치료하고 건강을 위한다는 명분으로 우리의 몸을 통제한다. 이런 통제는 의사에게는 도덕적 의무이고 치료를 위한 명분이 되지만 개인은 몸 관리를 못한, 즉 자기통제를 못했다는 의미가 된다.

통제와 관리는 의사와 병원이 추구하는 효율적인 기반이지만 환자 입장에서 지속적인 통제나 관리는 힘들어 할 수밖에 없다.

어떻게 하면 서로의 입장 차이가 좁혀질 수 있을까?

우선 의사가 환자의 처지를 이해하고 공감하려는 인문적 노력이 필요하다.

의사는 아픈 사람을 치료의 객체로만 볼 것이 아니라 인문학적 주체로 보는 시각을 키워야 한다. 그 실천은 멀리 있는 것이 아니라 가까운 곳에서 아픈 사람의 입장을 진심으로 공감하는 마음의 역량이다.

아픈 사람의 입장에서 좋은 의사를 만나는 것도 복이다.

나에게 간 이식 수술을 해준 의사는 그 분야에서 이름 있는 의사이기도 하지만 분명 좋은 의사였다. 두 달에 한 번씩 진료하러 가게 되는데, 진료 시에는 늘 얼굴부터 보고 어떻게 지냈느냐고 질문부터 한다. 그의 말투에는 인간적인 배려가 들어있다.

아파서 재입원 했을 때도 가능하면 아픈 사람의 입장을 이해하려고 경청하는 사람이었다. 젊은 의사가 안 되는 것도 이 의사는 모든 게 긍정적이다.

퇴원하겠다고 하면 항상 "아파서 그동안 고생 많았어요."라며 인사말을 덧붙인다.

아픈 사람은 누구보다 의사의 눈빛과 말투에 민감하기에 의사의 따뜻한 말 한마디와 태도는 아픈 사람에게 신뢰감을 준다. 즉 의사의 말과 공감 태도에 따라 환자와의 관계가 달라질 수 있다.

질병 속에서 고통을 겪고 죽음을 무릅쓰는 것, 삶의 경계까지 갔다가 한계를 느끼며 삶을 다시 시작하는 아픈 사람의 경험은 결코 사소한 일이 아니다.

아픈 사람의 복합적인 감정에 공감하기 쉽지 않겠지만, 그렇다고 의사들의 이성을 환자에게 강요해서도 안 된다.

어떤 의사들은 이성을 유지하기 위해 환자와 사적인 대화를 하면 안 된다고 하지만, 아픈 사람에게 딱딱한 질환 이야기만 반복하면 서로가 너무 각박하게 느껴지지 않을까?

의사가 환자와 진료하면서 나누는 사소한 이야기와 관계 속에서 잠시 병을 잊고 웃게 만드는 시간이야말로 서로 가까워지는 계기가 되지 않을까 한다.

part 05

의료에 관한 생각들

건강한 사람도 병을 앓게 되면 생각이 깊어진다.

실연의 아픔이 성찰을 가져다주듯, 질병의 고통 역시 육체에 대한 반성과 성찰을 하게 한다. 육체의 질병은 정신을 깨우고 정신은 다시 신체를 가꾸게 한다.

그런 면에서 병원은 신체를 치료하고 쉬게 하는 수련원 역할을 한다.

그런데 그 수련원은 갈 때마다 낯설다.

간 이식 수술을 하기 전 응급상황이 많아 수시로 입원을 해야 했는데, 그때마다 응급실을 통해 입원해야 할 때가 많았다. 자신이 급하고 힘드니 무한정 기다릴 수 없는 상황이었다. 정상적인 절차로 진료하거나 입원하려면 다음 진료시간은 되어야 하고 입원도 오래 대기해야 하는 불편함이 많았다.

집에서 갑자기 복통이 와 응급실을 통해 입원했던 적도 있었고, 피를 토하고 쓰러져서, 배에 물이 차고 식사를 못해서, 입이 돌아가서, 원인 모를 통증 때문에, 간성혼수로… 다양한 원인으로 응급실을 통해 입원했는데, 그때마다 분위기는 달랐지만 진료를 받거나 입원을 하려면 오래 기다려야 한다는 점은 같았다.

심하게 아파서 진료를 좀 빠르게 받으려면 응급실을 통해 접수하라고 안내하는데, 그 방법이 입원하기에 제일 빠른 시스템이었다.

그런데 그 응급실도 보통 4시간은 지나야 의사의 초진을 받을 수 있고, 초진을 받고도 본격적인 진료를 시작하려면 빨라도 2시간은 추가로 걸린다.

응급실이 이렇게 오래 걸리는 이유는 입원하기 위해 응급실에 머무는 환자들이 많기 때문이다. 응급환자도 급한 질환을 치료한 이후 입원을 위해 계속 응급실에 대기하는 경우가 적지 않다. 정상적으로 예약하여 입원하려면 시간이 오래 걸리기 때문이다. 그러다 보니 경중환자까지 종합병원 응급실을 찾게 되고 응급실과 진료과 간의 협업도 시간이 지체 되어 진료나 입원이 바로 이루어지지 않는 것도 응급실을 혼잡하게 만드는 주요 요인이 된다.

사실상 응급실의 본래 기능이 상품화되고 기업화 되어버렸다.

응급실은 병원 진료시간 이후에 아픈 사람들이 모이는 진료소가 되어 버렸다.

일반진료도 전화예약이 어렵지만 어렵게 예약해서 병원에 가도 의사가 환자 한 명을 진료하는 시간이 고작 10분 이내에 불과하다. 길어야 15분이고 심지어 5분이 안 될 때도 많다.

이러니 의사는 환자의 증상을 천천히 물어보며 불안한 마음을 살펴줄 여력이 없다. 그냥 기계적으로 빠르게 지나가다 보니 아픈 사람도 의사를 신뢰하기 힘들다.

이렇게 인간신체에 대한 질병을 유물론적으로 보며 임상적 증상을 바탕으로 하지 않고는 소통이 불가능한 병원 시스템이야 말로 비극적이다. 병원은 철저한 합리성과 효율성의 집념에 잡혀 있는 듯하다.

왜 이렇게 되었을까?

자본주의 발전에 따라 돈을 매개로 한 합리화와 효율성을 추구하기 때문이다. 이런 합리적 시스템은 더 효율적으로 더 많은 돈을 벌기 위한 시스템이다. 이러한 시스템적 현상이 은행, 병원 등 사회 곳곳에 퍼져있다.

미국의 사회학자 조지 리처는 맥도널드와 같은 시스템이 합리성과 효율성을 내세우며 사회를 지배하는 현상을 "맥도날드화"[6] 라고 했다. 맥도날드는 대량 생산 시스템으로 모든 것이 표준화 되어있다. 이런 대량생산과 표준화가 사회전반에 퍼지면서 결국 병원도 맥도날드화가 진행되어 있다.

병원은 마치 공장 시스템과 비슷하다.

정해진 의료시스템에 사람(환자)들이 들어가 검사, 점검(진료)된 후 포장(입원)되어 나오는 느낌이다. 병원에 입원하면 사람을 사람 아닌 것처럼 만든다. 마치 획일화된 생산품을 찍어내듯 일정한 시

---

6   조지 리처는 맥도날드의 4가지 특성으로 효율성과 측정가능성 그리고 예측가능성 마지막으로 통제를 지적한다. 맥도날드 매장에는 3가지 규칙이 있다고 한다. 첫째, 30초 안에 음식을 주문하게 하라. 둘째, 5분 안에 음식이 나오게 하라. 셋째, 15분 안에 먹고 나가게 하라.

스템에 들어갔다 나와서 불량품은 폐기처분 하듯 하는 것이 대형 병원의 시스템 속에서 느끼는 기분이다.

기계처럼 움직이는 병원시스템에 의해 질병이 분류되고 그에 따라 의료작업의 대상으로 전락하는 것이 환자이다. 그리고 진료는 의사의 분류표 안에 배치하는 작업과정이다. 의료작업으로 분류되는 과정에서 의사는 권력의 중심에 서 있다.

분류하고 분업화하는 과정에서 환자는 진료의 세분화로 인한 불편을 감수해야 한다. 병원에서의 진료 분과의 세분화는 의사들의 자리 만들기이지 환자를 고려한 분업화 성격은 아니다.

당장 내과 하나만 해도 분야가 많다. 내분비 내과, 소화기 내과, 순환기 내과, 류마티스 내과 등 환자가 보기에도 헷갈리는 수준이다. 협진이라는 형식이 있긴 하지만 중대한 질병이 아니면 그것도 쉽지 않다.

이런 시스템은 그들만의 방식으로 질병들을 질서 지우는 권력적 지식체계에 불과하다. 의료 전문화가 환자들을 위한 것이라 말하지만, 정작 환자 입장에서는 불편하다. 진료를 받으러 옮길 때마다 비용이 들고 의사마다 처방이 다르다.

미셸푸코는 특정시대의 방식으로 질서를 세우는 권력체계를 "에피스테메"라 불렀다.

이런 권력적 지식체계는 단순한 질병분류에 그치지 않고 사람들의 자율성을 억압하게 만든다.

이런 이유로 병원에서 환자와 의사간의 환경적 엇박자가 일어나고 있다.

환자는 자신의 다급함 때문에 의사들의 권위를 쫓아갈 수밖에 없는 상황에 처해 있는지라 진료과정에서 의사의 제안이 곧 기준이고 절대적 권위가 된다. 그러다보니 병원에서 의사는 자연스럽게 독점적 위치를 확보한다.

질병 앞에서는 누구나 초라해진다. 질병에 걸린 환자는 미약한 존재라는 무력감을 가지고 있기 때문이다.

아픈 사람에게 입원은 어쩌다 벌어지는 큰 사건이며 치료는 긴박하고 낯선 상황인데 반해 병원에서 환자를 대하는 태도는 사무적이고 시스템적이다. 병원에서 합리적이고 효율적인 것을 기반으로 매뉴얼만 강조하니 질병을 열등한 것, 마치 아프니까 불행하다고 말하는 것 같다.

총체적 관점에서 보면 아픈 것도 인간 삶의 과정이다. 그런데 병원은 삶에 대한 통찰이 없다. 오로지 신체적 질환인 삶의 일부만을 감시한다.

건강과 의료의 문제가 사회적인 현상이 되어 버린 오늘날 이제는 아픈 사람의 질병과 삶에 대한 상황적 맥락에 대한 통찰도 필요하다.

그런데 현실은 병원의 "맥도날드화"로 인해 목적과 수단이 바뀌어 버렸다.

의사는 아픈 사람을 치료하는 것이 목적인데 병원의 시스템에서는 본래의 목적이 전도되고 그 수단이 자리를 차지하게 되었다.

사람은 은근히 뒤로 밀리고 수익을 위한 효율성이 강조된다. 병원의 맥도날드화는 이렇게 인간소외[7] 를 일으키기도 한다.

5분 진료 또는 10분 진료가 일반화되어 있는 의료 시스템에서 의사는 환자의 치료와 아픔을 제대로 공감하고 돌볼 수 있을까?

얼마 전 의료보험 대상 진료확대를 통해 아픈 사람이나 빈곤층의 경제적 고충을 덜어준다는 발표가 있었고 이미 일부분 시행되었다. 예전에는 치료가 필수적임에도 불구하고 건강보험이 적용되지 않는 '비급여' 때문에 의료비에 놀라는 경우가 많았다.

당연히 건강권을 명분으로 한 이 정책은 의사들의 반대 시위를 불렀다. 그들은 수익성 부족으로 인한 의료인의 전문성을 떨어트린다는 주장으로 반대했다. 이는 병원들이 건강보험이라는 사회보험의 영향을 받으면서 건강권이 수익성과 아주 긴밀히 연관되어 있음을 나타낸다.

사회가 움직이는데 중요한 부분일수록 이윤이 나지 않고 돈으로 판단하지 않는다. 특히 인간의 기본권인 '건강권'이 그렇다. 문제는 이런 '건강권'을 유물론적으로 해석하고 합리성과 효율성을 강조하는데 있다.

질병은 사회적 문제이고 이를 공감하며 해결하려는 진료시스템도 사회적으로 인식하고 해결해야 하는 문제이다. 즉 돈을 중심

---

7 인간소외는 기계문명이나 거대한 조직의 시스템에 의해 인간성과 인간다운 삶을 잃게 되는 현상을 말한다.

으로 하지 않는 인식으로의 전환이 이루어져야 한다.

현재 국가 주도로 건강보험에 대한 보장성 강화 대책이 시행되고 있다. 건강보험은 가입자가 능력에 따라 보험료를 부담하고 필요에 따라 혜택을 받는 것이 기본 원리이다. 이런 건강보험의 보장성을 높여서 건강보험의 혜택측면에서 의료의 접근성을 높이는 것이다.

반면 병원의 시스템은 여전히 수익성을 중심으로 이루어져 있어 건강보험의 비급여 항목으로 통제받지 않는 수익을 얻을 수 있었다. 병원들이 건강보험의 보장성 강화를 반대하는 이유이다. 이제는 병원도 그 인식이 바꾸어야 할 때다.

의료의 문제는 근본적으로 수익성과 관련되어 있는 경우가 많아 과잉진료나 다른 의료문제들이 파생되는 것도 결국 수익성 문제와 관련되어 있다.

지금부터라도 최첨단 과학적 진료를 수단으로, 사람 중심 시스템으로 바꾸려는 사회적인 관심이 중요한 때이다. 그것은 그동안 아픈 사람들이 의사나 병원을 선택하려 할 때 정확한 정보, 객관적 비교나 상세히 공개된 정보가 없어 친인척이나 지인 등의 입소문, 또는 인터넷 자료를 통해 선택하는 현실이었다.

이제라도 의료에 관해 필요한 자료를 찾아볼 수 있어야 한다. 이렇게 될 때 정보 비대칭 문제가 완화되면서 자발적으로 선택하고 판단할 수 있는 사람 중심의 시스템으로 개선해 나갈 수 있다. 의사들의 기술은 앞으로 많은 부분 AI 로봇으로 대체될 것이다.

점차 따뜻한 사람의 인술을 사회적으로 확대해 나갈 필요가 있다.

part 06

삶 가운데 있는 죽음 -
어디로 와서 어디로 가는가?

삶의 경계를 넘어서 (Crossing The Bar) -

알프레드 테니슨

해는 지고 저녁별 반짝이는데
날 부르는 맑은 음성 들려 오누나
나 바다 향해 머나 먼 길 떠날 적에는
속세의 신음소리 없길 바라네

움직여도 잠자는 듯 고요한 바다
소리거품 일기에는 너무 그득해
끝없는 깊음에서 솟아난 물결
다시금 본향 찾아 돌아 갈 적에

황혼에 들려오는 저녁 종소리
그 뒤에 밀려오는 어두움이여
떠나가는 내 배의 닻을 올릴 때
이별의 슬픔일랑 없길 바라네

시간과 공간의 한계를 넘어
파도는 나를 멀리 멀리 싣고 갈지니
나 주님 뵈오리 직접 뵈오리
하늘나라 그 항구에 다 다랐을 때

1. 죽음을 어떻게 볼 것인가?

"밤이 되었을 때 사물들은 다만 하나일 뿐이다. 마치 침몰해 가는 조각배 위에 있는 길손들처럼 밤은 그토록 오랫동안 감추어져 있고 우리가 죽을 힘을 다해 찾고 있던 것들을 보여준다."

〈장 그르니에, 지중해 영감에서〉

죽음이란 무엇이며 어떻게 보아야 할까?

이렇게 물으면 사람들은 왠 죽음이냐고 낯선 표정을 짓는 사람이 많을 것이다.

나 또한 어머니의 죽음을 목도하기 전까지는 타인의 죽음을 그냥 사회적 의례 중 하나로 생각했을 뿐이었다. 죽음을 가까이서 보고 느끼고 나서야 죽음에 대해 깊이 생각하기 시작했다.

죽음이라는 물음을 왜 멀리하려는 것일까? 아마 나와는 상관없는 먼 훗날의 이야기라고 생각하거나 존재 소멸에 대한 두려움과 공포 때문에 현재 관련 없는 죽음을 애써 멀리하려는 것일 수도 있다.

그러나 죽음을 인정하고 일상에서 이야기할 수 있는 여유가 있을 때 더욱 건강한 사회, 좋은 삶이 가능하다.

죽음이란 무엇일까?

호흡이 멈추고, 심장박동이 멈추고, 의식이 없어지는 것일까?

임상적으로는 생명의 상실, 신체의 중요한 기능 정지를 죽음으로 생각한다.

그러나 죽음은 육체의 소멸뿐 아니라 사회적 관계마저 상실되는 것이며, 육체의 소멸과 동시에 관계를 맺었던 모든 것들이 잊혀지고 사라지는 것이다.

죽은 이를 위한 평안, 천국, 편안한 잠 등의 형용사는 산 사람을 위한 위로에 불과하다. 죽음의 세계를 신화와 종교, 문학 등으로 그려내 위안을 줄 수는 있으나, 죽음은 여전히 두려움의 세계에 머물러 있다.

본질적으로 죽으면 존재가 없어지기 때문에 그 자체가 '없음(無)'이다.

죽음에 대한 확실한 인식은 없지만 '모두 죽는다.'는 사실만은 알고 있다.

죽음을 말할 수 없다고 중요하지 않은 것은 아니다. 인생에서 중요한 것들은 말할 수 없는 것들이 많기 때문이다. 특히 종교, 예술, 도덕적 가치, 죽음이 그러하다.

죽음은 말할 수는 없지만 인간에게 중요한 사건이고, 오직 한 번만 경험하는 필연적인 사건이며, 일방적인 성격을 가진다. 그래서 죽음은 삶 가운데 있으며 죽음을 숙고하는 것은 우리 삶의 변화를 위한 초석이 된다.

삶은 모든 생명체의 본능이고 그 본능에 따라 사람들은 무엇인가를 창조하며 의미를 부여하며 살아가지만 죽음에 대해 스스로 질문을 던지는 경우는 많지 않다.

죽음에 대한 질문과 이야기들은 삶의 의미를 담고 있으며, 삶을 더욱 낯설게 한다. 그리고 삶의 방향성과 어떻게 살 것인가를 고민하게 한다.

죽음을 바라보는 미시적 시각은 보통 두 가지다.

하나는 신체와 정신이 따로 있다고 보는 물심 이원론적 생각이다.

죽음 이후에도 영혼은 지옥이나 천국에서 계속 산다고 가정하며 새로운 경험을 하게 되는 시간의 연속을 주장한다. 이는 유대교, 기독교, 이슬람 등의 유일신교가 가지는 사후관이며 사람들이 오랫동안 믿어왔던 보편적인 생각 중 하나였다.

파스칼은 「팡세」에서 영생의 확신이 없는 사람에게는 행복이 없고 오직 내세의 희망이 행복이라고 말한다. 인간은 신을 알지 못하며, 신을 느끼는 것은 심정이지 이성이 아니라고 말하면서 그것이 신앙이라고 말한다.

내세를 믿었다가 없으면 그만이지만, 믿지 않아서 손해를 보게 되면 영원히 지옥에 떨어지게 된다고 말한다. 손해볼 것이 없으니 천국을 믿는 것이 좋다는 것이다.

이렇게 종교를 믿는 사람이나 혹 영혼의 불멸성을 믿는 사람들은 신앙적 차원이나 불안을 해소하는 차원에서 죽음을 바라볼 수 있다.

두 번째는 신체만이 존재하고 영혼이나 정신은 허상이라는 생각이다.

영혼은 존재하지 않고 정신은 뇌의 물질적 조건이 충족할 때 나타나는 현상으로 본다. 이들은 죽음을 신체적 무반응으로 보며 욕구와 외부 자극, 모든 자극에 무감각하고 뇌파가 정지되어 있는 상태라고 보는 것이다.

물심 일원론이라 불리는 이런 입장은 두뇌활동과 해부학적 관점에서 뇌의 기능부재를 죽음으로 본다. 즉 신체적인 죽음 이후에는 아무것도 없고, 자연의 일부로 돌아가는 것이라는 입장이다.

"인간은 어디로 와서 어디로 가는가."라는 거시적 질문은 생명의 시작을, 죽음을, 죽음 이후를 생각해보는 의미로 중요한 질문이다.

고대 그리스 철학자 아낙시만드로스가 '세상에 태어나는 생명체는 왜 죽을 수밖에 없는가?', '유한한 생명들은 왜 계속해서 태어나는가?'라는 질문에 그는 죄의 결과 때문이라고 말한다.

"태어나는 모든 것은 죄의 결과이기 때문에 모든 생명체는 죽음으로 처벌되는 것이다. 생명 있는 존재들은 원래 죄가 있어 탄생이야말로 저주이고 죄에 대한 대가가 죽음."이라고 생각했다.

반면 헤라클레토스[8]는 탄생과 죽음의 반복에서 어떤 죄의식도

---

8   헤라클레이토스는 "만물은 유전한다"라는 말로 유명하다. 세상만물은 변화를 본질적인 특징으로 한다는 것이다. 그리스의 많은 철학자들이 불이나 흙처럼 자연적인 것에서 근원적인 물질을 찾는데 주목 했다면 헤라클레이토스는 변화 자체의 중요성을 설파했다는 점에서 독자적인 위치를

느끼지 않았다.

생성과 소멸, 탄생과 죽음은 다양성과 새로움을 만들어내는데 여기에 무슨 죄가 있으며 어떤 도덕적 책임이 있단 말인가?

생명의 탄생과 죽음을 도덕적으로 받아들일 것이 아니라 있는 그대로 이해하는 것이 중요하다고 말한다.

탄생과 죽음을 죄의 결과로 보는 물심이원론적 생각과 죽음을 자연의 현상 그대로 이해해야 한다는 물심일원론적 생각은 서로 연관되어 있어 오늘 날까지도 많은 논쟁과 생각을 하게 한다.

죽음에 대한 성격과 정의는 시대와 사회에 따라 변해왔다.

중세에는 삶을 나타내기 위한 방법으로 '죽음의 무도'라는 개념을 사용했다.

'죽음의 무도'란 중세의 전통으로 흑사병 등 많은 사람들이 죽어나가던 시절, 묘지에서 춤을 추면 죽은 사람들과 교감할 수 있다고 믿었던 행위이다.

사람들은 순례자나 성인들의 뼈를 성물로 보관했는데 이는 질병을 치료하려는 의미였지 죽음을 상기시키는 행위는 아니었다. 그런 의미에서 죽은 신체를 보존하는 행위는 부활을 믿으면서 죽음을 억압하려는 신앙에서 비롯된 것이었다.

보이고 있다.

아픔_그리고_삶

〈죽음의 무도회〉는 여러 사람들이 모여 해골과 함께 춤을 추는 모습인데, 이 그림이 그려진 시대는 죽음을 피할 수 없는 것으로 인식하고 죽음을 두려워하면서 종교적으로 승화하려던 시대였다.

근대에 들어서면 죽음은 삶의 끝이며 영원의 시작이라는 생각을 하게 된다. 죽음이란 어쩔 수 없는 필연적인 것으로 여기면서 죽음 이후 영혼은 새롭게 시작한다는 생각이 팽배했다.

산업혁명 이후에는 죽음을 피하고 생명을 연장하기 위해 의학에 의존하기 시작했다. 이 시기 의사들은 죽음을 진료의 개념으로 이해하고 특별한 질병의 결과 때문에 죽음에 이른다고 보았다.

20세기에 들어서면서 의사들은 죽음을 생물학적 현상으로 보고 치료할 수 있는 대상으로 생각하였다. 생물학적인 죽음은 의사에 의해 진단 받고 집중적인 치료에도 돌이킬 수 없게 되는 것을 뜻한다. 그리고 삶의 안정성이 높아지고 기대수명이 연장되자 죽음을 비정상적인 것, 치료할 수 있는 것으로 보면서 죽음을 멀리하고 지연시키려는 기대를 가지게 되었다.

이렇게 시대에 따라 죽음을 바라보는 시각이 다르게 변해왔다.

현대인들은 죽음을 극복하고 지연시킬 수 있는 것으로 보고 건강을 위한 다양한 노력을 기울인다. 그러나 확실한 것은, 다가오는 자연적인 죽음 앞에서 이런 노력들은 어떠한 목적도 되지 않으며 무기력할 수밖에 없다는 사실이다.

요즘 사람들은 지나치게 서두르면서 건강을 해치는 경우가 많다. 그냥 느리게, 섭리대로, 말 한마디라도 부드럽게, 서두름 없이 조화의 질서를 이루며 생활하는 것이 무엇보다 중요하다고 생각한다.

사람은 죽음 자체보다는 죽어가는 고통과 상실감을 두려워한다.

죽음은 피할 수 있다면 피하는 것이 좋고 벗어날 수만 있다면 벗어나야 하지만, 피할 수 없다면 현실을 인정하고 삶의 의미를 추구하며 열심히 사는 것이 현명하지 않을까?

〈죽음의 무도회〉

아픔_그리고_삶

죽음과 평등이여 영원하라!

지그, 지그, 지그, 죽음의 무도가 시작된다.
발꿈치로 무덤을 박차고 나온 죽음은,
한밤중에 춤을 추기 시작한다.
지그, 지그, 지그, 바이올린 선율을 따라.

겨울바람이 불고, 밤은 어둡고,
린덴 나무에서 신음이 들려온다.
하얀 해골이 제 수의 밑에서 달리고 뛰며,
어둡고 음침한 분위기를 건넌다.

지그, 지그, 지그, 모두들 뛰어 돌며,
무용수들의 뼈 덜그덕 거리는 소리 들려온다.

욕정에 들 끓는 한 쌍 이끼 위에 앉아
기나긴 타락의 희열을 만끽한다.

지그, 지그, 지그, 죽음은 계속해서,
끝없이 악기를 할퀴며 연주를 한다.
베일이 떨어진다! 한 무용수가 나체가 된다.
그녀의 파트너가 요염하게 움켜잡는다.

소문에 그 숙녀가 후작이나 남작 부인이란다.
그녀의 용감한 어리석은 달구지 끄는 목수.

무섭도다! 그녀는 저 촌뜨기가 남작인 마냥
자기를 그에게 어떻게 허락한다.

지그, 지그, 지그, 사라반드 춤!
죽음이 모두 손을 잡고 원을 그리며 춤춘다.
지그, 지그, 재그, 군중 속에 볼 수 있는
농부 사이에서 춤을 추는 왕.

하지만 쉿! 갑자기 춤은 멈춘다.
서로 떠 밀치다 날래게 도망친다.
수탉이 울었다.
아, 이 불행한 세계를 위한 아름다운 밤이여!
죽음과 평등이여 영원하라!

〈앙리 까잘리스, 착각 - 평등, 박애 중에서〉

2. 덜 두려운 죽음이 되려면

" 그대 살았으면 죽지 않았고 죽었으면 존재하지 않거늘 죽음이
뭐 그리 두려운가."

- 에피쿠로스 -

지난 번 아버지 성묘를 마치고 돌아오면서 내린천의 석양을 마
주하며 인제로 향하고 있었다. 현리를 지나 원대리쯤 다가서자 빨
간 석양이 내린천 위에 가득 퍼져가는 모습을 보는 순간 아버지
생각이 떠올랐다.

방금 성묘하고 돌아 온 낮은 묘소가 떠오르고 아버지에 대한
진한 그리움이 아련히 떠올랐다. 자동차에서 흘러나오는 〈You
raise me Up〉노래가 흘러나온다.

롤프 뢰블란이 작곡하고 브렌턴 그래험(Brendan Graham)이 작사
한 이 곡은 가사조차 감동스럽다.

거듭 들을수록 잔잔한 침묵 속에 울려 퍼지면서 환한 빛을 끌
어당기는 듯하다.

　　내 영혼이 힘들고 지칠 때
　　괴로움이 밀려와 나의 마음을 무겁게 할 때

당신이 다가와 내 곁에 머물러 주길...
나는 이곳에서 고요히 당신을 기다립니다.
당신 어깨에 기댈 때 난 두려울 것이 없죠.
불안정한 우리들의 마음은 그야말로 제멋대로이죠.
하지만 당신이 다가와 나를 경이로움으로 가득 채울 땐
가끔 내가 어렴풋이 영원함을 느끼고 있다는 생각이 들죠.

노래 내용은 연약한 내 영혼의 한계를 느낄 때 누군가에게 의지할 수 있으면 편안할 것 같다는 내용이다.

세상에서 힘들고 한계를 느낄 때 의지할 수 있는 나의 아버지는 이제 없다. 예전에 이곳에서 아버지와 물고기를 잡던 어린 시절의 한 추억이 기억의 한 칸에 남아 있을 뿐이다.

아버지 무덤가의 풀들이 제멋대로 무성하다. 무성해진 풀들만큼이나 오랫동안 풍화된 슬픔이 외로움과 쓸쓸함으로 가득 메워진다.

죽음의 순간, 인간 본성은 그대로 나타난다. 건강할 때는 느끼지 못하지만 많이 아파서 움직이지 못하게 되는 순간 자신의 솔직한 본성과 만나게 된다. 마지막 순간 인간은 그 앞에서 가장 솔직해지기 때문이다.

나는 수시로 병원에 입원하고 치료 받으면서 하늘로 향하는 환우들의 마지막 모습을 접할 수 있었다.

간 이식 수술을 하고 같은 병실에 있던 50대 후반 아저씨는 몇 년간의 긴 투병생활을 막 끝내려던 참이었다. 그는 장돌뱅이로 장사를 시작해서 그런대로 살만해졌고, 아이는 어렸지만 행복한 생활을 영위하던 사람이었다.

문제는 간 이식 후 담즙이 자꾸 새서 눈이 노랗게 변하면서 잘 회복되지 않았다는 것이다. 옆 침대에 있으면서 많이 아파하기는 했지만 그런대로 꾸준히 치료를 잘 견디고 버티는 듯 했다. 그런데 그도 죽음은 두려워했던 것 같다.

상태가 악화되면서 그는 밤새 신음소리를 냈는데 옆자리에 있는 환자가 끔찍하다고 느낄 정도였다. 나도 아파서 기억은 희미하지만 정말 듣기에 거슬릴 정도로 힘들어 했던 기억이 난다.

나중에 상태가 더 악화되자 "선생님 살려주세요. 어떻게 좀 해 주세요. 애들이 어려요."라며 애원하던 그의 모습이 눈에 선하다.

그러던 어느 가을 날, 그가 하늘나라로 갔다는 소식이 들려 왔다.

간 이식에다 신장 이식까지 한, 지방에서 올라왔다는 40대의 남자가 같은 병실에 잠시 동안 있었다. 부인이 간을 주었다는데 뭐가 잘못 되었는지 연일 밤새 고통에 시달렸다. 그 다음날도 고통에 괴로워 하다가 결국 중환자실로 다시 실려 갔다.

그 고통 속에서도 그는 죽음에 대해 큰 동요가 없었다고 한다.

하늘로 가기에 앞서 그가 가족들과의 재회를 약속하며 이별시간을 가졌다는 걸 그의 부인을 통해 전해 들었다.

"당신, 만나서 행복했다. 사랑한다. 애들 잘 부탁하고, 죽어서도 우리 가족 잘 지켜 주겠노라."고.

그는 아내와 아이들을 감싸 안으며 편안히 하늘나라로 갔다고 한다.

이렇게 두 사람이 죽음을 대하는 차이가 나타난다.

이런 차이는 왜 나타날까?

대부분의 사람들은 의식의 끈을 놓아버린 순간 본능적인 두려움에 떨며 공포에 사로잡힌다고 한다. 숨을 가쁘게 내쉬는 신음소리가 계속되고 보기에 애처로울 정도로 괴로워한다. 사후 가족들이 종교적 또는 다른 아름다운 이야기로 포장하는 것뿐이다.

이런 죽음에 대한 두려움을 막을 수는 없지만 최대한 의식적으로 덜 두렵게 하도록 본인이 노력할 수는 있다. 그 두려움을 적게 하는 방법은 두 가지다.

첫째, 내세의 평안을 믿는 종교나 확실한 자기 신념이 있으면 죽음에 대한 두려움을 적게 가질 수 있다.

종교는 근본적인 삶과 죽음에 대한 해석과 의미를 제공한다. 대부분 내세를 이야기하면서 죽음 이후 더 좋은 세계가 있다고 말한다. 과학적으로 증명할 수 없으니 단정할 수는 없지만, 종교가 죽음에 긍정적 의미를 부여할 수 있으면 편안한 죽음을 위한 노력은 될 것 같다.

확실한 자기신념도 두려움을 극복하는데 도움을 준다. 자기신념은 각자 옳다고 믿는 삶의 원칙이며 인생의 토대를 말한다. 신념의 내용은 시대에 따라 변할 수 있지만 신념에 대한 태도와 실천은 사람마다 다르고 쉽지 않은 선택일 수 있다.

아픔_그리고_삶

고려 충신 최영 장군은 유배 후 개경에서 처형을 당하는데, 그는 군인의 신념으로 죽음 앞에서도 두려워하지 않는 기개 있는 모습을 보여 백성들이 민중의 영웅으로 추앙하였다.

민족지사 안중근 의사는 독립의지를 세계에 알린 영웅이었고 일제의 회유와 압박에도 자신의 신념을 버리지 않았다. 일제의 사형집행에도 그는 민족독립을 향한 신념으로 죽음을 두려워하지 않고 의연했다.

조선말기 기독교가 수용되는 과정에서 수많은 사람들의 순교가 있었다. 이들은 자신의 종교적 신념을 포기하면 살 수 있었지만 자신의 선택에 의해 죽임을 당했다.

이렇게 자신의 신념을 위해 분투하다가 의연하게 죽었던 사례는 많다.

중요한 것은 자신의 믿음과 생각이다. 형이상학적인 것을 떠나 적어도 자신에게 맞는 종교와 확실한 신념이 있으면 죽음에 대한 두려움을 적게 가지는데 도움이 되지 않을까 한다.

두 번째는 죽음의 운명은 누구나 가지고 있다는 사실을 긍정적으로 받아들이는 것이다. 죽을 운명임을 알고 평소 자신에게 의미 있는 일을 부여하면서 삶 속에서 실천할 수 있으면 마지막이 두렵지 않을 수 있다는 것이다.

삶의 마지막 순간에 이르러서야 모든 것이 헛되다는 잠언을 깨달으며 무상하다고 후회할 것이 아니라, 일상에서 유한하고 무상한 삶에 의미를 추구하고 미리 준비하는 사람은 마지막을 담담하게 맞이할 수 있다.

여기서 죽음의 운명을 사랑하고 긍정적으로 받아들이라는 의미는 운명론적인 이해가 아니라 운명의 주인이 되라는 뜻이다. 그 의미는 삶을 새롭게 해석함으로써 자신의 운명과 실존과 존재를 사랑한다는 의미이다. 내가 노력한 만큼 삶이 잘 이루어지지 않더라도 삶의 중심을 잡고 의미를 부여하려는 노력 자체가 바로 운명을 사랑한다는 의미가 될 것이다.

마찬가지로 죽음의 운명에 대해 깊은 의미를 부여하며 나의 삶을 충실히 살다보면 마지막 순간에 두려움은 적게 가질 수 있을 것이다.

종교나 자기신념에서 위안을 찾는 것은 신념 자체보다는 실천하는 방법과 태도가 중요하다. 자기신념을 올바로 실천한다면, 두렵지 않고 자기의지를 지키며 덜 두려운 죽음을 맞이할 수도 있다.

이런 신념은 평소 실천하는 태도가 확립되어 있지 않으면 마지막 순간에 자신의 본성 앞에 무너지기 쉽다.

자신의 죽을 운명을 사랑하고 받아들이면서 긍정적으로 의미를 부여하는 것이 쉬운 일이 아니다. 많은 개인적 노력이 따르기 때문이다.

각자 상황은 다르지만 의연히 죽음을 받아들이고 준비하는 삶의 노력을 가질 때 두려움을 다소 줄일 수 있지 않을까 한다.

아픔_그리고_삶

3. 익숙한 환경에서 떠나기

예전의 농경사회에서는 아니, 1세기 전만 해도 사람들은 대부분 죽을 때까지 가족들과 이웃의 보살핌을 받고 살았다.

예전에는 노인이 될 때까지 살아남는 경우가 많지 않았고 노인이 된 사람은 마을의 전통과 지식, 역사의 수호자 기능을 했다. 그러면서 집안의 가장으로 권위를 유지하면서 자기역할을 다할 수 있었다. 그래서 노인은 마을에서 존경과 복종의 대상이었고, 정치권력을 휘두르는 사람이었으며, 죽을 때는 가족이나 친지의 곁에서 죽음을 맞이했다.

『유토피아』의 저자 토마스 모어는 죽어가는 아버지를 끝까지 지키면서 입맞춤을 했다고 전한다. 조선시대에는 부모님이 돌아가시면 삼년상을 지켰는데, 심지어 무덤 가까이서 지키고자 했던 것도 부모님의 임종을 함께 하고자 했던 마음에서였다.

오늘날 산업사회에 들어서면서 예전에 노인들이 누렸던 지식과 지혜의 역할은 축소되고 그 자리에 전문가들이 대신 들어서게 되었다.

수명이 길어지고 핵가족화되면서 노인들은 더 많은 자유와 통제력을 가지게 되었지만, 그들의 지식과 기술은 시대가 흐르면서 쓸모없는 것이자 전통적인 것으로 취급되고 변해져 갔다. 그리고 그들의 역할과 위치는 전문가들과 기계로 대체해 갔다. 예전에 함께하던 가족들도 모두 직장을 찾아 핵가족화되면서 예전처럼 함께 할 여유가 없어졌다.

혼자 생활하는 시간이 늘어나면서 독립적인 생활이 더 늘어나게 된 것이다.

이런 사회적 환경에서 혼자 설 수 없는 마지막 순간, 가족과 함께하며 자아존중을 누릴 수 있을까?

마지막 순간을 살아왔던 친숙한 환경에서 함께 하면 좋지만 이런 희망은 미리 준비하지 않으면 제대로 실천하기 어렵다. 혹자는 그때 가서 적응하면 되지 뭘 고민하느냐고 말한다.

"생각하는 대로 살지 않으면 사는 대로 생각하게 된다."는 말이 있다.

이 말은 중요한 순간을 미리 대비하지 않으면 수동적인 삶이 될 수밖에 없다는 말이다.

내 의지대로 움직일 수 없는 순간이 되었을 때 내 돈이 없고 가족들도 없다면 개인의 자아를 온전히 누리기 힘들다. 내게 필요한 돈이 없으면 타인의 도움이 필요하여 요양원이나 병원에 가게 될 때 자식들이나 국가에서 지정해 주는 보호를 받게 될 가능성이 크다. 그렇게 자식이나 국가에 의해 지정되는 병원은 예산의 한계 때문에 개인 생활이나 자기 삶에 대한 주도권이 제약받게 될 가능성이 커진다.

병원 입원복이나 요양복은 단체생활과 통제생활을 수용한다는

아픔_그리고_삶

의미이므로 수동적인 삶이 될 것은 명확하다.

예전에 친척 때문에 노인 요양병원에 방문한 적이 있다. 그 시설을 잠시 둘러보았는데, 만나는 사람마다 얼굴이 그다지 행복해 보이지 않았다. 표정 없는 얼굴과 생기 잃은 눈, 그리고 그들의 느릿한 움직임 속에서 회색 분위기를 느끼게 하였다. 마치 죽음을 기다리고 있는 사람들 같았다.

직원들은 익숙한 환경을 떠나 낯선 요양원에서 잘 살도록 돕는 것과 그들의 관계와 기쁨을 어떻게 유지하는가에 대해서는 관심이 적다.

스스로 움직일 수 없는 마지막 순간에 요양원에 내 삶의 패턴과 의지를 반납하고 의학적 안전이라는 통제 속에서 죽음을 맞이하는 게 정말 인간적일까?

그래서 최대한 자신의 삶의 패턴과 존엄성을 유지하면서 인간적인 죽음을 맞이하기 위해서는 본인이 필요한 준비를 해야 한다.

삶의 한계에 이르렀을 때 주어진 상황에서 어떻게 살고 죽을 것인지에 대한 선택은 본인에게 있다.

죽음으로서 개인의 삶을 완성하는 것을 '이성적 죽음'[9]이라 하는데 니체는 차라투스트라의 입을 빌려 다음과 같이 말한다.

---

9 그가 의미하는 이성적 죽음은 자유의지에 의해 실현되는 철학적 죽음이다. 죽을 권리를 스스로 행사하면서 자유를 최고로 실현한다는 것이다. 여기서는 철학적 차원에서의 죽음의 문제를 검토하고 있다. 즉 "인생이 살만한 가치가 있느냐 없느냐"에 대해 고민하는 것, 이것이 바로 자살과 죽음에 대한 사고라는 것이다.

제때 죽도록 하라. 차라투스트라는 이렇게 가르치노라.
하긴 결코 제때에 살지 못하는 자가 어떻게 제때에 죽을
수 있겠는가?
나 완성을 가져오는 죽음, 살아있는 자에게는 자극이 되
고 서약이 될 그런 죽음을 너희에게 보여주겠다. 나 너희에
게 내 방식의 죽음을 기리는 바이다.

〈니체, 차라투스트라는 이렇게 말했다 중에서〉

이성적 죽음은 각 시기마다 의미 있는 삶을 살아야 가능하다고
말한다. 또한 인생의 각 시기마다 열심히 살았다면 긍정적인 마음
으로 살다가 마지막 시기가 될 때 죽음을 선택하는 것이 제때 죽
는 것이라고 말한다.

자신의 죽음을 예견하는 직감으로 한계를 느낄 수 있을 때 좋은
삶을 위해 노력하게 되고 새로운 생명과 창조가 생긴다는 것이다.

과학기술이 발전하고 자본의 힘이 커지면서 질병치료나 죽음을
병원에 위임하게 되었다. 과거 미신이나 종교가 가지고 있던 질병
이나 죽음을 관장하는 권한이 의료기술로 무장한 병원에 넘어가
게 된 것이다.

이렇게 오늘날 질병치료나 죽음은 내 안이 아닌 내 밖의 다른
사회적 요인으로부터 영향을 많이 받는다. 따라서 현대인의 죽음
이 나쁠 수밖에 없다.

톨스토이의 소설 중 「이반 일리치의 죽음」이라는 작품이 있다.

주인공인 이반 일리치는 권위와 부를 가진 판사였지만 병세가 악화되어 죽음이 가까워지자 자기에게 주어진 시간이 얼마 남지 않았다는 걸 깨닫고 예전에 가지고 있던 야망을 모두 버렸다. 그는 평안한 안식을 원했고 누군가 옆에 있어 주기를 바랐다. 자기가 원하는 만큼 위안을 받는 것이 어렵다는 것을 알고 있지만 여전히 위로를 갈망하고 있었다.

그런데도 이런 욕구를 이해하는 사람은 아무도 없었다. 가족들도, 친구도, 의사들도 한결 같았다. 아무도 그가 원하는 만큼 동정하지 않았다. 죽음을 앞두고 있는 이반 일리치의 고통은 '연민의 대상'이나 '하나의 사건'으로만 여겨졌고, 타인들은 그의 고통에 공감하지 못했다.

가족과 친구, 의사들은 그의 고통을 이해하려는 태도를 보이지 않고 일리치가 필요로 하는 것들을 알지 못하지만 그의 하인 게라심은 이해한다.

다른 사람들은 이반 일리치를 피하지만 게라심은 그의 고통을 이해하고 공감하면서 일리치에게 필요한 정성을 다한다. 이런 봉사와 정성은 이반 일리치의 마지막 삶에 커다란 감동을 느끼게 하였다. 게라심은 모든 일을 편하게, 자진해서, 꾸밈없이, 유쾌하게 해냈다. 이런 행동이 이반 일리치의 마음에 와 닿았다.

일리치는 다른 사람들의 건강하고, 힘 있고, 생기 넘치는
모습은 참기 힘들었지만, 게라심의 힘과 생기만큼은 그에
게 굴욕감을 주는 것이 아니라 위안이 되었다.

<톨스토이, 이반 일리치의 죽음에서>

자신의 일상을 도와주고 자유의지를 잃지 않게 도와주는 게라
심 같은 사람은 많지 않다. 생명의 덧없음을 경험한 아픈 사람은,
주변에 익숙한 사람과 자신의 생활패턴을 유지하며 자신의 존엄
성을 지키는 것이 얼마나 중요한지를 안다.

현대사회에서 병원이나 요양원에 가는 것은 어쩔 수 없다 하더
라도, 의료시스템에서 일상적인 삶을 최대한 살려주고 인격적인
죽음이 되도록 도와주는 시스템은 필요하다.

자신의 의지대로 움직일 수 없는 마지막 순간을 차가운 병원이
나 낯선 요양원에서 보내고자 하는 사람은 아무도 없을 것이다.
그동안 살아왔던 익숙한 환경에서, 내 방식의 삶을 유지하면서 친
숙한 사람들과 함께 하는 모습을 원한다. 때문에 병원과 같은 시
설은 임상적 치료에만 몰두할 것이 아니라 아픈 사람이 익숙한
환경에서처럼 자기의지를 잃지 않도록 도와주는 것이 필요하다.

최대한 익숙한 환경을 제공하고 공동체 생활을 조성해서 외롭
지 않게 하는 것이다.

죽어가는 사람에게 가장 익숙한 환경은 그동안 살아왔던 집이

고 가장 친숙한 사람은 가족이다. 살아서 자신의 모든 것을 검토하고 익숙한 사람들과 익숙한 환경에서 정리할 기회를 가지는 것이 죽어가는 사람의 희망이기도 하다.

한 일간지에 소개된 '생전장례식'에 대한 기사가 이런 죽음에 대해 나름 생각하게 한다.

장례식장은 김 씨 병실이 있는 3층 끝 세미나실에 마련했다.

나의 판타스틱 장례식이라고 쓰인 입간판과 방 안을 채운 풍선과 꽃이 손님을 맞았다.

김 씨도 평소 입던 환자복을 벗고 셔츠에 바지를 입었다.

곧 조문객 40명이 도착했다.

말기 암 환자인 김 씨는 지난 주 지인들에게 자신의 부고장을 보냈다.

"죽은 다음에는 아무 의미가 없습니다. 임종 전 지인과 함께 이별인사를 나누고 싶습니다.

검은 옷 대신 밝고 예쁜 옷을 입고 함께 춤추고 노래를 부릅시다."

장례식이 시작되자 조문객들이 차례로 앞으로 나와 김 씨에 대한 추억을 이야기 했다.

조문객들의 말이 끝나자 김 씨가 평소 좋아하던 '아침이슬'과 여성듀엣 산 이슬의 '이사 가던 날'을 불렀다. 조문에 대한 답사인 셈이다.

"이사 가던 날 뒷집아이 돌이는 각시 되어 놀던 나와 헤어지기 싫어서, 헤어지기 싫어서 헤어지기 싫어서…"

조문객들은 두 시간 동안 다과를 나누며 김 씨에 대해 이야기 했다. 기력에 부친 김 씨가 병실로 돌아가려 하자 조문객들은 웃으며 그를 안았다.

(조선일보, 2018. 8. 15)

죽기 전에 살아서 사랑하는 사람들과 함께 하면서 삶을 정리하는 예식도 품위 있는 죽음을 더하게 한다.

분명한 것은 내가 쓸쓸하고 고독한 죽음을 맞이하지 않으려면 미리 준비하고 필요한 경비를 가지고 있어야 한다는 것이다. 그래야 마지막 순간에 내가 원하는 장소에서 원하는 방식으로 죽음을 선택할 수 있다.

아픔_그리고_삶

4. 어떻게 죽을까?
- 내 삶의 마지막은 내가 결정한다

내게 남은 시간은 얼마일까?

앞으로 얼마나 좋은 사람들과 사랑하고 여행할 수 있을까?

이렇게 내 삶에 대해 고민하는 것은 삶에 대한 강한 애착을 의미한다.

죽는다는 건 생물학적 한계에 대응하는 과정이다. 생물학적 한계에 적응하는 과정이 갑자기 올 수 있는 성격의 것이어서 이에 대한 준비가 필요하다. 투병과정에서 자신의 존엄을 희생하지 않고 어느 시점에서 한계를 판단할 지 스스로 결정해야 할 때도 있다.

아무도 자신이 죽는 날을 알 수 없으며 선택할 수도 없다. 그러나 오늘날 사람들은 불가피한 경우 죽는 날을 선택하려 한다. 예전에는 생명을 연장하는 것이 좋은 일이라고 생각했다. 가족들도 당연한 도리이고 효도라고 생각했다.

그런데 세월이 흐르자 삶의 질 측면에서 생명연장에 대해 다시 생각하게 되었다. 무조건 고통스런 삶을 연장하는 것이 반드시 긍정적이지만 않다는 것을 알게 된 것이다. 심각한 질병이라도 나을 수 있다는 기대만 있으면 견딜 수 있겠지만, 투병 자체가 계속되는 고통을 동반하고 치료의 가능성이 없는 삶이 계속된다면 이야기는 달라진다.

심각한 불치병으로 고통에 있거나 영원한 의식 불구의 몸이라면, 존엄하게 삶을 결정하는 것이 좋을 수도 있다. 자신의 죽음을 결정하는 방식은 한 인간의 자존과 인격의 표시이며 정신력의 표시이기 때문이다.

조조 모예스의 소설 『미 비포 유』는 사랑과 존엄사를 생각하게 하는 소설이다.

영국의 작은 시골마을에서 시작되는 이야기로 여 주인공 루이자 클라크는 임시 간병인으로 생활을 시작한다.

남자 주인공 윌 트레이너는 교통사고로 사지마비환자가 된 사람이다. 사업에서 자신의 자리를 확고히 하던 젊은 사업가는 사고로 휠체어 생활을 한다. 거기다가 내과적 질병까지 동반하여 힘든 생활을 영위하고 있다.

간병인으로 만난 까칠한 여자 루이자 클라크와 남자 윌 트레이너는 간병과정에서 가끔 다투기는 했지만 서로에 점차 익숙해져 간다. 그러던 어느 날 루이자는 남자가 죽음을 준비하고 있다는 사실을 알고 잠시 고민하지만 루이자는 남자의 결심을 돌려놓겠다는 욕심으로 여행을 준비한다.

함께 한 몇 번의 여행은 윌 트레이너에게 만족감을 주고 그 과정에서 서로에 대한 애정도 쌓아간다.

루이자는 윌 트레이너가 좋아하는 것들을 찾아내어 그의 삶을 적극적으로 도우면서 죽음에 대한 결심을 바꾸어 놓으려 한다.

그녀는 그 과정에서 웰 트레이너에게 연정을 느끼기 시작했고 일주일 동안 아무도 없는 곳에서 휴양을 하자고 약속한다.

그 해변가로 의료 간병인 네이션, 웰 트레이너, 루이자 이렇게 셋이 출발하고, 그녀는 그의 결심을 돌려놓으려 하지만 그의 결심을 꺾지 못한다.

그 이후 루이자는 마음의 상처를 받고 집에 있게 된다. 그러던 어느 날 웰 트레이너부모님으로부터 스위스로 와 달라는 부탁을 받고 루이자는 스위스로 향한다. 그곳에서 루이자는 웰 트레이너의 의료 간병인 네이션을 만난다.

고통스런 삶을 영위하던 웰 트레이너는 시간이 흐를수록 일반적인 생활이 어려워지고 고통에 시달리게 되자 삶을 마감하는 것이 좋겠다고 결심한 것이다. 그는 자기 삶의 결정권을 행사하는 것이 품위 있는 죽음이라 생각했다.

네이션은 웰의 선택을 존중해야 한다고 하지만, 루이자는 마음을 바꾸면 행복한 삶을 살 수 있다고 말한다. 그러자 네이션은 살고 싶은 마음을 가지고 있을 때 희망해야지 억지로 강요하는 건 그의 선택권을 박탈하는 것과 다름없다고 말한다. 그러나 그녀는 개인 삶에 대한 가치가 소중하다며 스스로 목숨을 끊는 것은 잘못된 것이라고 반박한다.

> 그 애에게 소리 없이 말해주어야 했다. 지금과 달라질 수 있다고. 자라나든 시들어 죽어가든 삶은 계속된다고. 우리 모두 그 위대한 순환 고리의 일부라고.

오로지 신만이 이해할 수 있는 어떤 패턴이 있다고….

〈조조 모예스, 미 비포 유 중〉

윌 트레이너는 자기 의지대로 죽음을 선택하지만 사랑했던 루이자를 위해 편지와 조금의 유산을 남겨둔다. 그 편지에는 자신이 루이자를 사랑했던 이야기, 그리고 그로 인해 많이 바뀌었다는 이야기와 앞으로 살아나갈 이야기들을 적어 놓았다.

윌 트레이너의, 미래를 선물하는 감동적인 편지를 읽는 루이자의 눈물로 이 소설은 여운을 남기며 끝맺는다.

사랑하는 사람이 그냥 옆에 있어 달라고 할 때 윌 트레이너는 얼마나 불편했을까? 그는 마음대로 움직여주지 않는 신체의 고통이 싫었을 것이고, 앞으로 동반되는 고통으로 더 힘들어 하기 전에 명료한 의식으로 결정하는 것이 나을 것이라 판단했을 것이다.

윌은 자신의 처지를 존엄하게 끝내는 것이 최선이고 자신의 문제는 자신이 결정한다는 생각이었다.

싱가포르 총리였던 리콴유가 자신의 유언대로 연명치료를 거부하고 세상을 떴을 때, 그 추모 열기는 전 세계로 퍼졌다.

그는 평소 "스스로 움직이지 못하고 인공튜브로 연명하게 되면 의사들은 내가 떠날 수 있도록 해야 한다."고 말했다.

자신의 삶에 대한 자기결정권과 의지를 가지는 것은 존엄한 죽음일 뿐 아니라 존엄한 삶의 일부가 된다. 명료한 의식 상태에서

아픔_그리고_삶

자신의 삶에 대한 평가를 할 권리를 갖는 것이다.

존엄사는 최선의 의학적 치료에도 돌이킬 수 없을 때 의학적으로 무의미한 연명 치료를 중단함으로서 자연적인 죽음을 받아들이는 것이다.

빌 어거스트 감독의 「사일런트 하트」라는 덴마크 영화가 있다.

이 영화는 엄마와의 이별을 준비하는 두 딸의 마지막 주말여행을 통해 가족들의 이해관계와 사고방식의 차이를 보여주고, 사랑의 다양한 측면과 갈등 또한 보여준다.

엄마는 근육이 마비되는 루게릭병으로 언젠가는 인공호흡기에 의지해야 하는 삶을 살게 된다. 그래서 가족들과 의미 있는 시간을 보내고 남은 이들에게 그리움과 사랑을 남기고 싶어 한다. 그런데 가족들은 의학의 힘으로 엄마의 물리적 생명을 연장하고 싶어 한다. 엄마는 품위 있게 죽을 권리를 가족들에게 설득시키고 가족들도 힘겹게 받아들인다.

그 후 번잡한 일상을 내려놓고 엄마와 함께 한 가족여행에서, 엄마는 행복한 표정으로 말한다.

"이보다 완벽한 마지막 식사는 상상할 수 없어."

이 영화는 어떤 죽음이 좋은 죽음인지 묻는다. 엄마가 선택한 죽음은 단순한 생물학적 죽음이 아니라 삶을 정리하는 예식으로서의 죽음이다.

좋은 죽음은 고통을 최소한으로 느끼면서 마지막까지 주변 사람들과 함께 할 수 있는 죽음이다.

얼마 전 매스컴에 '사전연명의료 의향서'를 작성하는 사람들이 점차 늘어가고 있다는 기사를 본 적이 있다.

사전연명 의료의향서는 1960년대 미국에서 사전유언이라는 뜻을 가진 "Living Will"이라는 서류양식으로 널리 알려졌다.

그 서식의 첫 문장은 다음과 같은 글이 적혀있다.

> 제가 불치병에 시달리며 죽음이 가까워졌을 때를 대비해 저의 가족과 저를 담당하는 의료진에게 다음과 같이 선언합니다. 이 선언서는 제가 건전한 정신 상태에서 작성한 것입니다. 따라서 건전한 정신 상태에서 제가 이 문서를 파기하거나 철회하지 않는 한 이 선언서는 계속 유효합니다.
>
> 〈최철주, 존엄한 죽음에서〉

우리나라는 2005년 이후 존엄사에 대한 관심이 높아지면서 연명치료에 반대한다는 서식을 작성해두자는 캠페인이 있었다.

존엄사 선언서, 사전의료지시서 등으로 불리다가 나중에 '사전의료의향서'라는 단어로 바뀌었다. 그 내용은 삶의 마지막을 고통 없이 편안하게 떠나고 싶다는 것이다.

니체는 제때 죽을 수 있을 때 새로운 생명과 창조가 생긴다고 하면서 매 순간 죽음을 기억하고 준비하여 회한에 빠지지 않도록 후회 없는 삶을 살아야 한다고 강조한다. 사랑하는 사람들, 좋아하는 가치들, 한때 기쁨과 의미를 주었던 모든 것들과 내가 선택한 방식으로 이별하는 것이 나의 존엄한 자유이며 권리가 아닐까?

5. 인간의 영원한 욕망

옛날, 핀란드에서는 이런 기도를 자주 했다고 한다.
"주여, 당신이 부르시면 저는 기꺼이 따르겠나이다. 다만 그게 오늘 밤이 아니기를 비나이다."
죽음을 기꺼이 받아들이겠다고 하면서 오늘 밤은 안 되고 지금은 안 된다고 한다.
모든 밤은 오늘 밤이며 매 시간은 지금 이 시간인데도 말이다.

〈장 아메리, 늙어감에 대하여 중〉

성묘하러 산길을 따라 오르다 가끔 아래를 내려다보면 무수한 무덤들이 줄지어 있는 모습을 본다. 그 앞에는 가슴 아픈 사연들을 적은 수많은 묘비들이 서 있고, 그 묘지들은 이렇게 말하는 듯하다.

"나도 한 때는 너처럼 산을 오르며 네가 서 있는 곳에서 열심히 살았다. 언젠가 너도 내가 이렇게 누워 있는 것처럼 영원히 눕게 되리라."

죽음을 기억하라. 죽음은 멀리 있지 않고, 반드시 찾아온다.

그런데 살다보면 욕심이 지나쳐 탐욕이 될 때가 많다.

'건강관리'라는 욕망을 넘어 욕심의 균형이 깨져 망상의 노예가 되는 것이다.

오래 살고 싶은 욕망 때문에 사람들은 운동도 하고 병원 진료도 받으면서 먹는 것에 신경을 쓴다. 건강한 습관과 더 나은 미래의 삶을 위해 적당한 욕망은 분명 필요하다. 그런데 욕망이 자라서 날개를 달게 되면 충동에 빠지게 되고, 충동에 빠지면 이성이 무력해져서 터무니없는 상상의 나래, 즉 망상에 빠지게 된다.

오로지 오래 살겠다는 생각으로 첨단 의료기술이라는 이름의 전차에 올라탄다. 그러나 이런 욕심은 모두 망상에 불과하다는 것을 역사는 말해 주고 있다. 오히려 인간의 한계성을 받아들이고 '어떻게 죽을 것인가?'를 고민하는 모습이 현명한 삶일 텐데, 그것이 쉽지 않다.

인간이 의학적 도움으로 생명을 연장해서 살아도 백 년을 넘기기는 쉽지 않다.

그래서 사람들의 생명연장과 불확실성의 욕망 때문에 생겨난 것이 종교적 의미이다. 사람들의 욕망이 있는 한 근심과 욕망을 대신해주는 내세의 구원에 현혹될 수밖에 없다. 그게 종교의 속성이다.

이것은 자본주의도 마찬가지다.

우리의 많은 불안과 위험이 자본주의에서 나오는데, 그 원인인 자본주의가 우리들에게 자본주의적 구원을 약속하는 것도 종교와 똑같다.

어쨌든 '정말 인간의 욕망대로 내세에서 영원한 삶을 살 수 있을까?'라는 의문이 든다.

노르베르트 엘리아스는 인간의 영원한 삶에 대한 태도를 세 가지로 말한다.

첫째는 종교의 내세사상으로 삶의 연속성에 대한 신화를 이야기 한다.

육체와 분리된 영혼은 영생한다는 믿음이다.[10] 이들은 신체와 정신은 따로 존재하며 이들이 합쳐서 인간이 이루어졌다고 생각한다. 우리에게는 익숙하지만 눈에 보이지 않는다거나 체험할 수 없다는 한계가 있다.

믿는 사람에게만 신의 존재가 있듯이 영혼의 존재 또한 믿는 사람에게만 있는 것이다.

두 번째는 죽음을 가능한 멀리하면서 타인의 죽음과 나를 분리시키고 자신의 건강과 생명의 연장에 대한 환상을 갖는 것이다. 좋은 음식, 건강한 생활습관, 좋은 약과 의료기술 등의 도움으로 생명을 연장하고 기대를 지속시키려 한다.

---

10   철학자 니체는 영원을 꿈꾸는 망상에 대해 다음과 같이 말한다.
　　저 세계(천국)를 믿는 사람들은 이 세상(현실)에 대한 원망과 도피심리를 가지고 있는 사람들이다. 그들은 삶을 고통스러워 하지만 세상을 바꿀 능력도 의지도 없기 때문에 아름다운 천국을 말한다. 그러면서 세상은 한 여름 밤의 꿈에 불과하며 영원한 진리, 영원한 생명의 세계는 저 세상인 천국에 있을 것이라는 믿음을 가진다. 이런 영원한 삶을 누린다는 생각들은 짧은 위안을 주지만 영원하지 못하며 진통제 역할만 한다. 그래서 삶에서 정말 귀한 것은 믿음으로 도달하는 세계가 아니라 기쁨과 슬픔을 느낄 수 있는 현실 속에 있다고 한다.

아직도 일부는 눈부신 의학적 발전에 의지하면서 삶의 영속성과 싸우느라 삶의 기쁨을 무시하는 경향이 있다. 의료의 첨단기술에 의존하면서, 또는 내세의 영생을 위해 이 순간 삶의 기쁨을 연장하고 억압하려 한다.

역사적으로 중국의 진시황과 한 무제, 그리고 많은 무명의 사람들이 꿈꾸어 왔던 것으로, 이들의 일화는 그 지나친 욕심이 망상이었다는 것을 보여주고 있다.

세 번째는 죽음을 생물학적 사실로 받아들이면서 죽음을 편하게 할 수 있도록 모색하는 것이다. 죽음을 긍정적으로 받아들이면서 마지막을 주변사람들과 함께 할 수 있는 죽음이다.

로마의 지하공동묘지에 가면 이런 문구가 있다고 한다.

'Momento Mori(모멘토 모리)', 'Carpe Diem(카르페 디엠)'이라는 문구인데 '죽음을 기억하고 현재를 잡아라.'는 의미로, 어차피 죽을 수밖에 없으니 죽음을 기억하고 현재를 즐기라는 의미가 된다. 생명의 유한성을 인정하고, 현재의 삶을 행복하고 충실히 살도록 노력하라는 의미가 될 것이다.

혹자는 어차피 죽을 운명인데 내 맘대로 살면 되지 무슨 상관이냐고 할 수도 있지만, 나름 인생을 살려면 '될 대로 되라.'식의 허무의식을 제대로 극복해야 한다.

어떤 사람들은 "인생 뭐 있어? 사는 동안 즐기며 사는 거지."라며 감각적이고 감성에만 충실하려고 한다. 그러나 감성에만 치우치는 삶은 허전하고 사람을 불안하게 하며 삶의 의미를 가볍게 만든다.

니체는 이런 수동적 허무의식을 제대로 극복해야 허상에서 벗어나고 현재를 충실히 살게 된다고 말한다.

사람은 삶의 각 단계에서 기쁨과 행복을 누리고 다음 단계로 이동한다. 그래서 현재 단계에서 주는 기쁨을 얻었다면 죽음의 마지막 단계에서는 더 이상 욕심 낼 것도 없다. 각 삶의 단계에서 기쁨을 누렸다면 스스로 갈 때를 생각하면서 침착하고 존엄하게 마지막 순간을 맞이하면 될 것이다.

죽는다는 사실을 받아들이고 기쁨과 슬픔과 질병이 함께 어우러진 여기가 천국이고 행복인 것을 아는 것이 현명한 일이다.

어릴 적 재미있게 보았던 만화 「아톰」, 「인조인간 로봇」, 「은하철도 999」에 나오는 주인공들은 영원히 죽지 않는 기계인간이다. 어린 나이에는 무척이나 부러웠던 대상이었다. 영원히 죽지 않으면서 정말 하고 싶은 것을 마음대로 하고 악을 물리칠 수 있다는 것 때문이었다. 그런데 이들도 결국은 인간을 그리워하는 장면이 나온다.

인간은 죽을 수밖에 없는 운명인데도 인간으로 산다는 것이 얼마나 행복한 일인지 알게 되는 것이다.

그리스 신화에는 트로이의 왕자 티토노스 이야기가 있다.

티토노스는 미남자였는데 이에 반한 새벽의 여신 에오스는 그를 에티오피아로 납치한다. 에오스는 그를 사랑한 나머지 제우스를 설득하여 그에게 영원한 생명을 주었다.

그런데 영원한 젊음을 청하는 것을 잊은 그녀는 그가 한없이 늙어가는 것을 보자 대단히 마음 아파한다. 티토노스가 노년기에 들어 힘들어지게 되자 그는 제발 목숨을 거두어 달라고 간청한다. 이렇게 한없이 늘어지면서 죽을 능력이 있는 사람들을 부러워하다가 점점 기력이 떨어지자 결국 매미로 변하게 된다.

이 이야기는 영원한 삶보다 제때 죽을 수 있을 때 의미가 있다는 것이다.

인간이 죽지 않고 영원한 삶을 사는 길은 뱀파이어가 되는 것 정도다. 그런데 영원히 죽지 않는 뱀파이어의 소원은 죽는 것이다. 죽어야 그들도 삶을 느끼고 경험할 수 있으니까 말이다.

6. 묘비명 적어 보기

"묘비명을 적어보는 것은 자신의 삶을 돌아보게 하는 동시에 죽음을 해석하고 생각하여 내가 원하는 삶을 만들어 나갈 수 있는 계기가 되기 때문이다."

매년 공원묘지에 성묘하러 가게 된다. 묘비에 새겨진 가슴 아픈 사연을 읽으면 절로 숙연해진다. 먼저 살았던 사람들의 묘비명에 적힌 사연들과 분위기를 보면 더 좋은 삶을 위해 후회하지 않도록 노력해야겠다는 생각을 하게 한다.

묘비명에 이름을 남기는 일은 영원성에 대한 갈망을 일부 달래는 방법이 될 수도 있다. 삶을 이름으로 세상에 남기고 기억되게 하려는 것이다.

버나드 쇼는 94세까지 장수하며 자기의 소신대로 살면서 많은 명성을 떨친 문인이요, 철학자였다. 그는 죽기 전에 미리 묘비명을 써놓았다고 하는데 "우물쭈물 하다 내 이럴 줄 알았다."는 묘비명은 읽을수록 더 생각하게 하는 글이다.

일생을 우물쭈물하지 말고 더 진지하게 살 것을 강조하는 문구이다.

천상병 시인의 묘비에는 「귀천」의 시 한 구절이 적혀 있는데

아픔_그리고_삶

"삶이란 세상 소풍이었을 뿐이며 죽음을 통해 하늘로 돌아가는 것이다.", "아름다운 이 세상 소풍 끝내는 날 가서 아름다웠다고 말하리라."고 말하면서 죽음을 아름답게 보는 낙관적인 인생관을 가지고 있다.

김수환 추기경은 "나는 아쉬울 것이 없어라."라는 종교인의 향기가 나는 긍정적 삶에 대한 묘비명을 남겼다. 이렇게 유명인들처럼 이름과 업적이 남아야만 훌륭한 삶을 산 것은 아니다. 그들은 진리에 대한 열정과 의지를 표현하고 실천한 수많은 사람들 중 재능과 행운으로 성취를 이루고 이름을 널리 알리게 된 사람인 것뿐이다.

자신의 삶을 긍정하고 자신의 삶에 만족한 더 많은 사람들은 비록 이름은 없지만 훌륭한 삶을 산 사람들이다.

'묘비명을 남길 수 있는 사람도 있고 없는 사람도 있는데 꼭 묘비명을 남겨야 할 필요가 있을까?'라는 생각도 해보았다. 게다가 칸트는 스스로 만든 준칙에 따라 행동하고 모든 사람들을 목적으로 대하라고 하면서 이름을 알리기 위한 수단은 적절치 않다고 보았다. 묘비명에 이름을 적고 사연을 적는 것이 중요한 것이 아니라, 그 이름을 기억하게 하는 '지금 여기'에서 보낸 삶의 내용이 더 중요하다는 것이다.

가족들과 친구들과 사랑하는 이와 함께 아름다운 추억을 마음에 남기면 저절로 이름이 남는다.

성경에 나오는 '선한 사마리아 사람' 이야기를 한번쯤 들어 보았을 것이다. 강도를 당한 어려운 사람을 도운 사람은 당시의 귀족도 성직자도 아닌 경시받던 사람들이었고 부상당한 사람을 돌봐줄 것을 부탁한 사람들이었다. 돈이 더 들면 자신이 돌아올 때 갚아주겠다고까지 한다. 선한 사마리아 사람. 이름은 모르지만, 사마리아 사람의 선한 마음은 모두가 기억한다.

훌륭한 삶을 살면 애쓰지 않아도 이름이 남는다. 아니 이름이 남지 않는다고 해도 너무 슬퍼할 일도 아니다. 이름을 남기는 것이 삶의 본질이 아니라, 살아서 행복을 누리는 것이 본질이기 때문이다.

이름을 남기려는 노력은 명예욕이어서 부정적으로 생각했으나, 얼마 전 묘비명을 생각해 보는 것이 나쁜 일만은 아니라는 생각을 했다. 묘비명을 적어보는 것은 자신의 삶을 돌아보게 하는 동시에 죽음을 해석하고 생각하여 내가 원하는 삶을 만들어 나갈 수 있는 계기가 될 수 있기 때문이다. 또한 자신이 사후에 어떻게 기억 되었으면 하는지 생각해 보게 되고, 남은 삶 동안 많은 사람들에게 기억되었으면 하는 마음에 삶을 위해 노력하게 된다.

묘비를 볼 때마다 광활한 은하 속에서 인간의 삶은 찰나에 불과하다는 인간의 유한성을 느끼게 되고 인간다운 삶을 위해 더 고민하게 된다.

아직 묘비명을 정하지 못했지만 조만간 정해 놓을 생각이다.

아픔_그리고_삶

도움 받은 문헌

김철주, 『존엄한 죽음』, 메디치, 2017.

고미숙, 『몸과 인문학』, 북드라망, 2013.

고병권, 『니체의 위험한 책, 차라투스트라는 이렇게 말했다』, 그린비, 2010.

건양대 엘다잉 융합연구회, 『내 인생 저만치에 죽음이』, 북랩, 2017.

남궁인, 『지독한 하루』, 문학동네, 2017.

노명우, 『세상물정의 사회학』, 사계절, 2014.

노베르트 엘리아스, 김수정 역, 『죽어가는 자의 고독』, 문학동네, 2013.

니체, 정동호 역, 『차라투스트라는 이렇게 말했다』, 책세상, 2000.

데이비드 실즈, 김명남 역, 『우리는 언젠가 죽는다』, 문학동네, 2010.

레프 톨스토이, 이강은 역 『이반 일리치의 죽음』, 창비, 2012.

문창진, 『보건의료 사회학』, 신광출판사, 1997.

미셸푸코, 오생근 역 『감시와 처벌』, 나남, 2016.

미치 앨봄, 공경희 역, 『모리와 함께한 화요일』, 세종서적, 2009.

브라이언 터너, 임인숙 역, 『몸과 사회』, 몸과 마음, 2002.

사이토 다카시, 이정은 역, 『곁에 두고 읽는 니체』, 홍익출판사, 2015.

수전 손택, 이재원 역, 『은유로서의 질병』, 이후, 2002.

수전 손택, 이재원 역, 『타인의 고통』, 이후, 2004.

스펜서 내들러, 이충웅 역 『고통과의 화해』, 이제이 북스, 2004.

셸리 케이건, 박세연 역, 『죽음이란 무엇인가』, 엘도라도, 2012.

장 그르니에, 함유선 역, 『지중해의 영감』, 한길사, 2009.

장 아메리, 김희상 역, 『늙어감에 대하여』, 돌베개, 2014.

조지 리처, 허남혁 외 역, 『맥도날드 그리고 맥도날드화』, 풀빛, 2017.

조조 모예스, 김선형 역, 『미 비포 유』, 살림출판사, 2013.

아서 프랭크, 메이 역, 『아픈 몸을 살다』, 봄날의 책, 2017.

아담 스미스, 박세일·민경국 역, 『도덕감정론』, 비봉출판사, 2009.

아툴 가완디, 김희정 역, 『어떻게 죽을 것인가』, 부키, 2016.

양운덕, 『미셸푸코』, 살림출판사, 2003.

이명, 『몸이 아프다고 삶도 아픈 건 아니야』, 뮤진 트리, 2012.

오츠 슈이치, 황소연 역, 『죽을 때 후회하는 스물다섯가지』, 21세기 북스, 2010.

어빙 고프만, 진수미 역, 『자아 연출의 사회학』, 현암사, 2016.

올리버 색스, 김승욱 역, 『나는 침대에서 내 다리를 주웠다』, 알마, 2012.

윌리엄 코커햄, 박호진 등 역, 『의료사회학』, 아카넷, 2005.

프란츠 카프카, 전영애 역, 『변신』, 민음사, 1998.

찰스 디킨즈, 왕은철 역, 『올리버 트위스트』, 푸른 숲 주니어, 2006.

최복현, 『그리스 신화로 읽는 에로스 심리학』, 양문, 2017.

허경, 『미셸푸코의 지식의 고고학 읽기』, 세창 미디어, 2016.

크리스티나 버루스, 김희진 역, 『프리다 칼로』, 시공사, 2011.

F.D. Wolinsky, 『The Sociology of Health』, Boston, Little Brown&company, 1980.

B.S. Turner, 『Medical Power and Social Knowledge』, London Sage Pub, 1987.

CHAPTER 2

아픔의 심연에 있는
삶의 이야기

오!
오, 삶이여!
한없이 되풀이 되는 이 의문들
믿음 없는 자들의 끝없는 행렬
어리석은 군중들이 들 끓는 이 도시…
착한 것은 무엇이랴!
오!
오, 인생이여!
대답은 하나
그대가 여기 있다는 사실
비로소 내 삶이 있고 그 뜻이 분명해 지네
감동스런 연극은 계속되고,
그대는 한편의 시를 읊어 주리니

월트 휘트먼, 죽은 시인의 사회 중에서

part 01

가족 -
긍 정 의 힘

"삶은 숫자가 아니라 경험과 느낌이다."

1. 나에게 가족은 ?

" 성공이란 나이들 수록 가족과 주변 사람들이 점점 더 나를 좋아 하는 것이다."

〈짐 콜린스〉

가족은 힘들고 어려울 때 기댈 수 있는 좋은 울타리가 된다.

앙드레 모루아는 "가족이란 있는 그대로 자기를 표현할 수 있는 유일한 사람이고 장소"라고 말한다. 가족이란 꾸미지 않은 그대로의 모습을 보여줄 수 있는 곳이고 필요에 따라 분배받는 유일한 곳이다. 즉 힘들 때 힘이 되고 용기를 북돋워주면서 능력에 따라 일하고 필요에 따라 분배받는 곳이 가정이라는 것이다.

울리히 벡은 가정을 '자본주의 안의 공산주의'라고 부르며 가족들과 개인적 자유 사이에 이해관계 충돌이 오늘날 사회의 주요한 특징이라고 말한다.

예전에 지방 근무할 때 가족과 떨어져 지내던 때가 있었다.

처음 몇 달은 지낼 만하고 자유롭다는 느낌도 있었지만 시간이 흐를수록 게을러지고 식사도 불규칙하게 변해 갔다. 무엇보다 불편했던 것은 식사나 환경적인 것보다 정서적, 심리적인 요인이었다. 그러다 보니 퇴근 후 집에 가지 않고 사람들과 어울리면서 시간을 보내게 되었다. 주말에도 사람들과 취미생활로 시간을 보냈다.

그러다 어느 날 몸살로 심하게 앓았다. 자다가 밤에 깨어나 불안한 감정을 혼자 추스를 수밖에 없었다. 불현듯 힘들 때 집에 가고 싶다는 생각이 들었다.

아아, 내가 너무 힘들구나.

나는 가족과 함께하는 정서적인 것이 소중하다는 것을 절실히 느끼며 다음 인사이동 때 서울로 이동했다. 가족과 한군데에 있어야 한다는 것을 새삼 깨닫게 되었고, 건강에도 도움이 된다는 생각을 했다. 평소 퇴직하면 농촌에 들어가 농사를 지으면서 평화롭게 전원생활을 즐기겠다는 생각도 무리였음을 알게 된 것이다.

가족과 함께 지지고 볶으면서 사는 것도 소중하다는 것을 절감하게 되었다. 가끔 혼란스럽긴 해도 살면서 최고의 인간관계는 역시 가족관계라는 것을 알게 된 것이다.

아버지 학교를 수료하고 조장으로 봉사했던 적이 있다. 그 프로그램 중에 아버지와 가족에게 편지를 쓰고 발표하는 시간이 있는데, 가족에 대해 성찰할 수 있는 좋은 계기를 준다.

아버지와의 관계가 서운한 사람들이 많았지만, 편지 쓰기를 통해 가족관계를 돌아보는 계기가 되었고 부모에 대한 부족한 부분도 깨닫는 시간이 되었다.

또한 그 프로그램에는 아내와 함께하는 세족식이 있는데 그 순간만큼은 아내에 대한 고마움과 미안함을 느끼게 되는 계기가 된다.

프로그램에서는 아무리 가족끼리 어색하게 지내왔더라도 가족과 함께 하고 대화하는 연습이 필요하다고 강조한다. 생활 속에서 느낄 수 있는 것들을 잘 조합하여 접근하는 이 프로그램은, 가족은 신이 준 자연스러운 것이고 사회적, 도덕적으로 바람직한 형태라는 생각을 전제로 한다. 그러다 보니 성, 결혼, 가족, 희생, 모성 등을 사람들에게 자연스럽고 고귀한 일방적인 가치로 이해하게 한다.

가족을 다양하고 제도적으로 볼 수 있는 부분이 있는데 가족에 대해 기능적인 설명에만 너무 치우친다는 생각을 하게 한다.

이런 기능적이고 도덕적인 가족의 형태에 대해 전혀 다르게 생각하게 하는 책이 있다. 가족이라는 신성한 가치에 대해 의문을 제기하고 새롭게 혹은 낯설게 하는 소설이다.

무라타 사야카의 「소멸세계」인데 사랑과 가족이라는 가치가 외부환경 변화에 따라 어떻게 달라질 수 있는지, 또 가족이 없는 세계는 어떤지를 생각해 보게 하는 소설이다.

인공수정이 일반화된 세계에서 사랑의 결과 수정되어 태어난 주인공 아마네는 자신의 진짜 본능을 알기 위해 사랑에 몰두하게 된다. 사람과 사랑하는 것이 비정상이 되어버린 세계에서 그녀는 사랑에 몰두하면서 무엇을 깨닫게 될까?

아마네는 삶의 안정을 위해 적당히 남편을 만나 결혼을 하고 몇 명의 애인을 만나기도 했지만 그 심리적 괴리감은 더욱 커져만 갔다. 그래서 가족 시스템을 없앤 '실험도시'로 이사했다. 실험도시에서는 인공수정으로 아이를 낳고, 출산된 아이들을 모두 센터에 맡겨 함께 양육하는 시스템이다. 마치 도시전체가 합심하여 인간의 아이라는 애완동물을 키우는 듯한 광경이다.

도시의 구성원 모두가 엄마로 불리며 모든 아이들을 공동육아로 키운다. 아이들은 공장에서 나온 듯한 획일화된 개체로 자라난다. 도시 구성원들의 정자와 난자를 무작위로 여성에게 인공 수정하여 임신 시키는 세상. 남자와 여자의 성 역할 자체가 사라져버린 세상이 펼쳐진다.

요즘 사랑과 출산이 선택이 되어가는 것을 보면, 세상이 발전되고 편안해질수록 나라에서 육아를 대신해 주고 가족은 편리를 위해 유지하는 것이라는 생각이 든다. 그래서인지는 몰라도 사랑이 아니더라도, 아니 사랑이 없기 때문에 세상이 유지될 수 있다는 논리도 생기고 있는 현실이다.

기존의 사랑을 완전히 해체시켜 버리고 작가의 사고실험으로 만들어진 가족세계는 비인간적이고 기계적이며 집단적 광기에 사로잡혀있는 듯한 분위기이다.

물론 드라마 같은 사랑과 가족 이야기는 씁쓸한 뒷맛을 남긴다.

우리의 삶은 언제나 과정에 있다. 어떤 세상에 살더라도 그 행위로 누군가를 심판 할 권리는 물론 없다. 그러나 공동으로 아이를 키우고 인간적 접촉이 기계화 되는 느낌은 어쩐지 낯설게 느껴진다.

'사랑해서 결혼하고 행복하게 살았다.'는 이야기는 이제 옛날 동

아픔_그리고_삶

화의 한 장면이 되었는지도 모른다.

오늘날 이렇게 동화가 달라지게 된 원인을 개인주의로 보면서, 울리히 벡은 근대 이후 사랑·결혼·가족 등의 사적인 영역은 자본주의 논리가 관철되지 않는 보호지대라고 말한다. 즉 물질과 개인주의가 침범되지 않는 상대적 보호지역이 가정이라는 것이다.

그런데 사회 변화 속에서 개방성과 자유로움이 늘어나 사회적 약속과 구속이 약해지고 개인의 자유가 강조될수록 인간에게 사랑과 가족에 대한 안정적 욕구는 더욱 커지게 된다. 즉 사회가 다변화될수록 가족에 대한 감성적 기대는 더 커지게 된다는 것이다.

가족에 대한 열망이 식어가는 요즘, 가정의 소중함을 깨닫고 잘 가꾸는 것도 현명한 일이다.

한 지인이 보내준 노래가사가 생각난다.

김종환 씨가 작곡 작사한 '위대한 약속'인데 〈리아 킴〉이 부른 곡이다.

가사를 새겨보면 가족이 함께 한다는 의미가 새롭게 느껴진다.

좋은 집에서 말다툼보다 작은집에 행복 느끼며
좋은 옷 입고 불편한 것보다 소박함에 살고 싶습니다.
비가 오거나 눈이 오거나 때론 그대가 아플 때도
약속한대로 그대 곁에 남아서 끝까지 같이 살고 싶습니다.
… 후략 …

가족은 비가 오거나 눈이 오거나 함께 하는 것이라는 노래가사의 말처럼, 위급한 순간이나 편안할 때도 사랑하며 살 수 있는 가족이 있어 행복하다는 의미가 된다. 그러나 살다보면 개인도 가족도 굴곡을 겪을 때가 많다.

부모와 자녀로 이어지던 가족의 개념이 약해지고 사회전반에 심한 가족위기를 보이면서 예전에 느끼던 가족 간의 정서적 느낌은 약해지고 있다. 그래서 전통적인 문화를 극복하고 새로운 가족형태를 정립해야 한다는 이야기도 많지만 가족에 대한 정서적 느낌은 그대로 이어가야 하지 않을까?

열심히 일해서 성공하고 돈을 벌어도, 그 삶 속에 가족이 빠지면 누가 알아주고 축하해 줄 수 있을까? 내가 하는 일을 기뻐해 주고 슬퍼해 주면서 나를 인정해 주는 곳이 바로 가족 아니던가?

아픔_그리고_삶

2. 외로움의 또 다른 이름, 가장

어릴 적 흐릿한 전등에 의지해 살던 시절이 있었다.

밤중이나 새벽에 흐릿한 전등 아래서 돈 걱정하는 근심어린 어머니와 새벽을 준비하는 아버지의 분주한 모습을 가느다란 눈으로 볼 때가 있었다.

아버지는 일이 있을 때면 이른 아침부터 서둘러 일을 준비하셨다.

이렇게 바쁘지만 외로운 가장을 생각하게 하는 책이 바로 프란츠 카프카의 「변신」이다. 책 속의 주인공 그레고르는 매일 일찍 출근하는 외판원이었다.

어느 날 잠에서 깨어난 그레고르는 자신이 이상하게 바뀌었다는 것을 알았다.

커다란 벌레로 변해 버린 것이다.

자신의 정체성을 가진 동일자(그레고르)가 갑자기 타자(벌레)로 전락해 버린 것이다.

자신이 벌레로 변했다는 사실은 잊은 채 출근을 못했다는 사실에 실망하고 지각출근을 어떻게 변명할 것인지 고민하는 그레고르의 모습은 왠지 낯설지가 않다.

평소와 달리 아침이 되어서도 방에서 나오지 않는 그레고르를

걱정하던 가족과 회사 지배인은 커다란 벌레로 변해버린 그레고르의 모습에 놀라 달아난다.

그레고르는 자신의 상황을 침착하게 설명하지만 아무도 알아들을 수 없는 소리였다. 흉측한 모습에다 의사소통마저 할 수 없게 된 그레고르는 방안에서 누이동생이 가져다주는 음식으로 연명해 간다.

가족들은 그레고르에게 의지해 생활했는데 그레고르가 더 이상 돈을 벌 수 없게 되자 가족들이 취직을 하고 하숙을 들이는 등 가족들 스스로 생활비를 벌어들인다.

점차 집안이 안정되어가자 그레고르는 점점 가족들에게 잊혀진다.

그레고르에게 음식을 챙겨주거나 방 청소해 주는 것도 점차 소홀해져 그는 잘 먹지 못했고 쓰레기가 가득한 방에서 생활하게 되었다.

하지만 그레고르는 겉모습만 벌레로 변했을 뿐 기억하고 생각하는 것은 그대로였다.

하루사이에 벌레인 타자로 전락했다는 사실에 놀라면서 그동안 가족들에게 자신이 어떤 존재였는지 깨닫는다. 그레고르는 가족들에게 생활비를 조달하는 수단이었던 것이다. 누이동생의 능멸하는 이야기를 들은 그는 가족들에게 소외당하고, 외면당한 채 비참한 최후를 맞이한다.

가장인 내가 중한 병에 걸려 장기입원을 하거나 더 이상 치료 불

아픔_그리고_삶

가능한 상황이라면 어떻게 될까? 그레고르 이야기가 낯설지 않다.

가끔 힘들어 일어나지 못할 때 그레고르처럼 벌레로 변하거나 중환자로 전락하는 심각한 질병을 앓게 된다면 어떻게 될지 상상해 본다. 여러 가지 생각이 주마등처럼 흐른다.

어떤 날 아침은 심하게 아파서 일어나기 힘들 때가 있다. 눈은 떴지만 몸이 힘들어 누워 있으면서도 출근걱정을 하고, 지각출근을 어떻게 휴가로 처리할 것인가 고민하는 내 모습이 그레고르와 크게 다르지 않은 모습이다.

이사 가는 날 남자는 강아지를 잘 안고 있어야 한다는 이야기가 있다. 잠시라도 한 눈 팔았다가는 그냥 가 버리기 때문이다.

농담 같지만 농담 같지가 않다.

우리 가족도 5인 1견이고, 그 중에 가장인 나의 모습이다.

가족들에게 마음을 열고 많이 소통한다고 생각했지만, 시간이 지나면서 어느덧 소통이 잘 되지 않는 상징으로 취급받고 있었다. 아이들의 이야기도 엄마를 통해 이루어지면서 나와는 점점 멀어지는 느낌이다.

예전에는 보이지 않고 신경 쓰지 않았던 살림살이가 눈에 들어온다. 냉장고 정리도, 집안의 옷장도 모든 것이 효율적이지 않아 보인다. 그래서 말도 하고 바꾸어 놓기도 했다. 그랬더니 아내는 잔소리한다며 다시 원래대로 되돌려 놓는다.

아이들에게 공부는 잘 되는지 물어보지만 단답형이다. 더 이야기 하고 싶어도 바쁘다며 자기 방에 들어가 버린다.

내가 귀찮은 건가? 나를 무시하나? 그러다 보니 TV 리모콘만 만지게 된다. 아이들과의 대화시도는 외로움의 반증인데, 그걸 아이들이 알 리가 없다. 그리고 서로의 입장만 이야기 한다.

대화를 이끌어내려면 용돈으로 유혹해야 한다. 이런 상황을 핑계로 여러 가지 근황을 물어보지만 돌아오는 대답은 단답형이다.

아이들에게 이야기를 편하게 해보라고 하면 그 순간만 이야기하다 바로 "예.", "아니오." 범주에서 크게 벗어나지를 못한다.

나와 아들? 묻지 않으면 별로 말이 없다.

토요일 오후 잠을 자다 아이들과 아내의 웃음소리에 잠에서 깬다.

잠결에 밀려오는 외로움. 그리고 배신감.

군중 속의 고독보다 가족 속의 고독이라는 말이 왜 떠오르나 싶다.

가장의 역할에 비상등이 켜진 것은 이미 오래 전부터였다. 가장들은 변화하는 직장에 적응하느라 지쳐 있는데, 집으로 돌아오면 살림살이를 도우면서도 자녀들과의 관계도 생각해야 한다. 가부장 문화 속에서 형성된 권위적인 아버지상과 요즘 새로운 아버지상이 교차되면서 혼란을 겪고 있는 것이다.

예전 세대처럼 남편만이 가정의 기둥이고 일벌레인 시대는 지났다. 이제는 부드러운 아버지, 즉 자상하고 능력 있는 아버지가 우대 받는다.

그러니 이제 가장도 변해야 한다. 예전처럼 혼자 고민하고 결정하는 것이 아니라 가족 상호간 협력 체제를 구축하고 가족들 사이에서 소외당하지 않으려면 개인적인 노력도 필요하다. 개인적으로 건강은 물론이고 경제적인 준비는 필수이다.

퇴직 후 생활비가 끊기고 병이라도 앓게 되면 가족들에게 짐이 되고 소외당하기 십상이다. 특히 하루 세 번 모두 아내의 밥상을 받는 사람을 "삼식이"라고 하는데, 이런 사람을 싫어한다고 한다. 시대가 변했음을 인식하고 요리 두세 가지 정도는 할 줄 알아야 한다. 나이 들어 식사도 가끔 챙길 줄 아는 센스를 알고 실천하는 것이다.

노후에 인간다운 좋은 삶을 영위하려면, 가족들에게 소외를 당하지 않고 마음껏 기댈 수 있는 가정을 잘 꾸려서 가족들이 점점 더 나를 좋아하게 만들어야 한다.

3. 아버지 회상

고등학교 때의 일이다. 아버지 사업이 엉망이 되면서 집안이 많이 힘들었다. 그때는 양구를 떠나 춘천에서 공부하고 있을 때였다. 방학동안 집에 있었는데 수시로 돈 받으려는 사람들이 드나들면서 집안이 시끄러웠다. 이런 상황에 집에 있어봐야 도움이 될 것 같지 않았다.

방학이었지만 집을 나와 춘천 행 버스를 탔다. 마음이 착잡해 버스터미널에서 한참을 서성이다 차표를 샀다.

버스에 올라 창가에 우두커니 앉아있는데 누군가 차창을 두드린다.

아버지였다.

"조심해 가거라. 몸이 약한데 건강 조심하구." 하면서 귤 한 봉지를 창문으로 건네셨다. 나는 아버지에게 안심시키는 투로 말했다.

"예, 알았어요. 얼른 가보세요."

그런데 아버지는 내 말에 아랑곳 하지 않고 차창 밖을 계속 기웃 거리셨다.

아버지 옷차림은 하얀 런닝에 작업복 바지 차림이 전부여서 멀리서도 한눈에 알아 볼 수 있을 정도였다. 더구나 아버지는 큰 키에 통통하신 모습이라 더욱 눈에 띄었다. 내심으로 창피하기도 하고 해서 얼른 가셨으면 했다.

등 떠밀다시피 해서 아버지를 보내려는데 아버지는 네가 좋아하는 우유를 사준다며 기다리라고 하셨다.

뒤돌아서 가게로 허겁지겁 뛰어가는 아버지의 뒷모습을 지켜보고 있던 나는 왠지 모를 서글픔이 차올랐다. 다른 사람을 의식하기도 했지만, 무엇보다 아버지에게 눈물을 보이고 싶지 않았다.

고개를 들어 차창을 보니 아버지는 우유를 몇 개 들고 계셨다.

차창으로 우유를 넘겨 놓고는 가시겠다고 한다.

되돌아가는 아버지 모습은 흰 런닝에 작업복 차림의 노동자였지만 당신은 전혀 창피해 하지 않으셨다. 아버지의 모습이 완전히 사라지자 절제되어 있던 감정이 벅차올랐다.

아버지는 소년시절 이미 객지를 떠돌며 먹고 살 걱정을 했던 분이었다.

아버지의 눈에는 눈물이 보이지 않으나 가장 외로운 사람이라 했던가?

이렇게 아런한 아버지를 떠올리게 하는 책이 케니 켐프의『목수 아버지』라는 책이었다.

이 책에 등장하는 아버지는 종합병원의 별 볼일 없는 약사. 가족들은 그가 편안하게 직장에 근무하는 줄 알지만 사실 그는 융통성 없다는 이유로 동료직원들로부터 소외를 당하고 있는 아버지이다.

집에 돌아오면 차고에 들어가서 자식들이 원하는 것을 직접 손으로 장난감이나 기타 필요한 것들을 직접 만들어 주었다. 이렇게 손재주가 많은 분이라 자식들은 아버지를 목수로 기억한다.

아버지가 직장에서 노골적인 모욕에도 인내만 하고 들어오는 모습이 아들 입장에서는 답답하게만 느껴진다. 결국 직장에서 해고당한 후 잠시 남미 선교사로 떠나지만 루게릭 병에 걸려 집으로 돌아와 투병생활을 하다가 가족이 보는 앞에서 눈을 감는다.

『목수아버지』는 평범하면서도 가슴 아픈 우리 아버지들의 이야기였고, 당연히 나의 아버지 모습을 떠올렸다. 이 책 속의 아버지는 한쪽 귀가 안 들림에도 불구하고 조종사로 근무했던 일을 자랑스럽게 생각했다. 아버지는 아이들에게 늘 자랑거리를 만들어주었으며, 장난감 자동차에서 조립한 라디오까지 아버지가 만드는 것을 지켜보며 기다리던 아이들에게 아버지의 모습은 신과 같았다.

저자가 십대에 집을 나와 방황하고 있을 때 초라한 옷을 입은 아버지가 찾아와 함께 교회에 가자고 제의한다. 아버지의 음성과 눈빛에서 그 날 자신을 찾아온 일이 아버지에겐 힘들고 어려운 결정임을 알게 된다. 아버지는 이렇게 다그침이 아닌 기다림과 떨림의 눈빛으로 자식들을 가르쳤다.

그러던 아버지가 병에 걸려 세상을 떠나자 아버지의 차고를 청소하면서 각종 공구들과 자투리 나무, 금속조각, 고장 난 모터, 페인트 깡통 등을 하나씩 치우며 가족들은 아버지의 일생을 유추해 낸다. 창고에서 나온 아버지의 합판은 단순한 목재가 아니고 저자의 꿈이 스며있는 꿈의 서랍이었다. 이 합판으로 만든 가구나 수납장은 가족들의 꿈과 미래를 보관하는 창고였던 것이다.

그렇다. 이 책에서처럼 나의 아버지 역시 한때 목수였다.

무엇이든 만들었고, 상품을 만들었으나 팔리기보다는 재고가 많았기에 그것으로 우리들을 위해 집안의 가구며 장난감을 만들어 주던 아버지였다. 손재주가 좋았던 분으로 기억한다. 아버지가 돌아가시고 나서도 나무 연장통에는 대패, 톱, 망치, 몽키, 쇠 조각 등이 남아 있었지만, 그때는 아버지의 인생과 땀이 스며있는 도구들을 제대로 챙기지 못했다.

성정이 무뚝뚝한 아버지였지만 항상 부지런함을 가르쳤던 아버지가 남긴 교훈만 여전히 기억에 남는다.

"기술 배워서 부지런하게 일하면 밥은 굶지 않는다."

무엇인가 자기분야를 열심히 익혀서 노력하면 사람다운 삶은 살 수 있다는 이야기였음을 기억한다.

이렇게 고생하셨던 아버지는 50대 후반에 중풍으로 쓰러지셨고, 가족들의 생활은 어려워졌으며 남은 가족들은 힘든 생활을 해야 했다.

계속되는 단칸 셋방에서의 여섯 식구의 삶은 이렇게 시작되었다.

아버지의 하루 일상은 컴컴한 방에서 파리채 하나들고 우두커니 앉아 계시던 게 전부였다. 몸이 불편해 집을 지켜야하는 처지로 몰락한 아버지의 심정이 어땠을지 그때는 알지 못했다. 병이 오래 되면서 생계를 책임져야 했던 어머니도 힘들다보니 가족들의 관심도 점점 멀어지게 되고 아버지 홀로 느끼셨을 외로운 감정을 늦게야 알았다. 병으로 고생하면서도 가족들에게 소외감과 무시로 외로움을 많이 느끼셨을 아버지를 그때는 알지 못했다.

그레고르의 가족들처럼 생계 때문에 각자 바쁘게 살면서 환자로 변해 버린 아버지에 대해 소홀해 지고 외롭게 하였던 것이다. 아버지의 존재는 그동안 가족들에게 돈을 벌어다 주는 희생적인 외로운 존재였던 것이다.

어느 날 아버지한테 사무실로 전화가 왔다.

안부를 묻는 전화였다.

그 날은 바쁜 날이어서 아버지의 이야기를 건성으로 듣고 짧은 이야기를 하고 끝냈다. 이 목소리가 마지막이었다. 이로부터 사흘 뒤, 아버지는 영영 돌아오지 못할 곳으로 가셨다. 아버지의 임종 소식을 접하고 기차에 실려 가면서도 그냥 덤덤했다.

마치 이방인의 뫼르소처럼 아버지의 죽음이 객관적인 사실로만 인지될 뿐이었다. 분명 슬퍼야 하는데 슬픈 감정 보다는 현실적인 생각만 떠올랐다.

오후에 집에 도착했는데 썰렁한 집안에는 식구들 외에는 아무도 없었다. 그때서야 나는 아버지의 죽음이 타인의 죽음이 아닌 나와 관련된 중요한 일임을 알았다.

아버지를 회상하면 흰색 런닝에 헐렁한 작업복 바지의 모습이 떠오른다. 그 모습과 분위기는 그 시절의 유행이나 추억으로 대체할 수 없는 서글픈 기억들이다. 아직도 손을 뻗으면 희미한 아픔으로 느껴지는 오래된 상처처럼 가슴을 시리게 하는 풍경이 다시 못 올 추억의 한 모습으로 차지하고 있다.

4. 영원한 이별, 당신이 그립습니다

"어머니의 이야기를 들을 수 있는 기회가 있었고, 그리고 모친과 작별인사를 할 수 있었다는 것이 얼마나 행운이었는지 모른다."

병원에 입원하던 7일째 되던 날, 어머니는 이틀정도 의식이 혼미해지다가 다음 날 저녁 가쁜 숨을 내쉬고는 눈을 감으셨다.

죽음이란 걸 지켜보았고 어머니의 임종을 직접 보면서 비로소 인간이 죽는다는 사실을 실감 있게 느꼈다.

어머니는 마지막 일주일 동안 매일 관장을 해야 했고 거의 먹지를 못했다.

고통 때문에 진통제 용량을 조절해가며 약을 투여했지만, 혼미해지는 의식은 어쩔 수 없었다. 가끔씩 말을 걸어 보기도 했지만 말이 점점 느려졌고 한 마디도 겨우 이어 나갔다.

이전에 어머니와 조심스런 대화를 나눈 적이 있었다.

죽으면 어떻게 할 것인지에 대해서 말이다.

이렇게 어머니의 생애 이야기를 들을 수 있는 기회가 있었고, 작별인사를 할 수 있는 기회를 가졌음을 행운으로 여긴다.

어머니는 어렴풋이 의식이 들 때면 우리의 이야기를 듣고 미소만 지었다.

돌아가시기 이틀 전만 해도 어머니는 몇 주 아니 몇 달은 더 살 수 있을 것처럼 보였다. 그런데 하루 전날 몇 시간을 더 바라는 것도 욕심이었다는 것을 알았다.

어머니는 병원 관찰실로 옮겨져서 모든 가족들이 지켜보는 가운데 조용히 죽어가고 있었다. 눈만 껌벅일 뿐 아무 미동이 없었고 가쁜 숨만 내쉬고 있었다. 호흡이 한번에 20~30초씩 내쉬다 멈추는 일이 반복 되었다.

그렇게 몇 시간이 흘렀다.

오후 9시 30분. 결국 마지막 순간이 왔다. 나는 어머니의 호흡이 이전보다 더 오래 멈춰있다는 걸 알았다.

우리는 어머니에게 다가갔다. 어머니의 손을 잡았지만 따뜻한 손은 더 이상 힘을 주지 않았다. 어머니는 더 이상 숨을 쉬지 않았다. 2남 2녀의 자녀와 사위와 며느리를 면전에 두고 어머니는 힘겹게 몰아쉬던 호흡을 끝내 멈추시고야 말았다.

삶과 죽음의 한계를 이처럼 순간적으로 확실하게 느낀 적이 없었다.

자식 중에 장남의 건강상태가 염려되어 유별나게 걱정을 많이 하셨던 어머니.

감정 표현을 잘 안 하고 내 생활에 얽매여 가끔씩 하던 아들의 방문을 좋아하던 어머니를 더 자주 찾아뵙지 못했던 일이며, 한번도 살갑고 만족스럽게 대해 드리지 못했던 일이 아쉬움으로 남는다.

보다 더한, 어머니의 근심은 병약한 내 건강에 있었다. 많이 아플 때나 적게 아플 때나 항상 기도를 해 오셨던 분은 어머니였다.

그 어머니를 나는 잃었다.

조금 전까지 따뜻한 손을 쥐고 있다가 숨을 거두는 시각. 점점 식어가는 어머니의 온기도, 그 거친 숨소리도 이젠 더 이상 들을 수 없게 된 것이다.

어머니는 내 목소리가 들리지 않는 먼 곳으로 가셨다.

어머니는 가끔 전화로 나의 안부를 묻곤 하였다.

"병원에 잘 다니고 약은 잘 먹냐?"

"너를 위해 기도 한단다."

늘상 하는 이야기 레퍼토리였다.

이제 가끔씩 건강상태를 확인하시는 어머니의 전화는 받을 수 없을 것이다.

아플 때 작은 신음으로 불렀던 '엄마'의 소리를 이제는 가슴으로 부르게 되었다.

내 핸드폰에 저장되어 있는 모친의 전화번호를 가슴으로 돌려도 신호가 가지 않음에 서글픔으로 차오른다.

나는 이런 아들이었다.

어머니의 사랑과 관심을 건성으로만 듣다가 이제야 마음으로 느껴지는. 그래서 인간의 감정이 더 슬프다. 이렇게 나이 들면서 이제 세상의 모든 것들이 조금씩 보이기 시작한다. 예전에는 죽음을 가슴으로 느끼지 못하고 슬픔과 허무에 대한 생각도 하지 못했다. 그러다 죽음의 위기 경험과 어머니의 죽음을 통해 죽음을 좀 더 자연스럽게 바라보게 되었다. 잊고 지냈던 친구들이나 동료들의 안부가 궁금해지고 작은 생물체들이 더욱 안쓰럽게 느껴진다. 사람에 대한 연민과 남을 생각할 수 있는 여유가 죽음의 과정을 통해 더 빠르게 생기는 듯하다.

사람은 누구나 죽게 된다는 사실을 알지만, 자기가 죽는다고는 쉽게 믿지 않으려 하며 쉽게 망각하는 경향이 있다. 어머니의 죽음이 채 잊혀지지도 않았는데 나는 아무 일 없었다는 듯 쇼핑에 눈을 돌리고 회사에 출근하고 평상처럼 독서에 몰두한다.

청개구리 이야기가 생각난다.

물가의 청개구리 울음처럼 고독감과 아픔이 몰려올 때 어머니의 반복되는 전화 목소리를 들으면 편해질 것 같다는 후회도 떠올려본다.

비가 오면 청개구리들은 다시 냇가로 모여 노래를 할 것이다.

그 청개구리처럼, 나도 그런 모습으로 어머니를 부르고 싶다.

아픔_그리고_삶

part 02

여행 -
가고 싶은 곳으로 여행을

가끔 떠나라.

떠나서 잠시 쉬어라.

그래야 다시 돌아와 일할 때

더 분명한 판단을 내릴 것이다.

쉬지 않고 계속 일을 하다보면 판단력을 잃게 되리니.

조금 멀리 떠나라.

그러면 하는 일이 좀 작게 보이고

전체가 한눈에 들어오면서

어디에 조화나 균형이 부족한지 더욱 자세하게 보일 것이다.

- 레오나르도 다빈치-

1. 왜 떠나려 할까 ?

〈일본으로 향하는 크루즈에서〉

여행은 힘과 사랑을
그대에게 돌려준다.
갈 곳이 없다면
마음의 길을 따라가 보라.
그 길은 빛이 쏟아지는 통로처럼
걸음마다 변하는 세계
그곳을 여행할 때 그대는 변화 하리라

〈잘랄루딘 루미, 여행〉

여행 떠나는 이유를 나에게 묻는다면, "보고 싶은 것을 보고, 먹고 싶은 것을 먹고, 누군가를 만나 그곳의 분위기를 자유롭게 느끼고 싶어서."라고 말할 것 같다. 햇살 좋고 풍경 좋은 곳에서 나의 즐거움을 바라기 때문이다.

이렇게 여행은 삶의 의미를 찾게 하는 즐거움을 준다.

그러나 "떠나라."고 해서 선뜻 떠날 수 있는 사람은 현실적으로 많지 않아서, 떠날 수 있는 사람이 부러웠다.

괴테가 이탈리아 여행을 떠난 것은 서른일곱 살 때라 한다.

10년 동안의 공직 생활을 마치고 그동안 자신의 상상력을 막고 있던 일상에서 탈출하여 선택한 것이 이탈리아 여행이었다. 괴테는 직장을 팽개쳐도 먹고 살 걱정 없는 좋은 상황이었는지 이탈리아 전역을 2년이나 다녔다.

여행은 대부분 일상의 반복과 권태 때문에 떠나지만, 부유한 소수의 사람들은 욕망과 과시욕 때문에 떠난다고도[11] 말한다.

그러나 보통 사람들은 살기에 바빠서 삶의 여유가 없다. 보통 사람들은 절망과 분노의 언어가 넘칠 수밖에 없음에도 애증을 안고 살 수밖에 없는 그런 생활을 하고 있다. 그렇다고 현실을 무시

---

11   베블린이 말한 '유한계급'은 과시를 소비하는 계층을 표현한 말인데, 사람들은 여가와 여행등 휴식을 소비함으로써 자신이 유한계급이라는 것을 보여 주려 한다는 것이다. 이런 사람들은 일반적으로 상류층에 속한 사람들이다.

할 수도, 팽개칠 수도 없는 형편이다.

이런 답답한 현실을 벗어나기 위해, 그리고 어렵게 시간을 내서 자신을 낯설게 하는 것이 보통사람의 여행이다.

그래서 여행은 신선한 것, 새로움에 대한 호기심의 만족이다.

여행을 떠나 새로운 환경에서 자신을 돌아볼 수 있을 때 마음이 가벼워지고 존재에 대한 깨달음도 온다. 또한 떠나온 고향과 거리를 가지게 되면서 고향을 그리워하게 되고 세상을 보는 관점도 생기게 되는 것이다.

여행을 떠나는 의미는 개인마다 다르지만 일반적으로 세 가지로 정리해 볼 수 있다.

첫 번째 의미는 내가 누구이고 어떤 사람인지 더 잘 알게 한다는 것이다.

여행하면 평소 몰랐던 취향과 성격이 나타나 의식하지 못했던 자신에 대해 알게 된다. 이것이 나를 성찰하는 여행이다. 여행지에서의 경험을 통해 좋아하고 싫어하는 것과 내가 어떤 사람인지 더 선명해진다.

나는 여행지에 가면 먼저 도서관을 찾는다. 도서관에서 책과 함께 있는 게 즐겁고, 도시마다 다른 풍경과 도서관의 분위기를 통해 즐거움을 느낀다. 물론 도서관에 있는 사람들과 대화를 나누는 것도 좋아한다. 함께 떠들고 토론하면 시간 가는 줄 모르고 즐겁기 때문이다.

반면 여행에서 싫어하는 것은 너무 감정적인 행동을 보일 때이다.

관광객의 위치에서 보면 즐거울 수 있지만, 나는 그 자리에 함께 하는 것이 어색하다. 여행지에서 함께 춤추고 열정을 즐길 땐 어색한 행동을 보이는 건 어쩔 수 없는 내 성향이기도 하다.

　일본 오키나와의 한 관광지에서 연극배우들과 관객이 한마음이 되어 춤추는 시간이 있었다. 다른 사람들은 흥에 겨워 분위기에 맞게 잘 어울리는데 나는 그 시간이 영 어색했다. 그냥 춤추고 즐기는 것을 바라보는 것이 좋았다.

〈오키나와 만자모〉

라오스의 루앙프라방 거리의 한 커피숍에 가서 젊은 친구들이랑 수다를 떨었던 적이 있다. 잘 모르는 사이여도 대화하면서 나름 익숙함을 느낄 수 있었고, 낯선 지역에서의 몸짓도 소통이 되었다. 경청해 주고, 웃어주고, 인사하며, 소박한 영어실력을 발휘해 몸짓을 섞어가며 꽤 긴 대화를 나누기도 했다. 이렇게 여행에서 우연한 사건들이 흥미롭게 전개 될 때도 있다.

알랭드 드 보통은 『여행의 기술』에서 이렇게 표현 한다.

> "여행은 생각의 산파다. 움직이는 비행기나 배나 기차보다
> 내적인 대화를 쉽게 이끌어내는 장소는 찾기 힘들다"

〈알랭드 드 보통, 여행의 기술 중에서〉

여행에서 만나는 사람들과 어울리면서 기쁨을 느낄 때, 행복해 하는 사람이라는 것을 알게 되었다. 여행은 우리의 모습을 더 잘 알게 해준다는 알베르 까뮈의 말이 떠오르는 시점이다.

두 번째 여행의 의미는 주변과 고유한 추억을 경험하게 하고 과정의 소중함을 알게 한다는 것이다.

여행지에서는 기차나 버스를 이용하면 사람들의 삶과 거리의 민낯을 더 자세히 보게 된다. 그래서 난 여행지에서는 보통 대중교통을 이용하는 편이다. 대중교통을 이용하면 눈앞에 만나는 사람들과 풍경들을 천천히 응시할 수 있다.

이런 과정을 통해 사람과 도시의 풍경과 시장이 내게 다가오는

아픔_그리고_삶

것을 느낄 수 있다. 이것은 여행뿐만 아니라 인생에 있어서도 마찬가지로, 돌이켜 보면 아름다움과 기쁨은 늘 과정 속에 있었다.

만남과 헤어짐, 그리고 좋아하는 일과 만났다 헤어지는 것도 늘 과정 속에서였다.

어찌 보면 여행은 우리의 인간의 삶과 닮았다. 둘 다 '떠난다'는 점이 그렇다.

하지만 돌아오는 과정은 차이가 있다. 우리 인생의 돌아옴은 존재가 바뀐 형태라는 점이 다르다

우리는 여행을 하면서 다양한 사람을 만나고 새로운 분위기를 만난다. 그리고 낯선 환경에서 새로운 생각과 추억을 얻기도 한다. 낯설지만 자유롭기 때문에 여행지에서는 용감해질 수 있고 설렘도 느낀다.

우리는 타고난 나르시스트 인지도 모른다. 자신으로부터의 탈출, 자기로부터의 해방 본능 때문에 친숙한 자기 환경에서 벗어나고 싶어 한다. 나를 보호해 주고 나를 만들어 주던 환경은 때로 나를 구속하기도 하기 때문이다. 나는 사회의 구성원이고, 국민이기 전에 항상 변할 수밖에 없는 인간이다.

결국 현재의 나로부터 벗어나고 싶은 것이다.

이렇게 벗어난 뒤, 여행지에서는 내가 원하는 감각패턴으로 과감히 바꾸기도 하고 익숙한 생각을 바꾸어도 보는데, 이에 따라 행동과 욕망도 달라지게 된다.

여행지에서는 용감하게 다른 사람들의 삶에 들어가기도 하고 대화를 통해 친해질 수도 있다. 술집에 밤늦게까지 앉아 있어도

나를 이상하게 볼 사람이 없다. 여행에서 우연히 만나 뜻하지 않은 사랑, 그리고 낭만적인 비도덕적인 사랑에 빠져 볼 수도 있다. 여행지에서는 사회적 지위를 벗어 던진, 그냥 벌거벗은 남자일 수 있다.

이렇게 익숙한 시공간을 벗어나면 행동이 자유롭기 때문에 낯선 여행지에서의 경험은 공유하기 힘든 나만의 좋은 추억을 만들 기회가 된다.

미얀마 만달레이 여행 중에 합승(쉐어)택시를 타고 삔우린으로 향한 적이 있다.

〈삔우린 공원〉

아픔_그리고_삶

2시간가량 고갯길을 넘어 도착한 삔우린 깐도지 국립공원은 이색적인 나무와 다채로운 색깔의 꽃들로 가득했다. 입구부터 이어진 숲과 프랑스 분위기의 정원들은 유럽의 한 공원을 연상케 할 정도로 잘 관리해 놓은 자연공원이었다.

입구를 지나니 인공호수와 함께 탁 트인 공간이 시원하게 했다.

강한 햇살에도 세 시간이나 열심히 주변을 돌아다녔다.

뜨거운 햇살에도 물가에 노니는 백조는 사람이 다가가도 두려워하지 않는 기색이다. 한가로운 동물원 분위기를 자아낸다.

점심시간이 지나 삔우린 시내로 나와 카페와 식당을 겸한 가게에 들어가서 가장 흔한 제스처로 과일 주스를 시켰다. 시내에서는 한가로왔다. 로컬시장 한 바퀴 돌고 보니 그리 갈 곳도 없었고 꼭 가야 할 곳도 없었다.

늦은 오후가 되자 다음 일정을 생각하고 뭔가 해야 한다는 생각이 들었다. 빨리 움직여야 저녁에 만달레이에 도착할 수 있기 때문이었다.

그러다 일상의 강박에서 벗어나기 위해 떠난 여행인데 그 여행지에서 오히려 다른 강박관념에 사로잡히는 느낌을 받았다.

나는 픽 웃음을 지었다. 아무리 여행지라도 제대로 움직이려면 어쩔 수 없이 계획하고 생각해야 하는 아이러니라니….

삔우린을 떠나면서 그곳에서 보았던 풍경과 냄새, 바람, 당시에 만났던 사람들은 이미 시야에서 사라지고, 아름답고 이색적이라 느꼈던 광경과 사람들과의 만남에 대한 추억만 남아있다.

단순한 만달레이 여행이 아니라 "나의 만달레이 여행"이었던 것이다.

여행하는 과정에서 수많은 사람과 사물을 만나는데, 그 우연한 만남에서 어떤 것은 좋은 추억으로 엮이기도 한다.

이렇게 여행은 자신만의 경험과 잊을 수 없는 좋은 추억을 선물한다.

세 번째 여행의 의미는, 여행지에 대한 역사적 지식을 알게 하고 타인 삶에 대한 이해와 견문을 넓힐 수 있다는 것이다. 즉 새로운 풍경이 아니라 새로운 눈을 갖게 한다는 뜻이다.

나는 여행지에 갈 때면 시장과 거리를 가장 먼저 찾는다. 시장에서는 사람들의 삶과 문화를 볼 수 있어 사람들의 삶에 대한 이해의 폭을 넓혀주고, 유적지에 가면 장소와 관련된 역사적 사실도 알게 된다.

일본의 오사카 성을 방문하면서 오사카 성과 관련한 역사적 사실도 알게 되었고, 그 성이 몇 번 파괴되고 복원되는 과정을 들으며 그 유적에 남아있는 인간적 슬픔도 알게 되었다.

오사카 성은 1583년 도요토미 히데요시가 건축한 성으로 부인이었던 요도도노와 아들인 히데요리를 위해 지어졌다고 전해진다. 이후 에도막부를 장악한 이에야스는 도요토미 히데요시의 부인이었던 요도도노와 아들을 보호해 달라는 히데요시의 유언에도 불구하고 약 10년 뒤인 1614년 오사카 성을 공격했으나 실패한다. 오사카성이 워낙 견고했기 때문이다.

하지만 1년 후 이에야스는 오사카 성을 다시 공격하게 되고, 결국 성문이 열리자 장렬히 싸우던 도요토미의 가문의 일원들은 1615년 2차 오사카 전투에서 멸문한다.

〈오사카 성〉

이렇게 파괴된 오사카 성을 이에야스가 가문의 취향에 맞게 재건하면서 도쿠가와의 위세를 널리 알리려 하였다. 이렇게 오사카 성은 도요토미의 비애가 서려 있는 성이었다. 이런 사실을 알고 유적을 보면 단순한 건축물이 아니고 마음과 감정이 교차하는 역사적 건축물이라는 것을 알게 된다.

여행하면서 휴대폰으로 아무렇게나 찍었던 여행사진도 나에게는 그 장소를 기억하고 이야기할 수 있는 힘이 되지만, 타인의 눈에는 초점이 모호한 여행사진에 불과할 수 있다.

조그만 기념품을 가져와 책장에 두었더니 아이들이 이런 것을 왜 가져왔느냐고 묻는다. 그러나 이 기념품은 현지에서 두터운 안경을 쓴 노인이 만드는 것을 기다려서 가져온 기념품이었다. 비록 비행기 타고 건너온 이 조각품이 단순한 상품에 불과하지만 나에게는 그 분위기를 기억하고 그때를 떠올리게 하는 기념품이다.

이렇게 작은 여행 기념품이나 사진은 타인의 삶에 대한 이해와 견문을 넓히고 그 추억을 오랫동안 간직 할 수 있는 매개물이 된다. 이런 과정을 통해 여행은 하나의 풍경뿐만 아니라 사물을 새롭게 볼 수 있는 관점을 더해 준다.

여행을 하면서 나의 배낭에는 편견도 함께 들어가 있음을 알았다. 나의 편견으로 그들의 삶을 이분법적으로 평가하려 했던 것이다.

그러나 그들은 오랫동안 살아왔던 그들의 삶이 있었고 시간을 독촉하지 않고 천천히 흐르는 그들만의 삶이 있었다. 나의 쓸데없는 생각이 오히려 그들에게 짐이 될 뿐이었다.

여행을 떠나는 이유는 사람마다 다를 것이다.

어떤 상황이 되었던 감성적인 이유를 빼고 나면 내 존재에 대한 문제로 돌아온다. 나를 더 잘 알고 견문을 넓히는 이 모든 과정들은 나를 더 행복하게 하기 위한 과정이다. 떠나는 여행은 결국 돌아오기 위한 것이다.

떠나기 전 피상적으로 느꼈던 공간의 이동과 설렘과 피상적 느 낌이, 여행을 통해 삶의 현실을 이해하게 하며 그중 일부는 나의 삶이 되었음을 알게 된다.

알고 보면 사는 것 자체가 여행이다. 여행은 삶의 공허함을 채워 주는 힘이 되어 준다. 누구와도 공유할 수 없는 나만의 열정, 자유 를 느끼기 위해 잊지 않고 떠나고 돌아오기를 반복할 것 같다.

여행을 끝내고 인천공항에 도착하니 고향이 낯설게 보인다.

여행 중 생긴 나의 생각 중 일부는 수정되어 새로운 편견이 되 지 않았을까?

2. 홀로 여행

"진정한 여행의 발견은 새로운 풍경을 보는 것이 아니라, 새로운 눈을 갖는 것이다."

- 마르셀 프루스트 -

새벽 네 시. 눈을 뜨니 어두움이 아직 짙게 깔려있다.

배낭을 지고 집 앞을 나서니 바깥 공기가 차갑다.

공항버스를 기다리다가 우연히 택시에 합승하게 되어 여유 있게 공항에 도착했다.

비행기 시간이 아침시간이어서 이른 새벽부터 움직여야 했다.

여행을 떠나는 이유? 그냥 떠나고 싶어서 떠난 것이다.

나는 낯선 해외여행을 기다렸다.

일상에서 힘들다고 느껴질 때 지루한 일상을 벗어나 혼자만의 여행을 떠나고 싶은 마음이 앞섰다. 떠나고 싶다고 원하는 대로 떠날 수 있다면 여행에 대한 갈증은 없을 것이다. 오히려 떠나기 어려운 현실이 여행의 갈증을 부채질 한다.

이렇게 일상이 힘들다고 해서 직장을 팽개칠 용기도, 그럴 처지도 못 되기에 공휴일을 끼고 휴가를 내는 현실적인 방법을 선택했다.

라오항공을 타고 도착한 비엔티안은 소박한 도시였다. 화려한 국제공항이 아닌 한적한 길에 열대나무들이 감싸고 있는 풍경은 또 다른 감흥을 느끼게 했다.

인도차이나 반도의 유일한 내륙국가인 라오스는 인구 칠백만이 안 되는 작은 나라지만 별로 작다는 느낌은 받지 못했다.

공항에서 20분 정도 거리에 있는 빠뚜사이로 가는 길은 소란하지 않은 정취가 있었고 근처의 공원과 분수대는 마음을 안정케 하는 정겨움이 있었다.

〈빠뚜사이 탑에서 바라본 비엔티안〉

빠뚜사이는 프랑스의 개선문을 모방하여 만들었다는데 낡은 계단을 통해 올라가니 비엔티안 시내가 한눈에 내다보이는 시원한 풍경이 펼쳐진다. 물론 한국처럼 기후나 도로가 좋은 것은 아니지만 나름 그 분위기에서는 최선의 풍경과 분위기였다. 비엔티안 야시장에서 만난 사람들과도 금방 친해질 수 있었고, 잘 정비해 놓은 메콩강변에서 사람들이 국민체조에 열심인 것도 인상적이었다.

비엔티안이라는 낯선 곳에서, 나를 알지 못하는 타인들 속에서 사람 사는 냄새를 제대로 느낄 수 있었다.

비엔티안 시내에서 40분쯤 걸려 도착한 라오스 국립대학에서 본 교복 입은 학생들의 모습이 마치 고등학생 같아 보였지만, 그들은 어엿한 대학생들이었다.

대학은 푸른 잔디로 잘 가꾸어 놓았지만 건물이 오래 되었고 중간에 소와 자동차가 함께 지나는 풍경이 다반사였다. 도서관은 공부하는 학생들로 붐볐다. 오래된 것만 빼면 한국과 별로 다를 것이 없어 보였다.

다음 날 아침. 버스를 타고 간 곳은 비엔티안에서 4시간 걸리는 방비엥.

이곳 터미널에 처음 도착했을 때의 느낌은 한국의 시골 버스터미널에 혼자 남겨진 느낌이었다. 그 정도로 한적했다. 사람도 별로 없었고, 있다 해도 어쩌다 한두 명씩 지나가곤 했다.

뜨거운 햇살 아래를 헤매다 정한 숙소는 남우강가 옆의 게스트하우스였는데, 식사는 없었지만 조용한 집으로 지낼 만 했다. 집 앞에 울퉁불퉁한 카스트 지형을 배경으로 한 풍경이 인상적이었다. 앞마당엔 이름 모를 유채색 꽃들과 풀들이 가득했으며 소파에서 졸고 있는 고양이와 멍멍이도, 앞마당의 닭들도 자유롭게 방목한 모습이 평화로워 보였다. 시간이 된다면 이곳에서 조용히 책을 읽고 글을 써보는 것도 좋겠다는 생각이 들었다.

남우강가의 고요한 강물을 바라보며 한참을 서 있었다.

왜 이 먼 곳까지 왔을까?

이 낯선 곳이 나에게 어떤 의미가 있는지 생각해 보았다.

무한한 시간과 공간속에서 유한한 자신을 느끼게 되면서 세상속에 살아있는 현재의 모습이 얼마나 큰 행복인지 느끼게 되었다.

따지고 보면 의미는 무슨. 아무 의미도 없었다. 의미가 있다면 낯선 곳에서 잠시나마 내 자신을 추스르고 좋은 추억을 간직 하겠다는 것뿐이었다.

〈루앙프라방 가는 길〉

    다음 날 방비엥의 아름다움과 고요함을 뒤로 하고 떠난 다음 목적지는 고대도시였던 루앙프라방이었다. 방비엥에서 루앙프라방까지는 도로가 불편해서 6시간이나 걸렸다.

    루앙프라방 거리의 어느 작은 카페에 앉아 숙소에 대해 찾아보고 주변의 낯선 여행자들을 바라보았다.

아픔_그리고_삶

〈루앙프라방 카페〉

 라오스의 하늘은 파랗고 햇살은 뜨거웠다. 카페 앞의 좁은 도로
에는 핑크빛 꽃들이 가득 피어 있었고 길에는 자전거와 오토바이가
지나가고 다양한 언어를 쓰는 여행자들이 지나간다. 라오스로 여행
을 온 젊은 배낭여행자들이다.

 루앙프라방의 아침시간. 탁밧 스님들의 행렬은 낯선 광경이긴 했
지만 한 시간 정도의 탁밧 행렬을 통해 스님들은 음식을 공급받고
구도자들은 정신적인 안정을 얻는 의식과정이었음을 알게 되었다.
 시장 사람들의 분주한 움직임은 현지인들의 모습을 그대로 보여
주고 있었다. 남칸 강과 메콩 강이 만나는 루앙프라방은 인구가 7
만 명 정도에 불과한 작은 도시지만, 60개가 넘는 사원들이 옹기종
기 모여 있고 경건하게 내려앉은 황금색의 사원이 강렬한 아름다움
을 내뿜고 있는 도시였다.

나의 일상에서는 마음대로 할 수 있는 것들이 별로 없었다.

아침이면 허겁지겁 회사에 출근하고 점심시간이면 동료들과 밥을 먹었다. 일이 끝나면 집에 돌아와 TV를 시청하다 잠이 들었다. 또 다른 하루가 시작되면 습관적으로 일어나 붐비는 지하철을 탔다. 이렇게 반복되는 일상은 내가 생각하지 않아도 흘러가는 일상이었다.

이런 지루함에서 벗어나 무언가 새로운 탈출을 기대했는데 역시 나의 막연한 희망은 현실의 벽을 넘기 쉽지 않았다.

나는 여행할 때면 언제나 이코노미 클래스 왕복항공권, 등산가방, 운동화에 여름 티셔츠 몇 장을 챙기고, 호텔은 현지에서 예약하는 방법을 택한다. 숙박은 한국의 여관 정도 되는 시설에서 해결했고, 식사는 길거리의 햄버거나 가지고 갔던 라면으로 때운다.

다음 날 숙소에 앉아 나의 여행에 대해 생각해 보았다.

왜 이리 궁상을 떨지? 여행은 잘 먹고 잘 자야한다던데 난 너무 검소한 것 아냐…?

자발적 의지는 아니고 내 프롤레타리아 근성이 그런가 보다 했다. 혼자 여행하면 나도 모르게 이런 프롤레타리아 본성이 나타난다.

나의 친구들은 평범해 보이지만 브랜드 옷을 입고 이름 있는 호텔을 예약하여 호텔 버스를 타고 편하게 공항을 오간다. 방에 들어가서는 간식과 음료를 부탁한다. 웨이터의 서빙을 기다리는 동안 식탁

아픔_그리고_삶

에 놓여 있는 과일과 음료를 먹는다.

나이를 먹을수록 편안한 여행이어야 한다는 게 이 친구들의 지론이었다.

생각해 보니 틀린 말은 아니다.

지난 번 여행 때 혼자 배낭여행을 떠나면서 많이 아팠던 경험이 있다.

젊을 때는 돈이나 행동에 크게 개의치 않아도 나름 좋은 추억이 된다. 머리를 며칠 감지 않아도, 옷이 막 구겨지고 비에 맞아도 나름 멋있었다. 호텔이나 유적지에 가지 않고 여관이나 현지 사람들이 생활하는 시장을 돌아다녀도 그다지 힘든지 몰랐다.

지난 수첩을 보면 그때의 상황들과 중간에 만난 여행자들의 주소가 적혀있다.

눈앞의 풍경, 사람, 사물 등이 아직까지 기억과 수첩 속에 남아 있다.

이런 혼자 여행은 몸은 힘들지만 고유한 추억을 남겨준다.

그러나 나이 들면서는 무조건 궁상(?)을 떠는 검소한 여행보다는 자신의 건강에 맞는 편안한 여행이 되어야 한다고 생각한다.

혼자 떠난 여행이 주는 선물은 자유였다.

흥미 있는 것이 생기면 찾아가고, 자유롭게 마음이 움직이는 대로 걸었다. 거리를 걷다가 피곤하면 마사지를 받기도 하고, 대중교통을 이용하다 또 다른 거리를 걸었다. 정해진 목적지가 없으니 급할 일도 없고 걸어가다 갈 곳을 정하기도 했다.

자전거와 오토바이를 렌트해 가고 싶은 곳을 찾아다니던 시간이 좋았고 장소에 대한 추억도 정겹게 느껴졌다. 저녁엔 식당에 들어가 입맛에 맞는 식사를 하려 노력했다. 혼자 먹기엔 좀 많은 나물과 반찬을 놓고 식사를 했다.

혼자하는 여행은 자신만의 리듬과 속도에 맞출 수 있고 긍정적인 마음으로 세상을 바라보는 관점도 만들어 준다. 가슴 속 낭만적 향수를 일깨워 주면서 자신의 성향을 발견할 수 있게 한다.

혼자 여행을 떠나본 사람은 무엇이 소중한지 안다. 혼자만의 여행을 통해 익숙한 것을 소중히 여기는 법을 알게 하고 자유와 고향과 가족의 소중함도 느끼게 한다.

돌아오는 비행기 안.

많이 피곤했던 모양인지 비행기 안에서 내내 잤다.

피곤이 덜 가신 눈으로 인천공항에 도착해 맞던 아침햇살은 나의 여행을 그럴듯하게 마무리해 주고 있었다. 여행 중 큰 깨달음은 없었지만 그저 떠나고 싶어 떠났다가 돌아왔고 난 그것으로 만족했다.

4박 5일. 길지 않은 여행이었고 휴가였지만 내 현실에서 벗어나보겠다는 마음속에서 끌어낸 떠남이었다.

아픔_그리고_삶

part 03

사랑 -
기억에 남는 사랑을 했으면

사랑 없이 산다는 건
죽도록 슬픈 일이다.
사랑 없이 산다는 건
하루하루 매 순간마다 죽는 것이다.
아무것에도 관심을 두지 않는 차가운 심장은
기쁨의 한가운데서도 불행하다.
사랑 없이 산다는 건….

- 조르주 상드의 편지-

1. 모든 사랑의 추억은 아름답다

사랑은 슬픔일까 ? 아름다움 일까 ?

중학교 시절. 음악 시간이면 늘 앞에 나와서 부르던 박목월 작사, 김성태 작곡의 〈이별의 노래〉라는 가곡이 있다. 그 시절 가곡으로 테스트하던 선생님 덕분에 의미도 제대로 모르고 흥얼대곤 하던 기억이 난다.

"기러기 울어 예는 하늘 구만리~"로 시작하는 가곡은 운명적인 사랑과 이별의 슬픔을 이야기 하고 있다. 이 곡에서는 사랑이 저물면 너도 가고 나도 가는 사랑의 운명을 이야기 하고 있다. 그래서인가. 나는 사랑하면 왠지 아련한 추상적 슬픔을 떠올린다. 「로미오와 줄리엣」의 사랑 이야기도 황순원의 「소나기」에 나오는 사랑도 모두 아련한 슬픔을 떠올리게 하는 사랑이다.

사랑에는 첫 사랑에서부터 중년의 사랑, 노년의 사랑에 이르기까지 다양한 부류의 사랑이 존재한다. 첫사랑은 감동적이고 풋풋한 인상을 주지만, 그 결과 항상 기쁨보다는 슬픔이 많다. 첫사랑이 이루어지는 경우가 10%도 안 된다는 통계를 보면 아프고 슬픈 사랑임에는 틀림없다.

첫 사랑하면 떠올리는 영화, 라이언 오닐과 알리 맥그로우가 주연한 「러브 스토리」는 첫 사랑이 얼마나 애틋하고 아련한지 상기시켜 주는 영화다.

사랑을 위해 모든 것을 희생할 수 있을 것 같았던, 운명 같은 우연이 있었던 시절을 이야기한다. 눈 오는 날이면 여전히 가슴 설레는 노래와 함께 연인들의 눈싸움 장면은 낯설지 않다. 사랑하는 사람과 눈밭에서 어린아이처럼 눈싸움을 하고 눈 속을 뒹굴면서 즐거워하는 모습은 마음속의 순수함을 이끌어 내는 즐거움이 있다.

그러나 눈 내리는 연인의 즐거움과 센트럴 파크의 아름다운 장면 뒤에는 사랑의 슬픔이 녹아있다. 사회적 신분의 차이를 겨우 극복하고 우여곡절 끝에 결혼을 하고 평안해질 무렵 제니(알리 맥그로우)에게 건강문제가 생기면서 이별을 준비하는 과정이 슬프게 한다. 제니는 올리버(라이언 오닐)에게 그것이 무엇이든 간에 "사랑은 미안하다고 말하는 것이 아니야."라는 말을 남긴다.

사람은 살아가면서 각 단계마다 사람을 만나고 사랑하며 살아간다. 형제와 자매를 만나고 연인이나 아내, 친구들과 만나고 어울리며 살아간다. 인생의 각 단계마다 만나는 사람이 다르고 그 깊이와 넓이도 다 다르다.

삶의 모퉁이에서 우연히 만났지만 오래 전부터 알고 지냈던 사람처럼 낯설지도 어색하지도 않아 아주 친근한 마음으로 다가설 수 있었던 사람도 있고, 그때는 몰랐지만 시간이 지나고 나서야 나에게 소중한 인연이었고 사랑이었음을 알게 된 사람도 있다.

사랑을 원하면서도 표현하지 못한 시간들과, 치열하게 살고 싶으면서도 뜻대로 되지 못했던, 사랑의 주인이 되지 못했던 시간들도 생각하게 한다.

　오래된 일이다. 내가 춘천에서 그녀와 만난 것은 고등학교 때로 거슬러 올라간다.

　처음으로 춘천으로 와 하숙한 곳은 지금은 개발 때문에 없어진 요선터널 위의 허름한 집이었다. 그때는 요선터널 위의 언덕에 허름한 집들이 많았다.

　내가 하숙하는 집에는 여러 가구들이 있었고 많은 사람들이 옹기종기 모여 살고 있던 곳이었다. 하숙하는 학생도 꽤 있었다. 언덕길을 따라 생긴 골목들은 모두 비밀스런 이야기들을 품고 있었다. 이런 골목길을 따라 걷다가 어쩌다 마주치는 또래 여학생들을 만나는 길이기도 했고, 돈을 뜯는 건달들을 만나는 막다른 골목이기도 했다.

　그 시절, 같은 집에 있던 대학생 누나가 있었다.

　자주는 아니지만 가끔은 같이 공부한다고 함께 밤을 지새우기도 했고 많은 이야기를 나누기도 했다. 나이가 나보다 많은데도 불구하고 오래 전부터 알고 지냈던 사람처럼 낯설지도 어색하지도 않아 친근한 마음으로 다가설 수 있었던 누나였다. 그 누님은 수학이 어려웠는지 같이 공부할 때면 늘 수학문제를 풀어달라고 했다.

　대학생임에도 수학은 꼭 필요했나 보다 싶었다.

　밤늦게 같이 수학문제 풀다가 꼬박 밤을 지새운 적도 있었다.

수학문제만 풀지 않았을 텐데 이런저런 이야기로 시간 가는 줄 몰랐던 것이다.

어느 날은 밤샘 공부를 하느라 피곤해 늘어져 있는 나에게 "힘내."라고 말하며 음료수를 건네주며 어깨를 주물러 주기도 했다.

눈 오는 어느 추운 겨울날이었다.

도서관에서 공부를 마치고 돌아오던 길에 요선터널 안에서 우연히 누나를 만났다. 늦은 시간이어서 빨리 집에 가자고 했으나 오랜만에 산책을 하자면서 눈 오는 요선동 거리를 함께 걸었다. 추운 겨울이어서 살며시 누나의 손을 잡았다.

누나는 당황했는지 얼른 손을 빼면서 비밀유지를 당부한다. 같이 손잡고 겨울 거리를 걷던 그 순간 그녀를 좋아하게 되었을지도 모른다. 그런 뛰는 가슴을 숨기고 집에 와서도 모른 척 했다.

누나는 여전히 평상시처럼 평범한 동생처럼 대했다. 누나와 사랑 사이에서 모호한 태도를 취했고 서로의 마음을 모른 척하며 그냥 좋은 누나 동생 사이로 지냈다.

그러면서도 그녀는 저녁만 되면 늘 함께 공부하자고 했고, 가끔씩 밤샘 공부하기도 했다. 어느 순간 이성의 감정이 싹트기 시작했다. 밤에 같이 공부하면서 이야기를 나눌 때는 예전과는 다르게 누나의 얼굴이 예쁘게 보이기 시작했던 것이다.

그러나 워낙 내성적이라 좀처럼 용기를 내지 못했고, 그런 경계만 유지하며 시간을 보냈다. 그렇게 세월이 흘러 내가 대학에 진학하고 누나는 교사로 발령이 나면서 결국 헤어지게 되었다. 그 이후로는 한 번도 만나지 못했다.

이렇게 살아가면서 제대로 표현하지 못하고 생각 속에서만 머물다 좋은 추억으로만 기억되는 추억속의 사랑도 있다.

살아가면서 만났지만 표현하지 못하고 뜻대로 되지 못한 중년의 사랑은 어떤가?

「메디슨 카운티의 다리」는 1992년 미국에서 발표된 책인데 불륜이라는 이름의 사랑에 대해 생각하게 한다. 이 책은 오늘날처럼 감성이 모호한 세상에서 중년의 열정과 사랑의 감정을 사실적으로 묘사하고 있다.

중년 남녀의 진지한 열정과 심오한 감정을 도덕적 혹은 사회적 기준으로 구분하면서 개인적 불륜으로만 치부하려는 것을 경계하면서 낭만적인 감성과 낭만을 느끼게 하는 감동이 있다.

영화로도 소개되어 영상에서 느끼는 사랑은 좀 더 현실적으로 다가온다. 이 영화에서는 불륜이라 표현하는 사랑도 그 스토리와 내용은 감동적이고 충분히 아름답다. 마지막 부분에서 헤어질 때, 그리고 유해를 메디슨 카운티의 다리에 뿌려 달라는 그 유언에 왠지 모를 서글픈 감정과 아름다움이 함께 피어오른다.

이렇게 모든 사랑은 아름다움과 슬픔이 함께 섞여있다.

「메디슨 카운티의 다리」의 영화를 보고 가슴 한켠이 슬퍼지는 것도 인간다운 모습이고, 그 슬픔을 받아들이며 그 추억을 관조하는 아름다움도 역시 인간다운 모습이다. 두 가지 감정이 함께 섞여 있다

사랑은 눈물의 씨앗이란 노래가사처럼 슬픔을 강조하는 것도,

아픔_그리고_삶

사랑의 아름다움을 찬미한 것도 헤아릴 수 없을 만큼 문화적 유산은 많다.

삶의 각 단계에서 느끼는 사랑의 이야기에서 나름의 아름다움과 슬픔이 함께 번갈아 혼재해 있는 것을 알게 된다. 사랑의 추억에서, 그리고 별이 빛나는 밤하늘에서 아름다움을 느낄 것인가 아니면 슬픔을 느낄 것인가는 자신의 마음먹기에 달렸다.

이렇게 보면 「러브스토리」의 첫사랑이든, 「메디슨 카운티의 다리」에서의 불륜이든 도덕적 의미보다는 그것이 진정한 사랑이었느냐 아니냐는 문제만 남는다.

라오스 여행 중에 우연히 스님 한 분을 만난 적이 있다. 그 스님과의 대화를 완전히 이해하진 못했지만 나는 이렇게 이해했다.

"석가는 반은 왕자로, 나머지 반은 거지로 살았지만, 지나고 나면 모두가 같은 하나였다고…. 그래서 지나고 보면 좋고 나쁨이 없고 모든 것이 추억이 된다."는 의미의 말이었다.

이 책과 영화들은 사랑을 어쩔 수 없는 운명으로 받아들인다. 때가 되면 만나고 사랑이 다하면 가야할 길로 떠나는 것처럼, 자연의 법칙을 깨닫고 인정할 수 있을 때 더 성숙한 인생이 된다는 것이다. 사랑의 슬픔을 알아야 만남뿐만 아니라 이별조차 인정하고 감사할 수 있게 된다는 것이다.

근원적으로 보면 인간은 사랑이라는 속성에서 크게 벗어나지 못하는 숙명적이고 운명적인 존재다. 그렇다고 너무 운명론에 매달려 슬퍼할 일만은 아니다. 인간의 위대함은 바로 운명을 극복하고자 하는 노력에 있기 때문이다.

사랑의 이별과 슬픔이라는 결말을 알면서도 끊임없이 사랑에 매여 사는 인간이란 존재의 모순과, 사랑의 슬픔을 알면서도 사랑할 수밖에 없다는 모순을 인정하게 될 때 인간은 더 성숙해질 수 있다.

마치 시시포스가 커다란 돌을 들어 올리는 모순을 알면서도 끊임없이 같은 일을 반복하는 것과 비슷하다.

이렇게만 보면 사랑이 운명적이고 숙명적이라는 굴레에만 있는 것 같다.

혹시 다른 요인은 없을까? 인간의 아픔이나 사랑 같은 감정적인 것들이 인간의 의지와 무관한 필연적이라 보는 것은 너무 실존적인 시각으로만 보는 것은 아닐까?

「러브스토리」에서 올리버와 제니의 만남을 운명적으로, 「메디슨 카운티의 다리」에서 킨 케이드도 사랑을 운명적인 필연으로 보고 있다.

반면 사랑의 운명에 도전하고 사랑이 결코 당연하다거나 자연적인 것만은 아님을, 본인의 의지로 가꾸어 나갈 수 있는 것임을 나타낸 사람들이 있다. 삶의 모순에 짓눌려 포기하지 않고 스스로 사랑을 개척하려 했던 사람이었다.

'조르주 상드'는 사랑을 꿈꾸는 여성 작가였다.

아픔_그리고_삶

그녀는 사랑하고 글을 쓰는 것을 천직으로 삼았으며, 사랑은 창작을 위한 또 다른 원천이었다. 사랑으로 활력을 받은 날은 작업실에서 글을 쓰는데 열중했다.

그녀는 사랑의 축복과 경험을 작품 속에 담았다.

아무도 대신하지 않는 자신만의 삶인 것을 알았기에 자유로운 주인으로 살기를 원했다. 외로움을 벗어나기 위해 일찍 결혼하지만 사랑 없는 결혼이 그녀를 옭아매는 족쇄가 되었고, 족쇄를 풀기 위한 사랑은 불륜이라는 이름으로 그녀를 구속했다. 그녀는 외로움을 극복하기 위해 사랑을 시도했고 사랑을 통해 글을 쓰는데 매진했다. 사랑과 이별을 반복했고 이별의 상처를 창작이라는 시간으로 달랬다.

수많은 남성편력 때문에 세상에서는 소설의 매춘부라는 험담과 비난이 있었지만 그녀는 야유와 조롱에 개의치 않았다. 늙을수록 지성은 더 날카로웠으며 순간의 감동으로 글로 써야 한다는 것을 알고 있었다. 끊임없이 사랑과 자유를 추구했던 그녀는 사랑의 경험을 자신의 작품으로 승화 시켰다.

무용가 홍신자 씨는 나이 70세에 독일인과 재혼하면서 혼자 살다보면 인생과 인간에 대해 부정적이고 자기 세계에만 빠지게 된다면서 인간은 사랑을 나누며 사는 것이 본연이라고 말한다. 그러면서 춤에도 사랑에도 정년은 없다고 말한다.

사랑의 추구는 소통과 공감의 기쁨을 만드는 행위이기 때문에, 건강하게 살아있는 한 열심히 사랑해서 기쁨을 누리도록 노력해야 한다는 설명이다.

이들은 사랑을 꾸준히 적극적으로 해 자신의 영혼을 성장시키는 계기로 승화시킨다. 사랑이 필 때는 찬란해도 질 때는 추해 보이기 쉬운데, 이들은 질 때도 추하지 않게 자신의 사랑을 잘 가꾸고 승화시켰다.

사랑을 치열하게 누리면서 작품으로 사랑을 승화시켰던 상드나, 마찬가지 이유로 사랑과 인생을 춤이나 무용으로 승화시킨 사랑이 한편으로 용기 있는 실천이기도 했다.

이렇게 보면 사랑은 결코 당연하다거나 자연적인 것만은 아님을, 그것은 개인과 사회적 의지의 기원을 가지고 있는 개인 노력에 따라 달라 질 수 있는 것임을 나타내는 셈이다.

사랑은 슬프면서 한편으로는 행복한 추억인가?

따지고 보면 형식에서는 슬픔이지만 내용에서는 행복과 추억의 성격이 강하다.

추억은 사랑의 슬픔조차 채우는 강한 힘이 있다. 사랑이라는 것은 원래 깨지기 쉽지만, 어려울 때는 모진 풍파도 함께 견디어 내는 위대한 점도 있다. 사랑은 어려울 때 거친 풍랑을 헤치며 항해를 잘 하다가도 항구에 도착한 어느 맑은 날 갑자기 이별을 고하는 속성도 있다.

그렇게 사랑은 모순적이긴 하지만 인간에게는 소중한 일이고 추억이다.

박범신 작가는 "인생의 마지막 승부는 그냥 사랑이야."라는 명언을 남겼지만, 세월이 흐르면서 사랑의 기회는 적어지고 예전만 큰 용기를 낼 힘이 점점 없어진다. 세월이 흐르면서 나이 드는 것이 죄는 아니지만 분명 슬픔이다.

박범신 작가의 「은교」에 나오는 노 시인(이적요)의 섬세하고 관능적인 내면세계는 힘이 없는 백발의 모습이다.

젊음과 관능에 아름다움을 느낀 이적요(시인)는 은교의 발랄한 모습에 예전의 청춘을 실감하게 된다. 좋아하는 대상을 상상의 욕망에서만 그리는 노 시인의 고고한 언어는 왠지 쓸쓸해 보인다.

하지만 시인 이적요는 은교를 만나면서 새로운 자기를 알게 된다. 은교를 통한 본능의 해방, 새로운 행복에 감동하게 된다. 가슴에 숨겨진 사랑에 대한 욕망을 잘 알지 못하고 지나쳤던, 알아도 자제하고 참아야 했던 가슴 아픈 추억의 욕망이다.

어떠한 유형의 사랑이든, 슬픔도 아름다운 추억도 한번 지나면 다시 돌아오지 않는다. 영국의 소설가 서머싯 몸은 가장 오래 지속되는 사랑은 다시는 돌아오지 않는 사랑이라는 말을 했다. 우리 인생은 금방 흐르고 지나간다. 주저 없이 아름다운 순간들을 만나고 그 속에서 감동을 느껴보면 어떨까?

2. 사랑에는 용기가 필요해

"한 번도 사랑다운 사랑을 해보지 못한 사람은 모를 거예요. 내가 불륜을 저지르는 게 아니라 사랑을 하고 있다는 것을."

〈조르주 상드〉

황순원의 「소나기」에 나오는 숫기 없는 소년은 개울 건너편에 앉아 소녀가 비켜주기만을 기다리는, 용기 없고 순수한 모습으로 나온다. 그러나 소녀와 친해지기 시작하면서 소녀 앞에서 갑자기 용감하게 송아지 등에 올라타고, 절벽에 핀 꽃을 꺾어오고, 소녀를 업고 개울물 건너는 행위 등을 서슴없이 용감하게 해낸다.

소녀와의 사랑은 소년에게만 보이고 다른 모든 것들은 배경으로 보인다.

사랑은 이렇게 용기 없는 소년에게 용기를 북돋게 한다.

이런 유년시절의 사랑은 아득한 추억으로 가슴 한켠에 자리 잡고 있다.

돌이켜 보면 나의 20대는 서툴고 어색해 용기와 실천이 많이 부족했던 시절이었다. 20대에는 사랑에 대한 설렘보다는 사는 현실이 급했고, 사랑보다 자존심이 앞서서 나의 불편한 현실(?)을 지키

아픔_그리고_삶

는 것이 더 중요하다고 생각했던 것 같다.

지금 생각하면 신중하다 열정을 놓쳐 버린 기회들이 아쉽고 후회스러운 면이 있다.

현실에 대한 열등감 혹은 자존심 때문에 사랑의 기회를 많이 망설였던 것이다.

지나고 보면 사랑으로 함께 했던 낯선 공간, 시간, 음악을 공유한다는 건 혹 실패로 끝나더라도 인생의 추억이고 에너지가 되는 인생의 자산이 된다.

"태초에 관계가 있었다."는 마르틴 부버의 말처럼 관계 속에서 의미 있는 존재, 즉 누군가에게 꽃이 되기 위해선 자기노력이 중요하다. 그 노력은 상대방의 '빛깔과 향기'를 찾는 노력이다. 누군가에게 잊혀지지 않는 빛깔과 향기에 맞는 눈짓이 된다면 사랑을 할 수 있는 것이다.

이렇게 누군가에게 잊혀지지 않는 사랑이 되려면 노력하고 공부해야 한다. 에리히 프롬[12]은 "사랑은 우연히 오는 것이 아니라 적극적인 성찰과 공부로 가꾸어야 한다."고 말한다. 사랑은 자신이 노력하고 공부해서 알아야 제대로 용기 있는 선택을 할 수 있다는 것이다.

---

12 에리히 프롬은 〈사랑의 기술〉에서 진정한 사랑은 자신을 성장시키는 경험이라 말한다. 사랑은 약속이기 때문에 책임을 강조하면서 공부해야 하는 것이다. 사랑한다면서 상대방을 무시하고 학대하는 것은 사랑이 아니라는 말이다. 신뢰하고 존중하면서 상대방과 나를 성장시키는 것이 사랑이다.

이렇게 사랑을 주어진 대상으로가 아니라 사랑의 주체로서 자신의 용기와 실천을 보여준 영화로 「오만과 편견」과 「피아노」가 있다.

이들 주인공들은 사랑에 대한 의미를 타인의 시선이 아닌 자신이 주도적으로 용기 있게 선택하는 모습을 보인다.

제인 오스틴의 「오만과 편견」에서는 당시 관습이었던 외모나 지참금이 아닌, 지식과 교양을 가진 용기 있는 사랑을 시도한 여성 엘리자베스 베넷 이야기가 나온다.

당시 영국 결혼은 남자는 재산으로, 여자는 신분과 미모로 결정되던 시대였다. 그래서 당시 여성들의 저항은 소리 없는 외침에 불과한 경우가 많았다.

「오만과 편견」은 이런 시대를 배경으로 오만한 귀족신사 다아시와 삐딱하지만 이성적 편견으로 세상을 바라보는 엘리자베스 베넷과의 사랑 이야기다.

신사 다아시는 이렇게 고백한다.

> "싸워보았지만 아무 소용이 없었습니다. 감정을 억누르려고 애를 써 보았지만 전혀 뜻대로 되지 않았습니다. 제가 얼마나 당신을 사랑하고 있는지 말씀드리지 않을 수 없습니다."

> "그러나 불가능 하군요. 저로서는 한 번도 당신의 호감을 원한 적이 없습니다. 고통을 극복하는데 어려움이 없기를 바랍니다."

〈제인 오스틴, 오만과 편견 중에서〉

아픔_그리고_삶

이들은 이렇게 말을 주고받으면서 밀당을 하는 과정에 있었다. 그러던 어느 날 엘리자베스는 런던근교에 있는 저택을 구경하다가 우연히 디아시를 다시 만나면서 그동안 그에 대해 오해하던 것들을 바로잡고 그를 따뜻한 마음으로 보기 시작한다. 오만함으로 뭉쳐 있던 디아시도 엘리자베스를 좋아하게 되면서 솔직해진다.

엘리자베스의 오해가 풀리면서 서로의 감정이 엉키게 되자 이를 사랑이라 부르며 결혼을 약속한다. 사랑하는 사람 앞에서 당대의 오만과 편견을 벗어나 자신의 솔직한 이야기로 사랑을 선택한 용기가 인상에 남는다.

오래 전 파도가 밀려오는 바닷가에 피아노 한 대가 놓여있는 포스터를 본 적이 있다. 이 포스터는 뉴질랜드 출신의 여성 감독이 만든 「피아노」라는, 은유를 통해 사랑의 주제를 풀어낸 영화의 포스터다.

영화 줄거리는 이렇다.

미혼모에 벙어리인 영국여자 에이다는 뉴질랜드로 이민을 간 영국인 슈튜어트와 정략결혼을 하기 위해 대서양을 건너지만, 그녀의 남편이 땅과 재산에만 관심이 있는 속물 인간임을 알고 후회한다. 그녀는 온갖 위험을 무릅쓰고 피아노를 뉴질랜드로 운반해 오지만 남편은 그 피아노를 해변에 놔두고 돌아온다. 집까지 운반하는데 드는 비용을 줄이기 위해서라는 이유였다. 에이다가 피아노를 집까지 운반해 달라고 사정을 하지만 스튜어트는 막무가내다. 할 수 없이 그녀는 남편의 친구인 베인스에게 부탁한다.

일자무식인 농부 베인스는 그녀의 청을 들어준다. 그녀의 매력에 끌렸던 베인스는 스튜어트에게 땅을 줄 테니 피아노를 자신에게 팔라고 제안한다. 스튜어트는 그 제안을 금방 받아들이지만 에이다는 완강하게 반대한다.

  그러자 베인스는 에이다가 원한다면 언제든지 자신의 집에서 피아노를 칠 수 있고, 에이다의 개인지도를 원한다는 제안까지 한다. 이후 에이다는 피아노를 치려면 베인즈의 집으로 가야했고, 레슨을 위해 피아노를 치지만 베인스는 사랑의 시선으로 그녀를 바라볼 뿐이다. 이렇게 점차 사랑에 빠지게 되자 베인스는 피아노를 그녀에게 조건 없이 되돌려 주고 다시는 만나지 않기로 결심한다.

  그런데 이제는 에이다가 베인스를 사랑하게 되었다. 피아노가 자신의 집에 와 있어 베인스 집에 갈 명분이 없어졌지만 사랑에 목마르게 되자 베인스의 품에 안기기 위해 그의 집을 향한다.

  이 사실을 알게 된 스튜어트는 베인스에 대한 만남을 금지시키고 에이다를 집안에 유폐시켜 놓는다. 이런 상황에서 베인스가 재산을 처분하고 영국으로 떠난다는 소식을 접하자 에이다는 피아노 건반 하나를 떼어 사랑의 글귀를 적어 베인스에게 전달하도록 한다.

  그러나 이런 사실이 들통 나면서 스튜어트는 에이다와 갈등을 겪고 결국 에이다를 포기하고 체념하게 된다. 이제 그녀는 베인스와 함께 영국으로 떠날 수 있게 되었다.

  피아노를 싣고 사랑하는 사람과 함께 영국으로 떠나게 되면서 행복하려던 순간 에이다가 피아노를 바다에 던져 버리라고 선원들에게 말한다. 바다로 던져진 피아노와 함께 미리 묶은 밧줄과 함께 바다로 가라앉은 에이다가 밧줄을 끊고 다시 수면 위로 떠오르는 영상이 펼쳐진다.

이 영상은 피아노 연주자 에이다는 죽고, 한 남자를 사랑하는 여인 에이다가 다시 태어난 것을 은유적으로 표현한다. 바다에서 그녀를 밀어올린 대양은 자궁이었고 끊어진 밧줄은 탯줄이었다.

이 영화는 피아노라는 은유로 사랑에 대한 진지한 의미를 보여준다.

먼저 영화에서는 사랑을 존재 의미로 해석한다.

에이다에게 피아노는 그 자체로 의미 있는 것이지만 남편 스튜어트에게는 가격으로 측정하고 팔 수 있는 상품이다. 그는 모든 것을 사랑이 아닌 가격으로 바라본다. 한마디로 대상에 대한 사랑이 없다.

그러나 베인스는 달랐다.

그가 땅도, 피아노도, 심지어 에이다까지 포기할 수 있었던 것은 에이다를 사랑했기 때문이었다. 그는 피아노를 위해 땅을, 에이다를 위해 피아노를, 에이다의 행복을 위해 에이다를 포기한다. 사랑하기 때문에 소유하지 않아도 행복하다는 마음을 가지고 있다.

두 번째로, 사랑은 감정적이고 공감적이라고 본다.

사랑한다면 당사자 사이에 서로 감정과 공감이 있어야 한다.

피아노는 두드리는 대로 소리를 내고 화음을 맞출 수 있는 악

기다.

스튜어트는 두드려도 거의 소리를 내지 않았으나 베인스는 작은 두드림에도 깊은 공감으로 반응해 주었다.

에이다에게 베인스는 잘 조율된 피아노 같은 존재였다.

마지막으로 사랑은 적극적인 선택이고 용기 있는 실천이 있어야 한다고 말한다.

베인스가 살던 곳을 떠나려고 한 것은 사랑 때문이었다. 에이다가 소중히 여기는 피아노 건반을 뜯어내는 것도, 피아노를 바다 속으로 던지는 것도, 피아니스트로서 죽음을 택하는 것도 모두 사랑을 위한 적극적인 행위였다.

사랑은 적극적으로 선택하고 용기 있게 행동하는 것이고 그 결과에 희생과 대가를 치르는 것이다.

오늘날은 사랑을 앞에 두고 선택에 망설이고, 사랑한다고 말하면서도 주저한다.

에이다가 그런 위선 속에 망설이는 우리를 향해, 사랑을 위해 당신은 무엇을 포기할 수 있느냐고 물을 것만 같다.

이제 사랑은 당신의 용기 있는 선택의 몫이다.

아픔_그리고_삶

3. 그리움의 기차역

누군가를 사랑한 기억은 장소와 관련된 경우가 많다.

사랑하는 사람과 함께 있었던 곳. 사랑하는 사람에게 의미가 있었던 곳.

그런 공간에서 같이 차를 마시며 음악을 함께 듣던 추억들은 특별한 것이 된다.

그래서인가? 예전에 사랑하는 이와 함께 했던 추억과 장소는 아름답고 따뜻한 추억으로 남아있다.

그런 추억과 장소가 점점 잊혀진다는 것은 슬픈 일이다.

언젠가 신입시절 근무했던 강원도 함백에 들른 적이 있다.

예전 광산이었던 이곳은 태백선이 지나는 곳이며 일제 때 지어진 광산촌의 민가들이 즐비했던 지역이다. 그런데 이십 년이 지난 지금도 그때 모습으로 쓰러져 가는 헌집들이 많았다. 태백으로 넘어가는 길에 지어진 이런 집들은 스티븐 킹의 소설에나 나올만한 을씨년스런 분위기의 집들이 많다. 울타리가 나무판막이로 된, 일제시대 때 지어진 일률적인 집들이 마치 나무토막을 엎어놓은 것 같아 멀리서 보면 조립식 건축을 이어놓은 듯하다.

한 때 추억의 장소였던 예미역은 그대로인데 왠지 주변이 더 쓸쓸한 분위기를 자아낸다. 사람도 많이 줄었고 기차도 예전만큼 많지 않다고 한다.

나에게 예미역은 그리움의 장소였다. 내 청춘시절 교통수단이었던 기차를 타기 위해 들러야 했던 장소였다. 삶의 웃음보다 삶의 애환이 많았던 사람들이 드나들던 곳.

그 장소를 매개로 잊을 수 없는 추억이 있다.

열댓 평 남짓한 대합실 공간의 한쪽 벽면에 요금표와 시간표가 걸려있고, 반대편에 나무의자 두 개가 놓여있다. 맞은편에서는 차표도 팔았고 그 중앙에는 연탄난로가 있어 유난히 추운 겨울에는 사람들이 난로에 앉아 불을 쬐거나 하릴없이 눈 오는 창밖을 내다보곤 했다. 주말이면 대합실 안에는 생계를 위한 사람들과 집에 가기 위해 나선 학교 선생님들과 공무원들이 뒤섞여 있었다. 주말이면 그들 틈에 끼여 기차를 타고 먼 곳으로 떠나는 것이 좋았다. 눈 오는 날 밤이었다.

밤늦게 청량리역에서 출발한 태백선 열차가 원주역을 경유하여 예미역에 정차하면, 예미역에 함께 모여 함백까지 걸어가던 사람들이 많았다.

이곳은 탄광지역이어서 춥고 눈이 많이 내린다.

나는 집에 갔다가 돌아오면서 원주역에서 태백선 밤 열차를 탔는데, 맞은편 자리에서 한 여성이 열심히 책을 보고 있었다. 열심히 책을 보는 것이 인상적이다 생각하면서 대화를 하려고 했지만 그날따라 피곤해서 아무 이야기도 못하고 잠만 잤다.

새벽에 예미역에 도착했는데 앞서 대기하던 택시들이 모두 떠나고 교통이 끊어져서 함백까지 눈 오는 길을 걸어가야 했다.

함백까지 걸어서 삼십분 정도 걸리는 거리였다. 그런데 누군가 뒤따라 오는 소리가 들렸다. 얼핏 돌아보았는데 웬 여자 둘이 따라 오는 것이었다. 나는 덜컥 겁이나 발걸음 속도를 높였다. 그런데 뒤따라 오는 사람들의 발걸음도 속도를 높이는 것 같았다. 등에 땀이 날 정도로 겁을 먹고 함백까지 뛰어 왔는데 조금 있으려니 웬 여자가 헐레벌떡 앞을 향해 급히 걸어간다. 분명히 둘이었는데 혼자오니 더 겁이 났다.

잘못 보았나? 얼른 집으로 들어가서 창밖으로 어떤 여자인지 내다보았다. 조금 지나니 헐레벌떡 지나가는데 어디 낯익은 여자의 모습이 아닌가?

아까 기차에서 내 앞에 앉았던 여자….

다음날 사무실에 출근해 서류를 정리하고 있었다.

한참 바쁘게 서류정리 하는데 내 앞자리에 누가 앉더니 빙긋 웃고 있는 게 아닌가?

"어서 오세요. 어?"

어제 기차 맞은편에 앉았던 여자였다.

대출 받으러 서류를 가지러 왔다고 한다.

그렇게 상담하고 나서야 그녀가 학교 선생님이고 이곳 인근에서 자취한다는 것도 알게 되었다. 이야기하다 보니 고향도 같은 방향이었다는 걸 알게 됐는데, 다니면서도 한 번도 보지 못했다. 그 이후 친해져서 자주 대화를 했는데 서로 약속 장소를 정할 때는 학생들의 눈을 피해 암호를 정해 장소를 선택하곤 하였다. 당시 '삐삐'라는 문자수신 전용기가 있었는데 그 문자를 보고 전화를 하던 시절이었다.

내 '삐삐'의 문자에서 예미역은 1번, 영월역은 2번, 제천역은 3번이었다. 다른 사람들의 시선 때문에 예미역에서 만날 때는 각자 기차를 타고 약속한 기차호실에서 만나는 방법을 선택했다. 예미역으로 돌아올 때면 우연히 만난 것처럼 여럿이 함께 함백까지 걸어왔다. 걸어오면서 함께 나누었던 수많은 대화들도 이젠 기억에 없다.

어쩌면 우리는 인생이라는 기차를 타고 각자 거쳐야 할 역을 지나고 있는지 모른다.

나도 수많은 역을 거쳐 지나왔다. 지금도 그윽한 풍경이나 기차역을 지나칠 때면 그 시절의 아름다움이 떠오른다. 내 가슴속에는 지나온 역들의 풍경들이 살아있지만, 기차를 타고 지나가다가도 가슴속에 남아있는 따뜻한 추억의 그림을 그리기 힘들게 된 것은 나만의 몫으로 남겨 두어야 할까?

이렇게 보면 아름다운 사랑에 대한 그리움은 외로움이자 끝없는 샘물인 셈이다.

4. 사랑은 우연일까 필연일까 ?
- 메디슨 카운티의 다리

"다시 만나 사랑하겠습니다. 사랑하기 때문에 사랑하는 것이 아
니라 사랑할 수밖에 없기 때문에 당신을 사랑 합니다."

〈영화, 번지 점프를 하다 중에서〉

로버트 제임스 월러(Robert James Waller)의 「메디슨 카운티의 다
리」는 위대한 열정의 가능성과 사랑의 감정을 사실적으로 묘사하
고 있는 책이고 영화이다.

진지한 열정과 심오한 감정을 감상으로만 치부하는 태도를 경
계하며, 타인에 의해 판단되는 사랑을 거부하며 그들만의 사랑이
야기로 가슴을 뛰게 하는 감성이 있다.

예전에 책으로 읽었고 최근에 다시 한 번 읽었다. 다시 읽고 나
니, 예전과 다르게 다가온다. 영화로 보면 그 영상미가 더 실감 있
게 다가온다.

한번은 진지하게 읽어보고 자신의 삶과 사랑에 대해 생각해 보
는 좋은 계기가 되었으면 좋겠다는 생각을 했다.

줄거리는 남편과 두 자녀와 함께 아이오와주의 한 농장에 살고

있는 중서부 여인 프란체스카 존슨에 관한 이야기이다. 목가적인 장면이 펼쳐지고 겉으로는 훌륭한 남편과 가사에 열심인 아내, 그리고 반듯하게 자란 아이들이 보인다.

모두 건강하고 행복하게 보인다. 더 이상 바랄 것이 없는 것으로 느껴진다. 수많은 가정들처럼 평범하면서 남다를 것 없는 가정. 탈 없이 건강하게 잘하고 있는 듯한 식구. 하지만 어딘지 모르게 빠진 것이 있다. 돈이 부족한 것도 아니고, 아이들이 말썽을 피우는 것도 아니다. 빠진 부분이 있다면 표면 아래에 있는 그 무엇이다.

프란체스카의 남편 리차드와 아이들은 황소를 출품하기 위해 일리노이 주 박람회에 참석하게 되면서 농장을 떠난다. 이들이 한 주간 집을 비우는 사이, 여자는 혼자 집에 남게 된다. 이들이 떠난 지 몇 시간 안에 새로운 사건이 생긴다.

잡지 사진기자 킨 케이드가 농가로 차를 몰고 들어온다. 그는 아이오와 메디슨 카운티의 지붕 덮인 다리들을 사진에 담고자 이 지역에 왔다 길을 잃었다고 말한다.

길 안내가 필요한 것이다.

그러나 그들의 만남은 길 안내 이상의 것이었고, 외로운 남녀가 어떻게 서로의 매력과 시선을 끄는지에 대한 스토리가 천천히 전개된다.

> 킨 케이드가 농가마당에 들어서자 현관 앞 그네에 한 여자가 앉아 있었다.

그곳은 시원해 보였고 여자는 그보다 더 시원해 보이는 뭔가를 마시고 있었다.

그는 트럭에서 내려 그녀를 바라보았다. 잠시, 오랫동안, 아름다웠다.

적어도 예전에는 아름다웠을 얼굴이고 다시 아름다워질 수 있는 얼굴이었다.

그는 예전부터 끌리는 여자를 만날 때면 주체하기 힘든 감정을 느꼈다. 무언가 끌어당기는 힘이 그녀에게 나오고 있었다. 그것이 무엇인지 정확히 알 수 없지만 킨 케이드는 여자에게 빨려 들었고 그 감정과 싸우고 있었다. 그때 그녀가 말했다.

"원하신다면 제가 다리까지 안내해 드릴 수 있어요."

여자의 말에 그는 마음을 수습하며 말했다.

"그래 주신다면 고맙겠습니다."

이렇게 둘이 지붕 달린 로즈먼 다리를 향해 출발했고 사랑은 이렇게 시작 되었다.

〈메디슨 카운티의 다리 중에서〉

이야기가 낭만적인 사건들로 순식간에 흘러가면서 점차 마음의 벽돌이 허물어지기 시작한다. 낯선 사람한테 프란체스카의 마음에 불꽃이 튀면서 즉흥적 관계로 이어지는데는 오랜 시간이 걸리지 않는다.

그가 사진을 찍을 때 카메라 가방을 들고 그의 등 뒤에 서면 행복했다.

그들은 저녁을 같이 해서 먹고 부엌에 촛불을 켜고 느리게 춤을 추었다.
그리고 목욕을 하고 향수를 뿌리고 잤다. 오래 전 나폴리에 살다가 지금은 메디슨 카운티에 사는 프란체스카는 킨 케이드로 인해 다시 여자가 되었다.

〈메디슨 카운티의 다리 중에서〉

그들의 만남은 시원한 음료수로 시작해 가벼운 식사에서 긴 대화로, 춤으로 이렇게 발전해간다. 킨 케이드의 감각적이며 서정적인 인생관, 그리고 여자의 마음을 읽고 여자의 감정을 말로 표현하며 그 감정에 반응하는 모습들도 생생히 묘사된다.

남자는 여자에게 사진에 대해 말했고 예술로 먹고사는 이야기를 했으며 예술과 시장과 구독자에 대해 말했다.
킨 케이드에게는 일상적인 대화였지만 프란체스카에게는 문화적 대화였다.
"어릴 적 내가 꿈꾸던 생활은 아니에요." 그의 이야기를 듣던 그녀가 문득 말했다.
오랜 세월 묵혀두고 꺼내지 못한 말이지만 하고 싶은 말이기도 했다.
프란체스카가 픽업트럭을 타고 온 낯선 남자에게 자신의 심경을 고백한 것이다.
"부인의 기분을 저도 조금은 알 것 같군요."

〈메디슨 카운티의 다리 중에서〉

아픔_그리고_삶

이렇게 대화는 영혼수준으로 올라가고 여자는 남자의 마음에 이르는 길을 발견한다.

프란체스카가 남편과의 사이에서는 불가능 했던 것, 빠진 것이 드러난다.

빠져있는 뭔가는 바로 '친밀감'과 '공감'이었다.

친밀감이란 성적이고 지적인 차원을 넘어 좀 더 깊은 차원에서 경험하는 인간의 소통, 즉 마음의 소통이다. 이런 마음의 소통인 친밀감이 부족했던 것이다.

여자는 남편과의 관계를 킨 케이드와 끊임없이 비교한다.

도대체 남편과의 결혼생활에서 어느 부분이 냉랭해진 것일까? 이 낯선 사람은 이렇게 친밀감이 있는데 왜 남편은 좀처럼 이런 감정을 주지 못할까?

「메디슨 카운티의 다리」는 끝나기 전 한두 차례의 친밀한 관계 묘사와 함께 마지막으로 선택의 순간이 나온다.

킨 케이드는 프란체스카에게 이렇게 고백한다.

> "애매함으로 둘러싸인 이 우주에서 이런 확실한 감정은 단 한번만 오는 거요.
> 몇 번을 다시 살더라도 다시는 오지 않을 거요… 내가 지금 이 혹성에 살고 있는 이유가 뭔 줄 아오, 프란체스카? 당신을 사랑하기 위해 이 혹성에 살고 있는 거요."

〈메디슨 카운티의 다리 중에서〉

여자는 안정되어 보이는 결혼과 가정을 버리고 구속 없는 방랑의 삶을 떠나자는 낭만적이며 감각적인 사진기자의 청을 받아들일 것인가. 아니면 각자 추억으로 묻고 무미건조한 일상으로 돌아갈 것인가.

킨 케이드는 사랑을 편견과 낙인을 넘어선 우주의 별로 표현하면서 사랑은 별들처럼 큰 감동과 의미로 남을 수 있다고 말한다.

> "우리는 우주의 먼 두 조각처럼 서로에게 빛을 던졌던 것 같소.
> 신이라 해도 좋고, 우주 자체라고 해도 좋소. 그 무엇이었든 조화와 질서를 이루는 위대한 구조 하에서는 지상의 시간이 무슨 의미가 있겠소.
> 광대한 우주의 시간 속에서 보면 나흘이든 4억 광년이든 별 차이가 없을 거요.
> 그 점을 마음에 간직하고 살려고 애쓴다오. 하지만 나도 사람이오. 아무리 철학적인 이성을 끌어대도, 당신을 원하는 마음까지 막을 수는 없소."

〈메디슨 카운티의 다리 중에서〉

자신이 권태롭다거나 별로 이해 받지 못한다고 생각한다면 프란체스카가 내려야 할 결정은 뻔한 것이다.

나흘간 뜨겁게 사랑했지만 이 두 사람은 죽을 때까지 한 번도 만나지 않는다.

묵묵하고 선량한 남편과 아들과 딸에게 상처를 줄 수 없었기

아픔_그리고_삶

때문이다.

그녀가 킨 케이드의 제안을 거절하는 것은 슬픈 일이었지만, 그런데도 왠지 모르게 자신의 생활에 그런대로 행복해 한다. 프란체스카가 행복한 것은 사랑을 위해 평생을 바치고 싶지만 자신의 평범한 삶이 주는 기쁨 때문이었다.

그녀의 모든 것은 자식들 때문이고, 만약 자식이 없었다면 킨 케이드와 같이 떠나 여자의 길을 갔을지 모른다. 그녀는 여성이었지만 어머니의 길을 선택한 것이다.

그러나 누구나 자신이 선택하지 못한, 가지 못한 길에 대한 후회는 있다.

이 장면에서 미국시인 로버트 프로스트의 「가지 않은 길」이란 시를 떠 올리게 된다.

"노란 숲속에 길이 두 갈래로 났었습니다.
나는 두 길을 다가지 못하는 것을 안타깝게 생각하면서
··· 중략 ···

훗날에 훗날에 나는 어디선가
한숨을 쉬며 이야기 할 것입니다.
숲 속에 두갈래 길이 있었다고
나는 사람이 적게 간 길을 택하였다고
그리고 그것 때문에 모든 것이 달라졌다고."

가지 못한 그 길은 자신이 희망했던 길일 수도 있지만, 어쩌면 또 다른 일상을 위한 반복된 길일 수도 있고 삶을 나락으로 빠트리는 길일 수도 있다.

중요한 것은 어떤 길을 선택하던 간에 어쩔 수 없이 떠밀려 선택해서는 안 된다는 것이다. 본인이 숙고해서 결정해야 살면서 힘든 순간에도 극복할 힘이 생긴다.

살다보면 수많은 길이 있고 그때마다 하나의 길만 선택해야하는 경우가 생긴다. 선택의 기로에서 남의 눈이 아니라 자신의 주체적 선택에서 가슴 설레는 선택이어야 하는 것이다.

이 소설에서 프란체스카는 수많은 고민 끝에 어머니의 길을 따르기로 본인이 결정하면서 소소한 일상에 기쁨을 누리며 살아간다.

세월이 흘러 남편이 죽고 프란체스카는 잡지사에 전화를 걸어 킨 케이드를 찾아보지만 킨 케이드는 이미 거기에 없었다.

이후 3년 뒤 그가 소지했던 카메라들과 '프란체스카'라는 글씨가 새겨진 목걸이를 받는다. 동시에 킨 케이드의 유해는 로즈먼 다리 옆에 뿌렸다고 전한다.

7년 후 그녀도 죽음을 맞이하는데, 그녀는 자신의 유해도 로즈먼 다리에 뿌려달라고 유언한다. 그리고 그녀는 죽기 전에 비밀스러웠던 그 짧은 사랑을 자식들에게 남긴다.

마지막은 어머니에서 생을 초월한 사랑으로 장식하고 싶어 하는 프란체스카의 마음이 나타난다.

"무덤까지 안고 갈 수는 있지만 인간은 늙어갈수록 두려움이 사라진단다. 자신을 알리는 일이 중요하게 느껴져 이승에 사는 짧은 기간 동안 사랑하는 이들에게 자신을 알리지 못하고 죽는 건 너무 슬픈 일인 것 같구나."

〈메디슨 카운티의 다리 중에서〉

예전에 선택하지 않았던 여성의 길을 마지막엔 사랑의 아름다움으로 장식하고 싶어 한다. 이 소설에서 사랑을 하나의 단어로 범주화하기에는 부족하다는 사실을 알게 된다. 통속적인 불륜의 사랑이라는 단어 속에는 사랑만 있는 것이 아니라 당시의 공기와 분위기, 풍경과 그들의 감동과 공감이 섞여 있음을 알게 된다.

이 소설이 사랑을 불륜을 미화했다기보다는, 사연과 스토리가 있는 나름대로 아름다운 이야기였다는 생각이 든다. 그래서 불륜이라는 사랑이 진실된 감정으로 승화되고 나면 사랑이냐 아니냐는 문제만 남게 된다.

그렇다면 이들의 만남은 필연일까? 우연일까?
노사연 씨가 부른 '만남'이라는 노래가사에 이런 가사가 있다.

"우리의 만남은 우연이 아니야. 그것은 우리의 바램이었어."

킨 케이드는 "우주 먼 곳에서 온 마침내 도착한 고향", "확실한 감정"이라며 사랑의 필연성을 강조한다.

일생에 한번만 온다는 킨 케이드의 그 필연적인 감정을 생각해 보았다.

누구를 향한 사랑일 수도 있는 필연이 나를 스치고 간 적이 있었나? 아니면 그 필연적인 순간은 아직 오지 않은 것일까?

필연적인 확실한 감정이 온다 해도 지금까지 이루어 온 삶을 포기하고 선택해야 하는 것일 텐데, 지금의 나는 모든 것을 버릴 수 있을까?

어디선가 사랑하는 사람을 마주치게 될 때, 당신은 그 사람과의 만남을 필연이라고 자신 있게 말할 수 있을까?

밀란 쿤데라는 다음과 같이 말한다.

"필연과는 달리 우연에는 주술적인 힘이 있다. 하나의 사랑이 잊혀지지 않는 사랑이 되기 위해서는 첫 순간부터 여러 우연이 합쳐져야 한다."

생각과 판단은 각자의 몫이다.

part 04

배 움 (공 부) -
하 고 싶 은 것

공부는 평범한 일상에서 질문을 하게하고 '낯섬'을 경험하게 한다.
반복되는 일상에서 '낯섬'을 경험하는 일은 자주 일어나지 않기 때문에
공부를 통해 당연한 것에 질문을 던져 낯설게 보는 것이다.

1. 인문학에 대한 생각

"의심과 믿음을 함께 참작하여 그 끝에 얻은 지식이 참된 지식이다."

〈채근담 중에서〉

인문학은 인간의 정신세계를 만들고 해석하면서 사람의 무늬를 만드는 사람의 인생에 관한 학문이며 자신을 성찰하게 하고 깨우쳐 주는 문학, 역사, 철학을 이야기 한다. 한마디로 "문·사·철"이라는 줄임말로 사용하는 인문학은 결국 사람의 인생에 관한 내용이다.

그런데 요즘 이런 인문을 앞세우는 책들과 매스컴의 강연 등이 많이 늘어나고 있다.

이런 책들과 강연들은 주로 인문학적 내용을 상품가치를 높이기 위한 수단으로 사용하며 인문이라는 것도 궁극적으로 상표로 취급되어지는 느낌이 든다.

이런 분위기에서 나타난 것이 스티브 잡스의 인문학 열풍이었다.

조금 지나긴 했지만 이는 경영학과 기술을 인간의 감정과 연결시킨 것으로, 엄밀히 말하면 마케팅을 위한 새로운 자본주의의 얼굴이었다. 그런데 사람들은 새로운 자본의 얼굴을 한 인문학에 열광했다. 그 결과 요즘도 대중화의 이름으로 인문학 강의가 매스컴에도 유행하고 있다.

아픔_그리고_삶

자신을 성찰하게 하고 깨우쳐주는 인문학을 원하면서도 사람들은 인문학을 교양으로만 여기는 경향이 많다. 이렇게 된 환경 요인은 신자유주의 시장화와 세계화 영향 때문이다.

신자유주의가 추진하는 삶과 사회의 변화는 인문학을 포함한 모든 지식체계의 사유구조와 변화에 영향을 미치고 사람들의 삶의 방식과 조건에도 영향을 미쳤다. 또한 정보화 기술 발전이 사람들의 삶과 의식을 바꾸어 놓았다.

기술의 발전으로 사람들의 삶은 편해졌지만 그만큼 바쁜 삶을 살아야 하면서 삶의 여유와 자기성찰의 기회는 줄어들었다. 그래서 사람들은 편한 방법으로 삶의 여유와 자기성찰을 얻고 싶어 한다.

TV 방송의 다큐나 인문학 강좌에서 유명강사들이 하는 강의를 보면 인문학이 널리 알려지고 삶의 한가운데로 나간다는 점에서는 장점이지만, 자본의 틀에서 멋있게 상품화하는 강연과 말의 아름다움만 보고 깊이 있는 진면목은 보기 힘들겠다는 생각이 들었다. 강의가 사람과 삶에 대해 이야기하는 내용은 없고, 어디까지나 교양수업에 가깝다는 느낌이 들었기 때문이다.

중요한 것은 강의내용과 지식을 감탄하기만 할 것이 아니라 자기만의 생각을 만들어 자기 삶을 더 아름답게 만드는 것인데, 정작 이에 대한 성찰이 없다.

이런 교양 강연이 나쁘다고 비난하려는 것은 아니지만, 이 과정에서 무엇인가를 빠트리고 있다는 생각이 든다. 일상을 낯설게 하고 자기를 성찰하기에는 무언가 부족해 보인다는 뜻이다.

대중인기에 부합하는, 돈으로 구성된 강연과 프로그램이 과연 실익이 적고 호응이 적은 사람에 대한 깊은 성찰을 제공할지 의문이다.

그렇다고 고전 문헌학자들처럼 텍스트에 매여 오랫동안 이론과 해석에 매여 있자는 말은 더욱 아니다.

인문학도 '사람들이 칭찬하면서도 읽지 않는 책'인 고전 같은 근엄한 세계가 아니라 인간 삶의 한가운데로 나가야 한다고 생각한다. 그래서 과학기술을 위한 도구적 개념만이 아니라 내 삶의 중심이 되는 이성과 감정의 대화, 나와 타인과의 대화, 옛날과 현재와의 대화 등이 기초가 되어 타인과의 소통이 원활해 질 수 있어야 한다.

그런데 이렇게 되기 위해서는 진정한 자기성찰과 깊이 있는 사고가 필요하다.

철학자 니체는 철학은 관념이 아니라 삶의 현장에서 찾아야 한다고 말한다. 사람을 만나고 부딪치면서 사람 속에서 다시 사람의 길을 찾아야 한다는 것이다.

그런 면에서 인문학은 대략 두 가지로 나눌 수 있을 것 같다.

앞에서처럼 일반인이 듣고 감명을 얻을 수 있는 교양의 확산에 중점을 둔 인문학과 인문학의 기초와 바닥을 형성하는 전문적인 인문학으로 나누어 볼 수 있다.

교양을 강조하는 사람들은 인문학이 너무 전문적이고 난해한 기호들로 가득 차 있다고 비난하며 일반인들도 알 수 있도록 해야 하고, 삶과 관련이 적은 형이상학적인 인문학을 비판하기도 한다.

그러나 또 다른 인문학자들은 다양한 방향의 흐름을 강조하며 형이상학적인 사고를 통해 추상적인 세계에서 생각하는 새로운 힘을 발견할 수 있으며 좀 더 확실한 자기사고가 생기게 된다고 강조한다.

미셸푸코의 『성의 역사』, 『감시와 처벌』, 『말과 사물』, 베버의 『프로테스탄트 윤리와 자본주의 정신』, 까뮈의 『시시포스 신화』, 『이방인』, 니체의 『짜라투스트라는 이렇게 말했다』, 칼 마르크스의 『독일 이데올로기』, 『자본론』 등의 책을 여러 번 반복하다보면 내 생각과 삶의 방향이 정리되는 듯한 느낌을 받는다.

그런데도 이런 인문학이 외면 받는 이유 중 하나는, 인문적 지식은 개인의 이성적 지성에 기초하기 때문에 해석이 다를 수밖에 없는 주관적 성격이 강하고 내용을 이해하는데 시간이 걸리는 난해함 때문이다. 과학의 객관성과 합리성의 관점에서 보면 시간이 오래 걸리고 종종 효율성과는 거리가 먼 결론이 도출되는 것은 외면 받을 이유가 된다.

일반적으로 과학은 보편적인 분석틀을 지니고 있는 개념이기에 객관성이 강하지만, 인문학은 인간의 주체성과 개체성 때문에 문화의 다양성과 이질성 문제가 포함되어 있어 다양한 성격이 나타난다. 합리성과 효율성을 중시하는 시대에서 우리가 선택할 수 있는 인문학적 방법과 과학적 방법의 문제를 어떻게 구분하고 잘 조화시켜 나갈지 고민하고 성찰해야 하는 시점이다.

인간을 다루는 인문학을 너무 객관성과 합리성의 관점으로만 보면 인문학적 사유와 통찰과정이 제한되는 경향이 생긴다. 객관성과 합리성의 유용함이 개인의 자유와 창의성을 통제하기 때문이다.

인문학은 당장 효용성이 있는 것은 아니지만 인문학에는 창의성과 독창성이 있으며 인간에게는 살아가는 목적이 되기도 한다.

「죽은 시인의 사회」에 나오는 키팅 선생은 의술, 법률, 금융, 이런 것들은 모두 삶을 유지하기 위해 필요한 것이지만 가슴으로 시를 읽고 낭만, 사랑, 아름다움이 세상에 있는 까닭은 바로 사람들의 삶의 양식이며 살아가는 목적 때문이라고 말한다.

삶의 양식이란 세월이 흐르면서 잊은 줄 알았던 그리움과 순간들이 나도 모르게 어느 한 순간 떠오르며 예전의 시 한 구절, 소설 속의 한 장면을 떠올리게 되는 것이다.

또 살면서 생각하고 고민했던 흔적들도 예전 사람들의 사유를 따라 가다보면 나만의 생각과 관점이 정리되면서 안정적인 느낌도 받는다.

인문학과 고전들은 시간의 흐름을 통해 사람들에게 검증된 작품들이며 분서갱유도, 검열관의 감시도 없애지 못한 글이다.

인문학은 새롭게 해석할 여지가 있는 글이어서 사람들의 경험과 지혜가 압축된 저장고 역할도 한다. 그래서 요즘처럼 바쁜 일상을 사는 현대인들에게 무심코 지나쳤던 삶에 대해 생각해 볼

아픔_그리고_삶

수 있는 도구가 된다.

하이데거는 자신의 칸트 연구를 비난하는 사람들에게 "좋은 칸트는 못 되지만 좋은 하이데거는 될 것."이라고 응수하였다. 이런 의미에서 인문학적인 글들은 우리의 현실에서 좋은 과학기술은 못 되지만 인간의 삶과 연결하여 더 좋은 삶을 사는데 좋은 인문학은 될 수 있지 않을까 생각한다.

2. 사회과학의 독서에 대해

"상충하는 욕구사이에 절묘한 균형이 필요하다고 생각합니다.
우리 앞에 있는 모든 가설들을 지극히 회의적으로 검토하는 것과
아울러 새로운 생각에도 크게 마음을 열어야 합니다. 만일 회의
적인 생각에만 머문다면 여러분은 어떤 새로운 생각도 보듬지 못
하게 됩니다. 새로운 것은 배우지 못한 채 이 세상을 비상식이 지
배하고 있다고 확신하는 괴팍한 노인이 될 것입니다.
다른 한편으로 귀가 너무 가벼워 지나치게 마음을 열면 그리고
회의적인 감각을 갖추지 못한다면 여러분은 가치 있는 생각과 가
치 없는 생각을 구분하지 못하게 됩니다. 결국 어떤 생각도 타당
성을 가지지 못하게 될 것입니다 ".

〈칼 세이건, 회의주의가 짊어진 부담〉

한 사람의 독서방식은 그 사람의 생애에 영향을 미친다.

그 사람의 생각이 관념론으로 가득 차게 되는지, 진보적이 되는
지, 보수적아 되는지는 대부분 젊은 시절의 경험과 독서에 의해
결정되는 경우가 많다.

생각이나 사고방식은 인생의 경험에 따라 변하기도 하고, 시대
와 환경에 따라 변할 수 있으며, 개인의 기질에 의해서도 영향을
받을 수 있다.

아픔_그리고_삶

그래서 젊은 시절의 생각이나 독서는 중요하다.

그렇다면 젊은 시절은 어떤 종류의 책을 읽는 게 좋을까?

여러 종류의 책, 종교, 철학, 문학, 사회과학 등 다양한 분야가 있을 것이다.

나는 가능한 다양한 종류의 책을 읽고 다방면의 책을 읽길 바란다. 이것은 개인의 시야를 넓히는 것뿐 아니라 다양한 세상을 살아가기 위해서도 필요하기 때문이다.

가능하면 상반된 논리의 입장에 있는 책들을 함께 접하는 것이 좋다. 종교나 사회과학에서 서로 상반된 입장과 논쟁이 많은데, 이런 다양한 입장들을 접하면서 자신에게 맞는 사고방식을 찾아서 내 것으로 발전시키는 것이 필요하다.

주의할 점은 다양한 입장을 무시하고 내 생각과 비슷한 책만 골라 읽는 습관이다.

이런 독서는 오히려 생각을 좁게 만들고 자신을 편협한 인간으로 만든다. 물론 자신이 좋아하고 흥미를 가진 분야의 책을 읽으며 나와의 연결점을 찾아가는 것은 중요하지만 나와는 생각이 다른 반대의 입장에 있는 생각들도 살펴보는 균형감이 있어야 한다. 어떤 생각이든 절대적인 것은 없기 때문에 어떤 것이 근본적인 진리인지를 고민하는 과정에서 자신의 세계관이 넓어진다.

하나의 사실을 절대적으로 옳다고 믿으면 몸과 마음은 편할지 몰라도 사고의 발전은 없다. 내 생각과 다른 것도 인정하면서 무엇이 나의 생각과 다른지 살펴보는 것이 사회과학 독서를 함에 있어 필요한 자세이다.

우선은 내가 어떤 것에 관심이 있는지 아는 것이 중요하다.

종교적인가. 철학적인가. 문학적인가. 사회과학적인가. 어디에 관심과 재능이 있는지를 발견하는 것은 상대적으로 어렵지 않지만, 자신이 좋아하는 방향에서 자신의 관점을 만드는 것은 쉬운 일이 아니다. 자신의 관점을 만들기 위해서는 그만큼 다양하게 많은 책을 읽어야 하고 시간도 많이 걸린다. 책을 많이 읽는 것은 시간의 제약이 있기 때문에 선별해 읽는 것도 하나의 방법이 된다.

어떤 책을 선별해 읽어야 할까? 개인 취향에 따라 조금씩 다르지만, 우선 역사 공부, 즉 종교, 철학, 사회과학의 역사를 읽는 것이 좋다고 생각한다. 거기에서도 서양사, 동양사가 중요한데, 서양사의 기본은 성경과 그리스·로마 신화, 동양사는 삼국지와 논어, 장자라고 생각한다.

이런 책들을 읽으면 세계를 보는 안목이 길러지고 자기의 관점과 세상을 인식하는 계기가 된다.

학교에서는 무조건 좋은 책을 많이 읽으라고 배웠다. 예를 들면 마르크스의 『독일 이데올로기』, 『자본론』, 푸코의 『성의 역사』, 『권력』, 베버의 『프로테스탄트 윤리와 자본주의』, 『경제와 사회』, 칼 폴라니의 『거대한 전환』 등의 책이었다. 이런 책들을 많이 읽어야 자신의 생각과 관점이 길러지고 글을 쓸 수 있기 때문이었다.

그런데 당대 최고학자들의 저서만 강조한 것은 아니었다. 상상력을 키우기 위해 사회과학 외에도 문학을 강조하였다. 그래서 학기 중 두 번씩 문학소설을 읽고 그 내용을 사회학적, 혹은 문학적

아픔_그리고_삶

관점에서 토론하는 시간도 가졌다. 변화하는 정보화 시대에 전문 분야만 읽어서는 세상을 인식하는데 한계가 있을 수밖에 없다는 이유에서였다.

그 영향 때문인지 나는 독서를 두 가지 방식으로 실천한다.

하나는 차분하게 고전 부류의 책을 꾸준히 읽는 것이다.

고전은 그 종류와 수가 많다. 그 중에서 자기에게 맞는 고전을 찾아서 다른 사람들과 몇 번이고 반복하여 공부하는 것이다. 여건이 안 되면 혼자라도 꾸준히 읽는다. 가능하면 독서 모임에 나가는 것도 좋고 학교 세미나에 참석하는 것도 좋다. 다양한 모임을 통해 같이 공부하면, 혼자 하는 독서보다 덜 힘들고 사람들과 다양한 생각들을 나눌 수 있어 효과가 크다.

다음으로는 현대의 생활을 밀접하게 다루는 문학서적을 가능한 많이 읽는 것이다. 즉 현대문학이나 시, 그리고 현대의 소설이나 현대 일상을 다루는 예술 등이다.

이 두 가지 독서는 양적으로나 질적으로 분명 차이가 있지만 독서는 상호 관련되어 있어 균형을 잡아가는 독서가 된다.

현대의 책이라도 고전을 이해하지 않고는 이해하기 쉽지 않은 부분이 많이 나온다. 니체의 『짜라투스트라는 이렇게 말했다』는 고전이지만, 그보다 더 고전에 속하는 성경적 지식이나 그리스·로마 신화에 대한 지식이 없으면 읽기 쉽지 않은 책이다.

밀란 쿤데라의 『참을 수 없는 존재의 가벼움』은 소설이지만 니체의 영원회귀 사상을 이해하지 않으면 쉽게 읽기 어려운 소설이다.

이렇게 좋은 고전은 내용에 있어 서로 연관되어 있어 사고의 꼬리를 물게 한다.

문제는 고전과 현대를 어떻게 균형 잡고 독서를 할 것인가 하는 점이다.

사람에 따라 방식에 차이가 있고 다양한 진폭이 있어 어떤 사람은 고전을 더 좋아하고 어떤 사람은 현대의 문제에 관심이 더 많을 수도 있다. 이것은 책을 읽는 사람의 기질, 자신의 환경이나 처지에 대한 문제의식을 얼마나 가지고 있느냐에 따라 달라질 수 있다.

균형을 찾아가는 독서 중 하나는, 하나의 관심에만 머무는 것이 아니라 다른 관심으로 옮겨가면서 바꾸어가는 것이다. 특히 젊은 시절의 독서는 다양한 관심을 가지고 고전과 현대 사이를 왔다 갔다 하는 것이 좋다.

이렇게 고전과 현대와의 관계가 깊게 연관되어 있다는 것은 어쩌면 인간 삶의 근원적인 문제는 본질적인 면에서 크게 변하지 않았다는 증거가 아닐까?

사람들은 여러 가지 목적으로 책을 읽는다.

업무상 책을 읽는 사람도 있고, 오락을 위해 책을 읽는 사람도 있다.

하지만 불행히도 요즘은 시험공부를 위해, 취업을 위해, 업무를 위해 책을 읽는 것이 대부분이다. 일단은 먹고 사는 문제가 어려워진 만큼 이것부터 해결하려는 사람들의 욕구가 커진 탓이기도 하고, 사회적인 환경 때문이기도 하다.

평소 독서를 하지 않는 사람은 자기 혼자만의 세계에 갇혀있는 것과 같다.

그들은 좁은 교제의 범위 안에서 몇 사람의 친구들과 이야기할 뿐, 보는 것이나 듣는 것이 거의 자기 주변 이야기뿐이다.

그러나 이런 사람들도 살아가는 일환으로 책을 읽기 시작하면 다른 세계에 와 있는 자신을 발견할 것이다. 철학이나 사회과학 같은 추상적인 이론을 탐독하고 있는 사람의 생명력은 종교나 문학의 생명력으로 넘치는 사람들과 건강한 육체로 정열에 불타고 있는 사람들과 같다.

이 같은 의미에서 사물과 사회와 인간에 대한 견해나 사고방식은 거의 자신의 독서방식에 의해 이루어진다고 보아도 좋을 것이다.

3. 생산적 복지와 무상복지
- 장애인 복지

  요즘 지나치게 무상복지를 많이 확대하려 한다는 이야기가 많다.

  무상복지와 관련해 의견이 다른 사람들은 가난한 사람과 장애인들을 돕는다는 취지는 이해하지만 세금을 많이 걷고 도덕적 해이를 불러올지 모를 무상복지보다 일을 통해 자립할 수 있는 생산적 복지를 만들어야 한다고 말한다.

  이런 생산적 복지라는 개념은 얼핏 듣기에 좋은 의도를 가진 합리적인 것처럼 느껴진다. 그러나 생산적 복지 속에 있는 '일을 통한 자립'이라는 의미 속에 숨겨진 배경을 살펴볼 필요가 있다.

  복지 이야기하면 바로 생산적 복지를 떠올릴 정도로 그동안 당연시 여겨왔던 개념이다. 이웃나라 일본이나 독일도 생산적 복지에 대해 무게를 두고 시행해 오고 있기 때문이다.

  가난한 사람들과 장애인들에게 일자리를 주고 일을 통해 생활이 가능하게 하자는 취지라면, 이보다 더 좋은 정책은 없지만 현실적으로 얼마나 실현가능할 지는 의문이다.

  생산적 복지를 이야기하는 배경에는 신자유주의가 있다.

  신자유주의는 무한 경쟁을 의미하며, 시장에서 경쟁력을 가지

아픔_그리고_삶

지 못하면 도태될 수밖에 없다는 것이 신자유주의이다. 이 신자유주의는 노동시장의 유연성과 복지비용을 줄이면 경제를 살릴 수 있다고 주장하는데, 이와 깊이 연관되어 있는 것이 바로 생산적 복지의 또 다른 얼굴이다.

신자유주의는 1960년대 말과 70년대 초, 자본경제 체제의 위기 원인을 비용과다에서 찾고 그 해법으로 노동비용과 국가지출(주로 복지비용)을 대폭 축소하고자 하는 노력이었다. 이를 위해 국가는 비용을 줄이려고 노동시장의 유연화 등 복지를 대대적으로 축소한다. 신자유주의 반복지주의적 성격은 바로 여기에서 기원한다.

신자유주의는 인간의 기본적인 활동이며 노동자들에게는 유일한 소득원일 수밖에 없는 '일할권리'를 '노동 유연화'라는 이름으로 훼손하고, 근대 복지국가의 성과인 '복지권'을 '비용절감'이라는 효율성의 이름으로 침해하고 있다.

신자유주의는 자본주의 사회의 복지원천인 '노동을 통한 자립', 즉 일자리마저 '노동유연화'의 이름으로 어렵게 만든다. 그런데 '생산적 복지'는 '노동'을 통해 스스로 자신의 삶과 복지를 해결할 것을 주장하며 '노동연계복지(workfare)'를 강조한다.

신자유주의는 구조조정, 정리해고, 노동유연성, 복지축소, 아웃소싱 등 모든 것이 비용절감을 위한 다운사이징 전략으로, 일을 요구하면서도 현실에서는 '일'을 박탈하는 모순이 나타난다.

일자리를 통한 임금소득을 반 빈곤의 방어선이라 할 때, '노동을 통한 복지' 혹은 '생산적 복지'를 강조하는 신자유주의 논리는 현실적 기회와 일자리를 박탈함으로써 반 빈곤의 방어선마저 무력화시키고 있다.

'노동을 통한 복지', '생산적 복지' 등의 표현에서처럼 노동과 복지의 연계와 결합을 강조하면서도 실제로는 '노동' 자체를 유연화하는 신자유주의는 논리와 복지의 실천사이에 모순이 나타난다.

신자유주의 이론적 기반인 통화주의는 복지증대에 따른 국가채무와 재정적자의 증가가 통화팽창과 인플레이션을 유발하여 경기를 침체시키고 근로의욕을 감소시키기 때문에 재정균형을 위해 긴축재정을 해야 한다고 강조한다.

그런데 현실적으로 나타나는 결과는 시장경쟁에서 실패하거나 탈락한 다수 노동자들의 '복지위기'로 나타난다. 결국 사회지출 축소를 통해 경제위기를 돌파하려는 논리는 어려운 사람들을 더 어렵게 만들어 양극화를 발생시키고 사회지출을 확대하지 않으면 안 되는 방향으로 나타나게 된다.

이렇게 신자유주의는 자기논리에 따른 경제적 결과로 이중적인 자기모순에 직면해 있다.

신자유주의는 인간도 상품으로 여긴다. 그래서 노동시장의 유연화를 통해 경쟁력 있는 사람들을 마음대로 뽑도록 해고도 자유롭게 하자는 주장을 한다. 그런데 상품성이 떨어지는 장애인이나 기술이 없는 가난한 사람들에게도 무엇이라도 가능한 생산을 하게 해서 국가 경쟁력에 도움이 되게 하자는 주장이 바로 생산적 복지이다.

이렇게 신자유주의는 합리성과 효율성은 강조하지만 그 속에 인간은 없다.

아픔_그리고_삶

인간은 이미 도구화되고 상품화되었기 때문이다.

신자유주의가 좀 더 확대된다면 생산적 복지라는 미명 아래 중증 장애인이나 사회적 약자들은 억지로 공중 부역이나 공장에 나와 혹사당하게 될지도 모른다.

이런 배경에서 복지에 대한 다른 방향이 나타나고 있다.

노인이나 장애인 복지에 대해 고민하는 흔적이 보이기 시작한다는 점이다.

복지의 귀결점은 소득보장이다. 가난한 사람과 장애인에 대한 소득보장이 없다면 그 어떤 복지제도도 인간다운 삶을 보장하기 어렵다. 연금이든 수당이든 소득보장 정책은 필요하며 가난한 사람들과 장애인들에 대한 세제 혜택도 필요하다.

복지의 취지를 살려 인간다운 삶에 조금이라도 도움이 되게 하려면 사회에 도움이 되는 일을 시켜야한다는 사고보다는 상황에 맞는 유연한 사고가 필요한 때인지도 모른다. 시작할 때 맞는 취지의 정책도 시대의 변화에 따라 달라지는 것이 당연하다.

생산적 복지는 장애인 고용을 촉진하라고 하지만, 실질적으로 장애인은 기업에서 오래 견디지 못하고 있다. 임금도 적고 고용기간도 짧다. 그건 기업의 문제뿐만 아니라 우리 사회의 구조적 문제이다. 언제부터인가 사람을 상품화하는 것이 당연시 되었고, 그 과정에서 상품성이 떨어지는 사람들을 낙인 취급하고 있다.

낙오되고 좀 다르게 산다고 해서 장애인으로 낙인을 찍은 채 전

시행정만 나열할 것이 아니라, 함께 한다는 공동체적 인간적 정책이 필요한 때이다.

청년 실업률도 심각한 상황에서 장애인들의 생산적 복지가 어떻게 지속 가능한지 생각해 봐야 한다. '자립'이라는 말로 포장하지 말고 오히려 있는 그대로 보는 것이 좋지 않을까 한다.

효율적인 측면에서 보면 낙오된 사람들은 쓰레기로 취급되거나 부산물로 취급될지도 모른다. 그러나 사회란 다 함께 좋은 삶을 살아가야하는 공동체이고, 함께 가야 모두가 행복해 질 수 있다. 그런 면에서 요즘 싹을 보이고 있는 무상복지는 좀 더 나은 복지를 위한 시작점이 될지 모른다. 문제는 이론적인 문제가 아니라 제도를 시행하고 있는 사람들의 유연한 사고와 행동이다.

아픔_그리고_삶

4. 익숙한 것에서 떠나기
- 개인적 재태크는…

마지막 한 걸음은 자기 혼자서 가야만 한다.
아무리 싫은 일이라도
혼자서 하는 일보다 더 나은
지혜도 능력도 없기 때문에.

〈헤르만 헤세, 혼자 가는 길 중〉

요즘 주변은 온통 불확실한 이야기들로 가득 차 있다.

낮은 성장률과 저소비, 중국의 추격과 사드보복으로 위기에 처한 기업과 제조업, 인구의 노령화, 심화되는 양극화, 복지 부담과 세금의 증가, 금리인상 압박, 실업률 증가, 부동산 시장의 불안정 등이 나타나고 있다.

더 걱정되는 것은 불확실성과 위험이 장기적이고 구조적일 가능성이 높다는 점이다.

저성장·저물가·저금리로 표현되는 이웃나라 일본의 경제상황은 투자 상황에서 보면 매우 미약하다. 일본의 1년 만기 정기예금의 금리는 0.01% 수준이니 1억 원을 맡기면 한 달에 고작 850원을 받게 된다. 거기다가 세금도 내야한다. 남는 게 별로 없다.

그런데 일본은 그렇게 돈을 풀고 금리를 낮추었음에도 부동산과 주식 가격은 큰 변화가 없었다. 그래서 일본은 돈을 더 풀어 자신의 통화가치를 낮추고 제조업을 살려 경기를 활성화시키려고 노력하고 있다.

일본은 이런 새로운 시도를 통해 어느 정도 경제적 안정성을 찾아가고 있는 중이다. 그러나 앞으로도 계속 성장 동력을 새롭게 확보해 갈지는 판단하기 어렵다.

중요한 것은 지금 일어나는 여러 변화 중, 장기적이고 지속적인 것들을 찾아서 어떤 모습으로 변화할지를 잘 판단하는 일이다.

우리가 살고 있는 사회는 현재 저금리·저성장·고령화·고세율이라는 방향으로 가고 있다. 최근에 금리가 오르고 있지만 예전만큼 금리가 오를 것 같지는 않다. 금리가 낮아지면 은행예금보다는 수익형 부동산을 사서 월세를 받는 것이 좋다고 생각한다. 자연히 전세금보다는 현금을 창출하는 월세의 형식을 선호할 수밖에 없다.

부동산시장에서 반 전세 또는 반 월세 형태로의 전환흐름은 이런 환경에 대한 적응이라고 볼 수 있다.

그런데 이런 부동산 시장도 세금증가 요인으로 그다지 안전한 투자처는 아니지만 아직까지는 금융시장보다는 수익률이 높게 나타나는 것이 현실이다.

부동산 투자를 한다면 주의할 점이 있다.

은퇴 이후 땅이나 수익형 부동산(특히 호텔, 기획 부동산등)등에 투

아픔_그리고_삶

자 할 때는 특히 주의 깊게 살펴야 한다. 잘못하면 부동산에 오래 묵히게 되어 현금 흐름이 원활하지 못할 수도 있기 때문이다.

여기에 인구의 고령화도 부동산의 월세전환 속도에 일조한다. 급여를 받는 사람은 소득이 늘어날 것을 가정해 부동산 자산 가치 상승에 관심을 보이지만, 퇴직으로 현금 흐름이 없는 사람은 현금 흐름을 만들어내야 할 필요성이 절실해진다.

월세 가능한 수익형 부동산, 금융상품, 연금 등이 이에 해당한다고 볼 수 있다.

인구의 고령화는 복지부담의 증가로 이어지고, 정부 재정에도 부정적 요인으로 작용한다. 경제가 성장하여 부동산 거래가 활성화 되면 세금수입이 늘지만, 경제활동 인구가 줄어들고 부양해야 하는 사람들이 늘어나면 정부 재정 지출이 늘어나게 된다.

문제는 이런 복지가 공짜가 아니라 국민이 낸 세금으로 이루어진다는 점이다.

어떤 식으로든 더 걷지 않으면 복지재원을 충당하기 어렵기 때문에 정부는 증세를 고민하지 않을 수가 없다.

저금리, 저성장, 고령화 시대에 생각해야 할 최선의 방법은, 자신의 일자리에 오래 붙어있는 것이다. 오늘날은 수입이 있는 일자리의 가치가 높아지고 있다.

연간 수입이 4천만 원이라면, 단순한 가치로만 보아도 은행이자를 연 2%를 가정했을 때 약 20억 원의 가치를 갖는다. 물론 원금은 제외하고 이자만 따졌을 경우이다. 더구나 저성장은 일자리 창출이 어렵기 때문에 일자리는 더욱 소중해진다.

나이 들어서도 일할 수 있으면, 어떤 자산보다 가치 있는 자산을 가지는 것이다.

나이를 먹을수록 현금 흐름의 중요성을 더 깊이 생각해야 한다. 저성장, 저금리 기조가 정착될수록 현금 흐름 자산에 대한 평가는 높아질 수밖에 없다.

주식에서의 배당, 정기적으로 이자를 받는 금융상품이나 수익형 부동산 등 현금 흐름을 창출할 수 있는 투자처에도 관심을 가질 필요가 있다.

금융상품은 세금혜택 여부를 꼭 확인해야 한다. 연간 400만 원까지 세액공제 혜택을 받을 수 있는 연금저축은 필수 금융상품이다. 이는 절세와 연금자산 형성이라는 두 마리 토끼를 잡을 수 있기 때문이다.

연금저축 400만 원, 퇴직연금계좌(IRP) 불입액 300만 원을 모두 합치면 최대 700만 원까지 세액공제를 받을 수 있다. 700만 원 한도까지 모두 불입했다면 연말정산 시 모두 92만 4천 원을 돌려받을 수 있다. 61세 이상의 경우 '비과세 종합저축제도'를 적극 활용하면 1인당 5000만 원까지 이자나 배당소득에 대한 세금을 내지 않아도 된다.

저금리, 저성장 기조에서 국내투자가 과거만은 못할 것이라 본

아픔_그리고_삶

다면 해외펀드나 주식 같은 수단을 통해 자산을 글로벌 차원으로 분산해 나갈 필요가 있다.

현재 우리나라 사람들의 해외투자 비중은 OECD국가 중 최하위 수준인데, 경제사정이 일본과 같이 진행된다면 해외투자는 더욱 중요해 진다.

위에서 언급한 연금저축계좌와 비과세 종합저축제도를 이용한 절세상품을 통해 해외투자를 할 수 있다. 요즘은 신흥 발전국에 대한 투자수익률을 눈여겨 볼 필요가 있다.

연금저축은 연금 수령 시 연금소득세(3.3~5.5%)만 내면 되고, 비과세 종합저축으로 투자하면 세금을 5천만 원까지 내지 않아도 된다.

저금리·저성장·고금리·고령화는 지금까지 경험하지 못한 현실이며 앞으로 더 깊숙이 다가올 현실이다. 앞으로 사회와 금융환경은 예측할 수 없을 정도로 급격히 변할 것이다. 이런 현실을 인식하고 미리 준비하는 자세가 필요하다.

현실인식에 이런 경제적인 것 외에도 개인의 질적 삶을 위해서도 노력해야 한다.

지금 바로, 다른 삶의 옵션을 생각해 두어야 한다.

5년 후, 어디에서 어떤 일을 할 것인가?

10년 후에는 어디에서 어떤 역할을 할 것인가?

경제적인 것을 떠나 자기가 할 수 있는 일을 꾸준히 하는 것이 좋다. 삶의 질을 높이는 방법 중의 하나는, 자신에게 적합한 일을 찾는 것이다.

자신의 적합한 일을 찾는데 에드거 H 샤인 명예교수는 다음과 같이 조언한다.

첫째, 자기능력에 대한 현실적인 파악이 중요하다.

자기 능력의 강점과 약점, 보유한 전문지식이나 기술을 객관적으로 냉정하게 파악하는 과정이 필요하다는 것이다.

둘째, 내가 하는 일에 대해 가치와 의미를 부여할 수 있는가를 살펴본다.

무작정 남과 비교해 경쟁할 것이 아니라 시간과 노력을 들여도 좋다고 생각하는 일을 찾으라는 것이다.

셋째는 동기욕구에 대한 것이다.

진짜 하고 싶은 것이 무엇인지 스스로 물어 보는 게 필요하다. 아주 간단할 것 같지만, 사람에 따라 어려운 질문 일수도 있다.

이렇게 세 가지 질문에 대한 답을 찾는 것이 자신의 일을 설계하는 출발점이다.

행복한 삶을 위해 스스로에게 물어보자.

나는 무엇을 할 수 있고, 진정으로 무엇을 하고 싶으며, 어떤 일에 가치와 의미를 느끼는가.

수없이 변화를 거듭하고 변주를 해야만 자신의 음악이 완성된다. 정년이 보장되어 있다고 해도, 살아가야 하는 인생은 너무나 길게 남아 있다.

앞으로도 공부하고 일하는 방식은 크게 변하지 않는다. 다만 잡는 고기종류와 그 강물이나 바다가 달라질 뿐이다.

중요한 것은 경제적 자산과 자신의 생활영역의 균형이 잘 잡히도록 노력하는 일이다. 생활영역의 계획이 아무리 잘되어 있어도 경제적으로 뒷받침되지 않으면 물거품이 되기 쉬우며 그 반대로 경제적인 계획만 잘되고 생활영역의 준비가 되지 않으면 공허한 삶이되기 쉽다.

변화는 적응의 문제이지 저항해야 하는 문제가 아니다.
그동안 우리에게 익숙했던 것들을 떠나 새로움을 받아들일 수 있는 마음의 여유를 품어야 하는 시기인지도 모른다.

5. 신의 아그네스
- 신앙이란 무엇인가?

꽃의 매력 가운데 하나는
그에게 있는 아름다운 침묵이다.

〈헨리 데이비드 소로〉

얼마 전 대학로에 갔다가 우연한 기회에 '신의 아그네스'라는 연극을 본 적이 있다. 작가인 존 필미어든은 어린 수녀 아그네스를 부각시켜 삶의 방향에 대해 고민하는 현대인의 신앙 관계를 그려내고 있다.

작가는 어린 수녀가 아이를 낳아 탯줄로 목을 감아 죽여 휴지통에 버리는 사건을 설정하여 세 명의 다른 유형 인간을 표출한다. 어린 수녀 아그네스, 수녀원장 미리암 루쓰, 그리고 법정 정신분석 의사인 리빙스턴이다.

사건이 발생하자 정신과 여의사인 리빙스턴은 사건의 진위를 알아내려 한다. 의도적으로 아기를 죽였다면 살인죄로 재판에 회부되어야 하고, 정신이상 상태였다면 정신병원으로 보내야 한다.

리빙스턴은 사건의 정상여부에 대한 아무런 증거를 찾지 못하

아픔_그리고_삶

게 되자 최면술을 통해 원인을 알아내기로 한다.

사건의 실마리를 풀기 위해서 면담을 통해 잔인할 만큼 샅샅이 파헤치는 정신과 의사 리빙스턴이 냉혹하게 느껴졌다.

"무슨 영문인지 모르겠어요. 난 모르겠어요."라며 고개를 흔드는 아그네스가 가련하게 느껴졌다.

리빙스턴이 자신의 일에 심취되어 모든 것을 성취해내려는 그 열정은 오늘날 현대인들의 속성을 나타내는 듯하다.

사건의 원인을 추적하면 결국 그 결과를 찾을 수 있다는 것이 리빙스턴의 생각이었다. 그런데 원인을 찾지 못하고 오히려 원인이자 결과인 것이 있다면 그것은 무엇일까?[13]

사르트르는 인과론이 제대로 작동하지 않을 때, 현재나 미래의 문제에 대한 답을 찾으려 하였다.

사건에는 분명 원인에 따른 결과가 있다. 그런데 모든 상황을 고려해도 원인을 찾을 수 없다면, 아기는 죽었는데 추리가 맞지 않는다면 어떻게 된 것일까? 분명 아기를 낳고 죽인 사람이 있을 것이다.

사르트르는 이런 상황에서 이야기를 시작한다.

정말 원인 없는 경우가 있다면 그건 앞의 원인이 잘못되었다는 것이다.

---

13 과학에서 분석을 잘못하여 원인을 못 찾는 경우가 있는데 이것을 헤겔은 악무한(bad infinity)이라 불렀다. 대개는 질문을 계속하면서 추적하면 알게 되는데 질문을 잘못하면 답이 없다고 생각한 것이다. 당시 사람들은 시간이 흐르면 저절로 알게 된다는 생각을 했는데 "미네르바의 부엉이는 황혼녘에 날아오른다."는 말은 이런 배경에서 나타난 말이었다.

그 원인의 원인도 잘못된 거고, 계속 추적하다 보면 최초의 원인도 잘못된 것이다.

사르트르는 생겨야할 결과가 생기지 않을 때 생기는 모호함은 인간이 만드는 것이라고 보았다. 한마디로 인간이 무(모호함)의 원천이면서 동시에 모든 것을 한번에 파괴할 수 있다고 하면서 인간에게 의미를 부여 하였다.

리빙스턴은 아그네스와 원장수녀 미리암을 만나면서 이 사건이 단순한 사건이 아님을 알게 된다.

아그네스와의 면담에서 아이가 어떻게 태어나느냐고 묻자 천사가 어머니의 가슴에 빛을 비추고 귀에 속삭일 때 아기를 갖게 된다고 말한다. 그리고 어릴 적 성모님을 본 경험에 대해 말하는데, 풀밭에 누워 있을 때 태양이 구름으로 변하고 구름이 성모로 변하는 것을 경험했으며 성모는 아그네스 수녀에게 노래를 부르도록 했다는 것이다. 그래서 아그네스가 성가를 잘 부르게 된 것이라 말한다.

성모는 자신의 어머니를 대신하는 인물이고 아름다운 목소리는 어릴 적 가졌던 동경의 대상을 의미하는 듯하다.

아그네스는 창녀인 어머니 밑에서 자랐으며 열일곱 살 때 어머니가 죽고 수녀원에 보내졌다고 말한다. 가장 가까운 친척이 바로 원장 수녀이고 아그네스의 이모라고 말한다. 원장수녀는 남편이 죽고 수녀원에 들어오게 되었고 그 이후 아그네스도 어머니가 죽자 수녀원에 오게 된 것이다.

아그네스 수녀는 수녀원에서 폐쇄적이고 외부와는 격리된 삶을 살았지만 성장하면서 본능적으로 이성에 대해 동경을 느끼게 되었다.

리빙스턴은 상담을 통해 아그네스 수녀가 수태하게 된 경위를 알게 되는데 방 너머 호밀밭 한가운데서 아름다운 목소리를 듣게 되는데, 그 사람은 그녀를 위해 여섯 밤을 노래 부른다. 그녀와 동침한 사람은 농사꾼이었을지도 모르고 그 노래는 오래전부터 내려오던 자장가의 한 곡조였을지도 모른다고 말한다.

농사꾼은 희망과 사랑, 욕망과 기적에 대한 믿음 등 삶과 얽힌 복합체였을 수도 있다. 일주일간 밀밭에서 노래하는 남자는 아름다운 목소리를 가졌던 성모의 연장선에 있고, 아버지의 따뜻한 정을 느끼지 못했던 아그네스에게 아버지는 밀밭에서 노래 부르던 한 남성으로 전치된 것인지도 모른다.

남자와의 성적 접촉은 아그네스에게 대단한 기쁨이었음에도 불구하고 어머니의 부정적인 영향 때문에 자신이 나쁜 어머니가 될 것이라고 생각하여 낳은 아기를 죽이게 된 것이다.

아그네스는 이 남성을 통해 누구에게도 맛보지 못한 쾌락을 얻었고, 그 쾌락은 금지된 것이기에 더 달콤했을 것이다. 이런 성적 접촉은 수녀에게는 라캉이 말하는 쾌락, 즉 주이상스(jouissance)가 된다.

주이상스(jouissance)란 금지된 것의 쾌락을 의미한다. 아그네스 수녀가 느끼는 주이상스는 신이라 믿는 남성에게서 얻는 것이기 때문에 초월적인 것이 되기도 한다.

라캉은 주이상스를 말로 표현할 수 없는 즐거움이라고 말한다.

아그네스 수녀가 느끼는 주이상스(jouissance)는 종교적 희열과 성적인 희열이 혼합된 그 무엇이라 볼 수 있다.

신앙은 어떻게 보면 가치와 믿음의 총합이고 현실과 상상이 얽혀있는 영역으로 볼 수 있다. 아그네스가 믿음의 영역에서 아름다운 목소리를 가진 남자와의 만남을 신비롭게 보고, 신의 영역에서 자신의 존재를 느끼려 한다는 점에서 아그네스가 생각하는 세계를 엿볼 수 있다. 이런 신앙의 영역을 리빙스턴의 합리성으로 아무리 들여다봐도 아그네스의 세계를 이해하기 힘들다.

윤흥길의 『장마』라는 책이 있다.

이 책은 전쟁 시기에 벌어진 가정적 갈등을 토속적 신앙과 민족적 샤머니즘을 통해 풀어낸 작품이다.

한 집안에 외할머니와 할머니가 함께 살면서 외삼촌은 국군으로 전사하고 삼촌은 빨치산으로 활동하다 잠적한 상황에서, 할머니는 무당에게 날짜를 받고 아들이 돌아오기만을 기다리지만 끝내 아들은 돌아오지 않는다.

어느 날 장마가 그친 후 마당에 나타난 구렁이를 보고 아들이 죽었다고 생각한 친 할머니는 쓰러져 몸져눕는다. 대신 외할머니가 아들을 달래듯 구렁이를 돌려보내면서 장마는 그치고 두 할머니의 반목은 해소된다.

구렁이로 상징된 샤머니즘은 할머니에게는 죽은 아들을 상징하는 것으로 느꼈을 것이다. 과학적 견지에서 보면 구렁이는 습한 장마를 피하기 위해 나온 동물일 뿐이지만, 오랫동안 사람들은 구렁이를 죽은 사람을 대신하는 상징으로 믿어왔던 신앙의 세계였다.

이 광경을 비과학적이라는 이유로 그들의 오랜 믿음체계나 삶이 얽혀진 복합적인 문화를 무시할 수 있을까? 오랜 믿음의 의식체계, 신화적 체계, 담론의 체계로 이어져 왔음을 이해한다면 그들의 애틋한 정서와 새로운 의식세계를 인정해야 하지 않을까?

마찬가지로 아그네스 신앙 영역을 과학적으로는 설명이 부족하더라도 인정해야 하는 이유가 여기에 있는 것이 아닐까 싶다.

과학적 방법이라 부르는 사적 유물론에서는 모든 것에 법칙이 있다고 주장하지만, 사르트르는 이런 법칙을 인간이 깰 수 있다고 주장한다.

이렇게 사르트르는 실존을 우선시 하면서 결국 인간이 모든 법칙에 앞선다는 의미를 내세우며 인간중심의 사고를 휴머니즘이라 불렀다.

수도원장 미리암 루쓰는 현대 종교인의 일상과 신앙을 의미해 주고 있는 듯하다.

그녀의 불행한 결혼생활의 잔재를 안고 있고 천국에 대한 확신도 믿음도 없는 수녀. 하지만 "믿음의 기회를 갖고 싶어요. 믿음을 선택하고 싶어요."라고 부르짖는 그녀의 인간적 신앙에의 열망은 강렬하게 내 마음에 부딪쳐 왔다. 그것은 정신적으로 방황하는 인간에 대한 호소이며 바로 우리들의 모습이다.

인간들은 자기 삶에 대해 불안해하면서 절대적 진리나 의지할 대상을 찾는다. 그리고 신앙은 세상의 원리를 절대자가 창조하였다고 하면서 또 다른 형이상학을 만들어 내는 것이다.

"태초에 말씀이 있었으니"로 시작하는 성경구절이 바로 이 원인에 대한 답변 중 하나가 된다. '신이 있으라 하매 천지가 생겨났고 …' 이런 설명의 출발점이다.

이런 형이상학적 관점에서 보면 인간은 피조물에 불과하고 신의 은총을 바라보기만 하면 된다. 마치 미리암 루쓰처럼 끊임없이 인간적인 갈등을 하고 천국에 대한 확신도 없이 망설이지만, 끊임없이 절대자에게 바라고 갈구하는 신앙의 자세처럼 말이다.

이런 신앙적 관점에만 갇히면 인간의 자유의지는 사라지고 휴머니즘도 퇴색된다.

니체는 인간의 자유의지와 휴머니즘을 위해 '신의 죽음'을 이야기 하는데, 신의 죽음은 신앙의 죽음이고 신앙으로 존재하는 인간의 죽음이라고 말한다. 이것은 인간이란 끊임없이 불안을 잠재우기 위해 신앙을 찾는 존재이고, 신의 죽음은 인간적 형태를 한 모든 우상숭배의 제거를 의미한다.

중요한 것은 미리암 루쓰 같이 방황하는 신앙이 아니라 자신의 가치와 세계관, 삶의 목표와 의미, 생활방식 등을 알고 자신의 입장과 주장을 상대화시킬 수 있을 때 균형적 신앙을 만들어 갈 수 있다는 것이다.

아픔_그리고_삶

이 사건의 경위를 파악한 리빙스턴은 다음 날 그 사건에서 손을 뗀다. 수녀원장은 법정에서 아그네스 수녀에 대해 자비를 베풀어 줄 것을 간청하고 아그네스는 정신병원으로 보내진다. 그곳에서 그녀는 더 이상 노래를 부르지 않았고 먹지도 않았다. 그녀는 그곳에서 그렇게 죽었다.

리빙스턴은 아그네스 수녀가 어릴 때 가정에서 학대 받은 것을 생각하며 왜 갓난아이를 죽여야 했는지, 신이 어떤 분인지 고민한다. 삶을 헤매던 아그네스 같은 존재를 세상에 보내신 신은 어떤 분인지 알고 싶은 것이다. 그녀는 아그네스 수녀가 은혜를 받았다는 것을 믿고 싶어 한다.

리빙스턴은 이렇게 말한다.

> "그녀는 제게 그 무엇인가를, 그녀 자신의 조그만 한 부분을 남기고 갔으리라고 믿고 싶습니다. 그것만으로도 기적이지 않습니까?"

리빙스턴은 어릴 적 어머니와 신의 존재에 대해 다투면서 상처를 입고 과학에 의존했던 사람이다. 그런데 아그네스와 원장 수녀와의 면담을 통해 인간의 경이로움과 인간적 고뇌를 통해 다시 신앙에 의존하는 형태를 보인다.

인간은 이렇게 어릴 적 가졌던 자기 신앙을 지향하고 있다. 쉽게 풀리지 않는 인간적 고뇌는 또 다른 신앙을 만들어 내지만, 기존에 경험했던 신앙에 다가서는 것 역시 보통 인간의 모습이다.

리빙스턴은 현대인을 상징하는 보통 인간의 모습이고 나의 모습이었다.

어린 시절 상처 때문에 과학에 의지하게 된 박사.

결혼생활의 실패를 뒤로하고 종교에 귀의하게 된 원장수녀.

어린 시절에 당한 학대 이후 어쩌면 순수를 강요받았을지 모를 수녀 아그네스.

이들을 통해 리빙스턴은 자신의 합리성만으로는 알 수 없는 독특한 신앙세계를 인정하는 것인지도 모른다. 스스로 원인이자 결과인 신앙의 세계를 인정하고 본인의 합리적 측면에서는 손을 떼는 것은 아닐까?

아픔_그리고_삶

6. "위험사회"
– 성찰적 근대화와 노동의 불안정

> 그들이 보이지 않는 이유를 명쾌하게 설명한다.
> 그들은 '쓰레기'이기 때문에 보이지 않는다는 것이다. 여기서 말하는 쓰레기란 은유가 아니다. 말 그대로 쓸모없기에 처분되어도 상관없는 존재를 가리키기 때문이다. 지구 전체를 포괄하게 된 경제적 현대화의 부산물이라는 것이다.
>
> 〈지그문트 바우만, 쓰레기가 되는 삶들〉

근대화 위험의 이론적 성찰

요즘 예상치 못한 위험들로 불확실성이 많은 세상이다.

경제적 불확실성과 고용의 불안정성, 퇴직에 대한 불안, 지진에 대한 공포, 원자력 위험 등이 수시로 나타나고 있다.

예전에는 불안과 위험이 나타나면 주술사나 마법 등 미신들에 주로 의존하였지만, 요즘은 지식과 과학의 발전으로 상당부분 재난을 예측하고 완화시킬 수 있게 되었다.

그렇게 예측 가능한 과학시스템의 합리적인 사회라면 더 안전해야 하는데 오히려 새로운 종류의 '불안'과 '위험'이 더 증폭되고 있다.

위험의 종류만 달라졌을 뿐, 불안을 느끼고 걱정하는 것은 더 늘어났다. 이렇게 합리성의 사회에서 '위험성'을 알린 사람이 바로 울리히 벡이다.

울리히 벡은 근대화의 합리적, 효율성에서 위험이 비롯된다고 본다. 발전·합리화가 오히려 인간을 퇴보·비합리로 몰아가고, 예상치 못한 위험을 발생시키고 있다는 것이다.

그는 위험 발생원인을 산업혁명 이후 근대화로 설명한다.

산업화시대에는 부를 생산하는 대신 위험을 감수해야 하는 것으로, 위험을 우연적인 발생으로 보고 "선 성장, 후 안전"의 논리를 폈다. 근대화를 통해 이런 논리가 확산되면서 부의 불평등과 위험이 널리 퍼지게 되었다. 이런 근대화시기를 '단순 근대화' 또는 '1차 근대화'라 불렀다.

단순 근대화가 성장하면서 위험을 압도할 수 있었던 것은, 위험을 성공의 발판으로 여겼기 때문이다. 그런데 근대화는 제도를 통해 위험을 하류층으로 몰았고, 그런 위험들은 부의 분배가 아닌 위험의 분배로 나타났다.

울리히 벡은 근대화의 이성은 완전하지 않기 때문에 이성에 바탕을 둔 합리성과 근대성은 필연적으로 위험이 생길 수밖에 없으며 이런 위험들은 의도하지 않았지만 근대화[14] 자체가 전도되어

---

14 그동안 근대화에 관한 논의들은 근대화 기준이 가치를 상실했느냐 하는 논쟁이었는데 이는 근대성의 해체냐 근대성에 대한 자기비판과 재구성이냐는 논의를 낳게 되었다.
 울리히 벡(Ulrich Beck)의 성찰적 근대화는 근대성에 대한 자기비판과 재구성에 속한다. 성찰적 근대화가 변동과정에 있긴 하지만 해체가 아니라 또 다른 근대성으로 이행하고 있음을 의미한다.

생긴다고 말한다.

그래서 위험을 예방하기 위해서는 새로운 방식의 근대화인 '성찰적 근대화'를 제시한다. 성찰적 근대화는 '2차 근대화'로도 불리며 한 종류의 근대화가 다른 근대화의 기반을 약화 또는 변화시키는 새로운 단계를 말한다.

성찰적 근대화는 산업사회 전체 및 윤곽을 반성하지만 완전히 단절된 것이 아니라, 또 다른 근대성으로 가는 길을 열어준다.

성찰적 근대화는 위험의 예방을 위한 구체적인 방법으로 제도에 대한 비판적 공론의 장을 제시한다.

그 방법은 '성찰적 과학발전'과 '하위정치' 개념을 제시하는데 이는 주민들의 적극적인 현실참여가 필요하다고 이야기 한다.

기술이 발전하고 고도화될수록 국가는 더 이상 사회를 보호하지 못하며, 국가의 역할은 위기관리와 긴급조치뿐이기 때문에 개인들의 현실참여가 필요하다는 것이다.

성찰적 과학발전의 적절한 예는 신 고리 원전 5, 6호기 건설 공사 중단 사건이다.

원전 건설공사의 찬반에 대해 시민들은 원전의 위험성을 들었고, 한편으로는 경제적 편익을 주장했다. 이런 주장에 대해 시민들이 직접 참여한 공론화 위원회는 찬반이 첨예한 사안에 대해 공론의 장을 마련하였다.

신 고리 원전 공론화 위원회는 이렇게 다양한 계층의 시민들로 이루어졌고, 이들의 합의 도출방식은 공개토론이었다. 이들은 합의 도출 방식을 통해 공사재개를 선택했다. 각계각층 시민이 신고리 원전의 위험성을 공론화하고, 합의를 도출하고, 그 실체와 마주할 수 있는 용기를 가질 때 위험을 최소화할 수 있게 된다.

이렇게 중요한 사회적 결정에 전문가들만이 아니라 지역 주민들까지 참여하여 자신들의 의견과 공론을 거치자는 것이다.

하위정치도 생활에 관련된 사항을 정치인에게만 맡겨두지 않고 직접적으로 표출하는 참여민주주의로 가자는 것이다. 다양하고 다변화된 정치적 의사결정은 소수의 전문가와 다수 민주주의에 의한 것이 아니라, 개방화된 의사소통을 수렴하고 참여하여 포괄적으로 접근하는 것이다. 생활에서 불안을 느끼고 불안해하는 직접적인 사건에 문제제기 함으로써 생활정치가 된다는 의견이다.

'촛불집회', '세월호 집회', '광우병 집회' 등이 그 예가 될 수 있다. 이들 집회는 시민의 권리를 주장할 수 있는 기반으로 작용했다.

이렇게 성찰적 근대화는 근대화의 발전에서 나온 경제위기, 생태위기 등 다양한 위험요소들의 문제를 접근하는 해결 가능성을 열어 놓았다.

문제 해결을 위한 성찰적 근대화는 '구조'와 '개인주의'[15]개념을

---

15 울리히 벡은 개인주의를 개인의 생애사적 측면에서 밝히고 있는데 개인화는 노동시장에서 형성된 산물이며 여러 요인들이 상호보완 되면서 강화되지만, 노동시장의 위험요소도 된다. 즉 사회적으로 규정되었던 개인의 노동을 이제는 스스로 생산해야 하는 생애(노동)로 변화하는 것으로 성찰적 근대화에서 나타난다. 이렇게 개인화는 사회구조에서 제도화 된다.

이용한다.

인간은 제도적 발전을 추구하면서 모든 것을 이성과 합리성의 영역으로 구조화시켰다. 이렇게 구조화된 근대화 사회구조의 불확실한 성격에 개인들은 구조에 영향을 받게 된다.

그런데 성찰적 근대화에서의 개인은 사회구조를 체계적으로 분석하고 문제점을 인식하는 능력을 가지기 때문에 구조를 변화시킬 수 있다는 것이다.

이렇게 사회구조와 개인은 서로 영향을 주고받는 관계로 이해한다.

개인주의는 자본주의의 상징이 되었지만 사회가 발전하면서 위험의 개인화를 낳고, 전문가에게 의존하게 되면서 개인이 위협받는 상황이 되었다.

'성찰적 근대화'에서 개인화는 행위자의 성찰성으로 구조를 분석하고 변화시킬 수 있기 때문에 해결가능성이 있다고 보았다.

울리히 벡의 주장은 성찰을 통해 근대화의 근대화를 이루자는 것이다. 즉 인간을 위험으로 몰아넣는 근대화에 대한 반성을 통해 성찰적 개인주의로 풀어 가자는 주장이다.

성찰적 사회의 불안정한 노동

앞에서도 언급했지만 성찰적 근대화는 근대화의 근대화를 말하는 것으로 보다 성숙한 자본주의 사회를 의미한다.

근대화의 근대화를 이루는 성찰적 사회에서 노동은 어떻게 나타나며 어떻게 대응해야 할까?

전통적 근대화에서 발생한 고용체계는 노동계약, 노동시간 등의 표준화에 기초하고 있지만, 성찰적 근대화의 흐름 속에서는 이런 표준화된 고용체계는 계속 흔들리고 있다. 그 현상은 노동과 비노동 간의 경계를 유동적으로 만들고, 다원적인 저고용(underemployment) 체계로 만들어 가기 때문이다.

유연한 시간근무 등을 통해 노동시간과 장소 등의 탈 집중화가 나타나며, 이 과정에서 노동자들은 자신의 노동에 대한 자율권과 주권은 증대된다.

그러나 이런 노동의 자유는 무한한 자연적 자유가 아니라 새로운 유형의 제약 및 물질적 불안정과의 맞교환 되는 자유이다. 고용의 확산이 실업문제를 더 이상 야기하지 않을 수도 있지만, 기존의 완전고용체계에서는 볼 수 없었던 또 다른 형태의 고용 불안정을 야기할 수도 있다(Beck, 1997; 233; Ch.6).

벡은 노동의 유연화가 진행될수록 전체 고용인구의 절반 이상이 10년 내에 비전일제 노동자가 될 것으로 보고 있다. 이것이 바로 '노동의 유목민화'라 부르는 것인데, 완전고용 사회는 옛날이야기가 된다는 말이다.

노동자들은 예전에 비해 훨씬 독립적이고 유연한 연결망 속에

아픔_그리고_삶

서 일하고 있지만, 이러한 연결망이 이들을 오히려 더 복잡하고 혼란스럽게 만들어 버렸다.

그렇다면 앞으로 노동은 어찌될 것인가?

벡은 앞으로 늘어날 비전일제 노동으로 인한 실업자들이 다양한 종류의 공공노동(시민단체, 공공부문, 가족 등), 즉 시민노동을 통해 해결해야 한다고 본다. 다시 말하면 실업인구를 시민노동 부문에서 고용하고 시민사회에서 조성된 재원으로 이들에게 수당을 지불하자는 것이다. 시민수당의 수령자는 유용한 시민노동을 수행하므로 실업자가 아니기 때문에 시민노동이라는 것이다. 물론 이런 논의가 한국에 현실성이 있는지는 별도의 논의가 필요하다.[16]

한국에서도 얼마 전 정치권에서 한참 논란이 되었던 공무원 증원등 공공부문의 인력증가를 통해 실업을 감소시키겠다는 사회정책이 떠오른다.

현재 한국사회에서의 임노동과 직업은 생계수단이며, 직업과 사람을 동일시하기 때문에 여전히 노동의 의미는 중요하다. 근대화 시대에서는 임노동이 중요하고 표준적인 역할을 해왔지만, 성찰적 근대화 시대에서는 노동과 직장의 안정적인 틀이 약해지고 점점 개별화되고 있다.

---

16 울리히 벡(Beck)의 성찰적 근대화론은 기본적으로 서구사회의 배경에 기반한 것이어서 한국사회에 그대로 적용해도 되는지는 논쟁 중에 있다.
노진철, 홍찬숙 등은 한국과 서구사회를 구분하는 것에 대해 한국도 서구사회와 크게 다를 것이 없다는 입장이다. 그래서 성찰적 근대화론은 우리사회 현실을 감안해 어느 정도 적절성은 있다고 보여진다.

고용체계의 유연화로 인한 직장의 쇠퇴와 일의 개별화로 인한 고용불안, 그리고 개인적 역량을 평가하면서 비정규직 노동이 늘어나게 된다.

개인적 역량에 성공한 사람들도 불안에 시달리기는 마찬가지다. 예전의 표준화되고 안정된 고용체계가 유연해지면서 많은 사람들이 고용불안에 떨며 눈치를 보고 있다.

세상은 발전 되었지만 기회인지, 불안인지 모를 더 모호한 세상이 되어가고 있다.

또 다른 성찰적 사회의 노동변화는 기업의 린 조직화, 외주화 등이 확산되면서 정규직과 비정규직간의 격차가 커지고 있다는 점이다.

합리성과 효율성을 추구한 결과 정규직 노동자와 비정규직 노동자들의 구분이 커지면서 정규직은 상대적으로 지식근로자 층이고, 단순 반복적인 서비스 업무 등은 하청업체의 단순 근로자 층인 비정규직이다.

이렇게 '지식 : 단순 노동'의 분절현상이 내부 노동시장과 외부에 연결되면서 그 격차와 장벽은 점점 높아진다. 또한 고용관계가 아웃소싱으로 변화하면서 같은 일을 해도 누가 어떤 노동자인지 불분명해 진다.

예전에 은행 콜 센터 직원에게 대출이자에 대해 질문하면서 애꿎은 여직원에게 따졌지만, 그 직원은 규정 이야기만 하고 죄송하다는 이야기만 반복할 뿐이었다.

순간 나는 그 직원이 은행 직원이 아닌 아웃소싱 직원이라는 사실을 알고 미안한 마음에 슬그머니 목소리를 낮추었던 기억이 있다. 요즘은 웬만한 작업장에는 이런 식으로 파견 근로자가 일반화 되어있다. 이들은 같은 일을 해도 정규·비정규직의 귀속여부에 따라 급여 수준이나 고용안정성 등 천차만별로 나타난다.

성찰적 근대화 시대에는 이렇게 일의 급격한 변화가 일어난다.

근대화 시대에 당연한 것으로 여겨졌던 안정된 직장이 사라지고, 실업의 불안을 안고 살아야 하는 세상이 온 것이다.

요즘 청년실업과 일반 실업률이 높은 것은 어쩌면 당연한 구조적 속성인지도 모른다. 금융자본주의 속성상 이익을 위해 효율성을 높이게 되고, 때문에 실업률이 증가할 수밖에 없기 때문이다.

예전의 직장은 안정성을 제공했지만, 탈 구조화된 성찰적 근대화 시대에는 개인화 되면서 외부로부터 오는 흐름을 개인 스스로 파악하고 안정화해야 하는 부담을 안고 있다.

직장의 울타리가 약해지면서 한편으로 개인이 감수해야 하는 책임과 불안정성은 커지는 것이다. 그래서 끊임없이 새로운 가능성과 길을 탐색해야 하는 불안한 시대를 살고 있다.

요즘 국가주도로 고용 불안정에 대한 안전장치를 위해 노력하는 모습을 보이는 것은 다소 고무적인 일이다. 그런데 여기에는 일자리를 차지하는 기존 계층은 한정되어있고 오히려 청년일자리가 감소해 경기활성화에 악 영향을 줄 수 있다는 우려도 있다.

소득 증대로 경기를 부양하려면 그 혜택이 골고루 돌아가야 하고 반면 노동에 대한 권리는 그 사람의 인격일 수 있기 때문에 일자리를 창출할 수 있는 사회적 성장은 중요하다.

이런 구조적 추세라면 어떻게 해야 할까?

개인적으로는 선택의 다양성을 인정하고 선택기준과 적응력을 높이는 유연성이 필요하다. 오랫동안 같은 일을 해도 그 환경은 꾸준히 바뀌어가는 것이 정상이다.

변화는 저항해야 할 대상이 아니라 변화를 유연하게 받아들일 수 있는 관점과 선택이 필요한 것이다.

아픔_그리고_삶

도움 받은 문헌

김민철, 『모든 요일의 여행』, 북라이프, 2017.

김경민, 『시 읽기 좋은 날』, 쌤 앤 파커스, 2011.

남미영, 『사랑의 역사』, 김영사, 2014.

노진철, 『불확실성 시대의 위험사회학』, 한울, 2010.

니콜 크라우스, 한은경 역, 『사랑의 역사』, 민음사, 2006.

로버트 제임스 월러, 공경희 역, 『매디슨 카운티의 다리』, 시공사, 2002.

류동민, 『일하기 전엔 몰랐던 것들』, 웅진지식하우스, 2013.

리처드 세넷, 『신자유주의와 인간성의 파괴』, 문예출판사, 2002.

무라타 사야카, 최고은 역, 『소멸세계』, 살림출판사, 2017.

신현림, 『딸아 외로울 때는 시를 읽으렴』, 걷는나무, 2014.

알베르 까뮈, 김화영 역, 『이방인』, 민음사, 2011.

알베르 까뮈, 김화영 역, 『시지프 신화』, 민음사, 2016.

이창순, 『직장이여 안녕』, 나남, 2011.

에리히 프롬, 정성호 역, 『사랑의 기술』, 종합출판범우, 2015.

울리히 벡, 『위험사회』, 새 물결, 1997.

윤흥길, 『장마』, 민음사, 2005.

장영희, 『살아온 기적, 살아갈 기적』, 2009.

정여울, 『소설 읽는 시간』, 자음과 모음, 2012.

정여울, 『마음의 서재』, 천년의 상상, 2013.

정여울, 『공부할 권리』, 민음사, 2016.

정희재, 『아무것도 하지 않을 권리』, 갤리온, 2017.

지그문트 바우만, 정일준 역, 『쓰레기가 되는 삶들』, 새 물결, 2008.

존 필미어, 전기주 역, 『신의 아그네스』, 예니출판사, 1995

제인 오스틴, 전승희 역, 『오만과 편견』, 민음사, 2003.

황순원, 『소나기』, 맑은소리, 2010.

홍찬숙, 『위험과 성찰성: 벡, 기든스, 루만의 사회이론 비교』, 2015.

후진팡, 이점숙 역, 『여행자』, 2014.

프란츠 카프카, 전영애 역, 『변신』, 민음사, 1998.

케니 켐프, 안의정 역, 『목수아버지』, 인북스, 2001.

클라인 바움, 한은주역, 『죽은 시인의 사회』, 서교출판사, 2007.

아픔_그리고_삶